白銀の女神　紅の王

神谷りん

スターツ出版

カバー・本文イラスト　武田ほたる
装幀　天野昌樹

ある国にこの世の者とは思えない能力を持った少女がいた。

長年子供ができなかった上流階級の夫婦に生まれたその少女の髪や目は、この世にあるはずのない白銀色をしていた。

少女が十歳の頃、自分に人の心を読む能力があることに気づく。

両親は少女の能力を気味悪がり、少女はその事に気づいていた。

そして、その時は突然やってくる。

夫婦に次の子供が授かると、途端に少女は売り飛ばされたのだ。


愛されたくとも、愛されず。

その能力を持ったが故に、悲しい運命に巻き込まれる。

これはそんな孤独な少女の物語。

白銀の女神　紅の王

登場人物紹介＆相関図

ニーナ
エレナの身の回りの世話をするメイド。貧困のため、両親に捨てられた過去を持つ。
主従
エレナ
人の心を読む能力を持つ。十歳の時に賭博場のオーナーに売られ、その後十年間賭博場で監禁生活を送る。
反発？
ジェス
エレナと同じ賭博場で奴隷として働く青年。エレナを精神的に助ける唯一の友達。
友人
求愛
主従
主従
ロメオ
フォレストの息子。エレナに狂気じみた愛情を持ち、執拗に追いかける。
ウォルター
闇の賭博場のオーナー。エレナを十年前に買い、人の心を読む能力を賭博に利用していた。

ウィル
シルバの従兄でアーク王国の宰相。シルバの幼なじみでもある。
デューク
シルバの従兄でアーク王国の国王直属騎士団副団長。シルバの幼なじみ。
従兄
従兄
従兄
イザベラ
エレナと同じ人の心を読む能力を持つ官能的な美女。シルバの妃の座を狙う。
求愛
シルバ
アーク王国の現在の国王。四年前、前国王のアイザックスから政権を奪い、国王になった。冷酷の王と呼ばれる。
支配?
フォレスト伯爵
前国王アイザックスの元、権力をふるっていた貴族。自分を降格させたシルバに恨みを持つ。
主従
親子

目次

一章　心読める少女

ふたりの買い主

お酒の匂いが嫌だ。煙草の匂いが嫌だ。下品に笑う男たちの声が嫌だ。好奇な目線を向ける遠慮ない男の視線が嫌だ。

蝋燭《ろうそく》の光だけで照らされた薄暗い部屋に響く下品な声。むせ返るほど部屋に充満している酒の匂いと煙草の煙に眉をひそめる。

ここは大通りから外れた路地裏の一角にある地下室。本来ならば酒場を生業《なりわい》としているこの店の地下室は、夜ごと人々の異様な熱気に包まれる。狭い地下室は人であふれかえり、男たちとそれに寄り添うようにしてしなだれかかる艶《あで》やかな女たちがテーブルを囲む。テーブルの上にはカードと積み上げられたお金が置かれ、人々はギラつく瞳でそれらを見つめていた。

そう……ここは闇の賭博場。毎夜開かれるその賭けごとは、国から違法とされている。一攫千金《いっかくせんきん》を夢見て、少々のリスクを冒してでも金持ちになりたいという者たちが後を絶たない。

私は賭博場が見える格子窓ごしの光景に溜息《ためいき》をついて、皿洗い中の手元に視線を移す。すると頭から背中を覆うベールと銀色の髪がするりと前に流れ落ち、視界を遮る。こういう時ベールは鬱陶《うっとう》しいと思うが、この容姿を隠すのには最適なものだった。仕方なく手についた泡を洗い流そうとした瞬間、横で賭博場へつながる扉が勢いよく開いた。

「おい、エレナ！」

扉を開け私を呼んだのは私の主人であり、この賭博場のオーナー。いつ聞いても慣れないこの冷ややかな声に慌てて泡を洗い流し、上ずる声を抑えられないまま主人の名を呼ぶ。

「は、はい、ウォルター様、なんでしょうか」

主人の目を見ることが出来ず、俯いたままそう言えば不機嫌な声が返ってくる。

「なんでしょうかじゃねぇ。俺がお前に用があるといったらひとつしかねぇだろ」

いつもよりも機嫌の悪いウォルターは私のすぐそばまで来て、格子窓の先に見える賭博場に視線をやる。そこには、一際熱気を帯びた男たちが囲むテーブルがあった。

「あそこに大柄な男がいるだろう。あの男のせいで、お得意の客が機嫌を損ねている」

ウォルターが指差した男の前には乱雑に積み重なった紙幣と高く積み上げられた硬貨があり、その男を囲む他のプレイヤーは面白くなさそうな顔をしている。かく言うウォルターもそのひとりだろう。

「あいつの心を読め」

横で告げられた声に、心の内でまたかと思い、気分が沈む。

私が人の心を読む能力を秘めていることを知ったのは、十歳の頃だった。そして、その能力を気味悪がられ両親に捨てられたのも十歳の頃。

家族にも親類にも見放され売られた先は、賭博場の主人、ウォルターだった。当時は私の力を気味悪がらないウォルターが引き取り手になったことに喜んだが、すぐにその希望はなくなった。

ウォルターに引き取られここに来てからというものの、扱いは奴隷以下。食べ物さえろくに与えてもらえず、十歳の頃からこの地下室を出た事がない。もちろん両親のように世間体を気にして外に出さないというわけではない。ウォルターが私を地下室に閉じ込める理由、それは〝賭博に利用するため〟だった。

私の能力は読みたい相手を視界に入れて強く念じるだけで人の心を読める事だ。ウォルターはその能力を自分の金儲けに利用した。

ウォルター自身が賭博をする時は横に座らせられ、ほかのプレイヤーの心を読み、ウォルターの役が強い時にだけ勝負を仕掛けるように合図をする。そして時にはウォルター以外の客に加担することもあった。ウォルターは、その客を勝たせる代わりに相応の賄賂を貰うのだ。

「どうした。さっさとあの男の心を読め」

苛々《いらいら》し始めたウォルターの声で我に返り、慌てて男の方を見据える。

「……あの人、次はエースのツーペアとキングのツーペアを狙っています。だから……」

「でかしたエレナ。後でご馳走を買ってきてやるぞ」

私の言葉を最後まで聞かず、裏部屋を飛び出すウォルター。

またやってしまった……。

上機嫌で客に耳打ちするウォルターを見ながら、罪悪感に苛《さいな》まれる。私はこの能力を使って、いかさまの加担をしている。ここに来たばかりの頃はまだ知らずに加担していた。けれど今はいかさまをしていることがとても後ろめたい。賭博に来ている客は嫌いだったが、彼らにも家族がいるわけで、その家族からお金を騙《だま》し取っているみたいで後ろめたかった。

しかしそれでも私がウォルターに従っているのは、ウォルターが私の買い主だから。そしてもうひとつ。この過酷な状況下でも私が耐えられる理由があった。それは……。

「エレナ」

ウォルターと入れ替わりで裏部屋へ入ってきた男。

「ジェス……」

金髪にスカイブルーの瞳を持った男の名を呼ぶ。ジェスは私と同じくウォルターの下で働く使用人。私がここに来た時にはもうジェスはここで働いていた。ジェスは私の心の支えであり、唯一私の能力を知っても気味悪がらなかった友人だ。

「また心を読んだんだな。体は大丈夫か？」

「ええ、大丈夫。いつも通りよ」

心配そうな表情を浮かべるジェスに、にこりと微笑《ほほえ》む。ジェスは私がウォルターの命令で心を読んでいることを知っており、いつもこうして心配してくれる。

「良かった。ウォルターさんが苛立《いらだ》った様子でここに入って行ったから、ヒヤヒヤしたよ」

胸に手をあてほっとした様子のジェスに心が温かくなる。私がこの状況に耐えられるのは、間違いなくジェスの存在のおかげだった。ジェスがいるからウォルターの扱いにも耐えられる。

「心配してくれてありがとう」

私がそう言って微笑み、ジェスもまた照れたようにそう微笑んだ時だった。

――バンッ。

賭博場の方から扉が蹴破られる音が聞こえた。ガヤガヤと人が慌てふためいて動く音が聞こえる。ジェスとともにそっと部屋を出てみれば、賭博場は混乱状態だった。逃げまどう者、金を必死で袋に入れる者、その場から動けない者。

「動くな」

地を這《は》うように低く、唸《うな》るように冷たい声が賭博場に響く。たったひと言でその場の空気を支配し、皆の動きを止めた。皆の視線が集中している先を追って視線を移すと、黒いフード付きのマントを着た男たちが数人、入口に立っていた。

「それでいい。一歩でも動いた奴は切り殺す」

残酷な言葉を躊躇《ためら》いなく口にするひとりの男。

「お前たち、ここは立ち入り禁止だぞ！　なんの権利があって勝手に入って来た！」

人混みをかき分けウォルターが男の目の前に立つ。すると男はおかしそうにクックッと皮肉めいた笑みを浮かべる。

「権利？　そんなもの俺には関係ない」

そう言って、男は深くかぶっていたフードを取る。瞬間、その場にいた全ての者の時間が止まった。フードから露《あら》わになったのは、闇に溶けてしまいそうなほどの漆黒の髪。端正な顔にはめ込まれた紅《くれない》色の瞳が賭博場を見渡す。

なんて綺麗《きれい》な紅《あか》……。

照らす光などないのに闇の中で煌《きら》めく瞳に囚《とら》われた。その男は危険だと感じるが、目を離さずにはいられない。一方、ウォルターや賭博場にいた者たちは恐怖で顔が引きつっていた。

「シルバ……様…っ」

ウォルターの言葉を皮切りに口々に〝シルバ様〟という名を呟《つぶや》く人々。見た目二十歳代後半の青年に向かって敬称をつけるなど、よっぽどの人物なのだろう。

「ほう……俺が何者か分かっていて、跪《ひざまず》きもしないとはいい度胸だ」

スッと男の目が細められる。途端、賭博場にいた者たちが慌てたように跪く。

そして私も「座って」というジェスの言葉に従い、床へ跪き頭を伏せた。

「さっきまでの威勢はどうした？　つまらん、もっと抗《あらが》ってみせろ」

その物言いは、この場にいる者たちの反応を楽しんでいるようだった。

「滅相《めっそう》もございません。この国でシルバ様に逆らおうとする愚か者などおりません」

ウォルターの口から滅多に聞くことのない敬語が耳に入り驚く。気になって床に伏せている頭を少し上げてウォルターの横顔を見れば、顔面蒼白で冷や汗をかいていた。

ウォルターのこんな姿は初めて見た。いつも私を怒る時はあんなに怖いのに。だからこそ、そんなウォルターに恐れられる〝シルバ〟という人物がますます気になる。

「シルバ様ともあろう方が、このような薄汚い場所にどのようなご用件で？」

ウォルターがおずおずと口を開く。必死に笑顔を作ろうとしているが顔が引きつっている。

「確かにこんな薄汚い場所には興味もない」

ふっと小馬鹿にしたような笑みを浮かべる男。もともと人に従うタイプではないウォルターの顔が少し歪んだが、なんとか耐えている様子だった。

「しかし、ここには珍しい女がいると聞いてな」

ウォルターが目を見開き、ゴクリと生唾を飲む音が聞こえた気がした。男は口元に笑みを浮かべながら愉《たの》しそうに、しかし獲物を捉えるかのごとく鋭い視線をウォルターに向ける。

「見ての通り、小汚い村娘ばかりです。どれも同じようなものですよ」

乾いた笑みを見せているが、目が泳いでいるウォルター。対する男はすでにウォルターなど見もせず、無言で賭博場を見渡していた。そして、その視線はあろうことか私に止まった。男の視線を追ってウォルターも焦った様子でこちらに視線を向ける。

なぜこちらを見るの？

暗闇に煌めく紅い瞳に見つめられ心臓がドクンと大きく跳ねる。真っ直ぐこちらに視線を向ける紅い瞳に胸が高鳴るとともに、頭の中でやはりこの人は危険だと察知していた。

けれど……目が離せない……。

私が射抜くような視線にしばし見入られていると、男はこちらへゆっくりと歩いてくる。それに焦ったウォルターは立ちあがり、男の前に立ちふさがった。

「シ、シルバ様。珍しい女がご所望なら、あちらの女などどうでしょうか？　西の国の血を引いている者で、毛色も珍しい赤髪でございます」

そう言ってウォルターが指差したのは客の女性。艶《なま》めかしい体つきに特徴的な赤髪を持ったその女性は、怯えながらも期待の色を滲《にじ》ませて男を見上げる。

「エストの女など珍しくもない。俺が欲しいのはもっと珍しい女だ」

男は赤髪の女性を一瞥《いちべつ》し、ウォルターに言い聞かせるようにゆっくりと話す。

「そう、たとえば……銀色の髪と瞳を持った女」

――ドクンッ。

心臓が大きな音を立てる。私のこと？　子供の頃、散々気味悪がられたこの容姿。私自身ですら銀色の髪と瞳を持った人は今までほかに見た事がなかった。

「そ、そのような変な女が、このアーク王国にいるはずがございません」

なおも男の前に立ちはだかって、行く手を阻もうと前に出るウォルター。その瞬間、シュッと目にもとまらぬ速さで男が動いたと思えば、次の瞬間にはキラリと光る剣がウォルターの喉に突きつけられていた。

「動いたら……切り殺すと言っただろう？」

その声は言葉だけでも人を殺せそうな程に低く冷たい。

小さく呻《うめ》き手を上げて後ずさるウォルター。剣の切っ先からはウォルターの血がひと筋流れている。

この人、本気なんだわ……。

男は座り込んだウォルターの横を通りすぎ、真っ直ぐ私の方へ歩いてくる。逃げなくてはならないと分かっていても、恐怖で身がすくみ見ている事しかできなかった。

「立て」

私の目の前に来た男はひと言そう言う。立てと言われても腰が抜けて足に力が入らない。男はなかなか立とうとしない私にチッと舌打ちすると、私の腕を取り無理やり立たせた。

間近で見た男は最初に抱いた印象と変わらない。スラリと高い身長に端正な顔立ち。綺麗にはめ込まれた紅い瞳は、吸い込まれそうなほどに綺麗だった。

「お前、名はなんという」

「エレナ……です」

男の問いにハッと我に返り、かぶっていたベールで顔を隠しながら答える。

「気に入らないな。なぜこちらを向かない？　それにそのベール。まるで何かを隠したがっているようにも見える」

顔を逸《そ》らした私に男は不服そうに声を上げ、視線を合わせるように屈んだ。

「ベールを取れ、エレナ」

これだけは絶対に取るわけにはいかない。死刑宣告とも言えるその言葉を聞きながら、ベールを持つ手に力が入った。

「取らねば、無理やりにでも引きはがすぞ？」

低く苛立ちをはらんだ声が賭博場に響く。賭博に来ていた者たちも黙ってこちらに注目していた。

「このベールは取れません……」

声を振り絞って拒否する。

「俺に逆らった者はお前で三人目だ。面白い。だが……」

ふっと男が笑ったかと思うと、次の瞬間にはベールの端を掴《つか》まれ力任せにはぎ取られた。

「いや……っ」

咄嗟《とっさ》に手で隠そうとしたが、隠す事など出来なかった。

――ザワッ。

ベールの下の素顔が露わになり、賭博場に驚きの声が広がる。

「銀髪だ……」

「瞳も銀色だぞ……」

容赦ない好奇の目線と、口々に囁かれる怪訝《けげん》そうな言葉。地下の薄暗い部屋の中でもベールの外の世界に震える。

怖い……。幼い頃の記憶が蘇《よみがえ》り、心からの震えに襲われる。人々の視線から逃れるように俯き、一歩、二歩と後ずさった。

しかし、男はそれを許さず腕を取られ、グイッと引き戻される。大きな手で顎を掴み上げられ、否が応でも男の前に素顔をさらすこととなった。

「やはり噂は本当だったか」

まるで獲物を見つけた時のように、ギラリと危険な光を放つその紅い瞳。その瞳に魅入られていると……。

「きゃ……っ！」

突然の浮遊感を覚え、気づいた時には男に軽々と抱き上げられていた。

「エレナッ……！」

ジェスが小さく叫ぶ。

「お、下ろしてくださいっ！」

精一杯の声を振り絞って抵抗するが、男は気に止める様子もなくスタスタと出口へ足を進める。するど、男の歩みを遮るようにして、何かが前に出た。

「シ、シルバ様……。恐れながらエレナを連れて行かれては困ります。それは、私が買った奴隷でして……」

ピンチを救ってくれたのは幸か不幸か、主人のウォルターだった。床に跪いたままおずおずと話す姿は、普段の横暴な態度からは想像もつかない。

「いくらだ？」

「へ……？」

鬱陶しそうに短く告げた男に、ウォルターは間抜けな声を上げる。

「この女をいくらで買ったと聞いているんだ」

何度も言わせるなとでも言いたげに眼光鋭く睨《にら》む男。

「いくらと言われましても……その女には多額の金をつぎ込んでいましてね」

ウォルターは苦虫を噛《か》み潰したような表情を浮かべ、もごもごと歯切れ悪く答える。〝多額〟というだけで私を買い取った時にかかった金額を明かそうとしない。しかし、男はそれで納得するわけがなかった。

「覚えていないというならば、それでいい。好きな金額を言え。そうすれば、その倍払ってやる」

「なっ……」

悠然とそう言ってのけた男の言葉に、ウォルターは弾かれたように顔を上げる。その顔には驚きと喜びの表情が滲んでいた。金に目のないウォルターのことだ、男にどれほど莫大な金を要求しようかと考えているに違いない。

しかし、「いや、けれど……」とボソッと口にして、何かを思い出したように身震いし、ウォルターは口を開く。

「申し訳ございませんが、いくらお金を積まれようとエレナをやるわけにはいきません」

ウォルターの言葉に違和感を覚える。なぜウォルターはこんなにも私に固執するのだろう。彼にとっての私の存在は、お金儲けに利用すること。男がいくらで買ってもいいと言っているのだから、賭博で稼ぐ金額以上を要求すればよいはずだ。それともほかに理由があるというの？

ウォルターの思惑がなんにせよ、このシルバという人に連れて行かれるくらいなら、ここで働いていた方がいい。ジェスもいるし……何よりこの男を恐れている自分がいたから。

しかし、僅《わず》かな希望は男の言葉によって脆《もろ》くも崩れ去ることになる。

「お前は自分の立場を理解していないらしい」

男はウォルターに向かって冷笑を浮かべ、静かに口を開く。

「俺はこの女を引き渡すだけで許してやると言っているんだ」

まるでこれ以上の説明が必要か？　と言わんばかりの口ぶり。完全にウォルターを馬鹿にしている。対するウォルターはやはり分かっていない様子だ。男はそんなウォルターの反応に呆れた表情を浮かべ、愉しそうに口を開く。

「見たところこの店は賭博場らしいが、国に税は納めているのか？　まぁ、それも調べれば分かる事だが、地下室に賭博場を設けるくらいだ。さしずめここは闇の賭博場だろ。とすると、このまま賭博場の主人を捕らえる事も出来るが？」

男の言葉にぐっと押し黙るウォルターに、男はクツクツと獰猛《どうもう》な笑みを見せる。

「ここで素直に金を受けとって女を手放すか、申し出を受け入れずに牢屋《ろうや》に放り込まれるか、どちらがいいか選べ」

さぁ……と促す男の瞳は、追いつめられた獲物をジワジワといたぶるように愉しそうだった。

「わ、分かりました」

ウォルターは悔しそうにそう呟く。

「話の通じる相手で良かった。今日はお前に免じて、この賭博場に関しては不問にしてやろう。だが次はないからな」

そう吐き捨てて再び歩き出した男に我に返り、腕の中で抗う。

「いや……です。私、行きたくない」

「お前にも拒絶する権限などない。今日から俺がお前の主人だ」

「っ……！　でもっ……」

〝お金で買った〟。そう言われてしまえば、何も言う事が出来ない。

「エレナッ！」

「ジェス……ッ！」

呼ばれた方へふり向くと、額に汗を浮かべながら立ち上がるジェスの姿が見えた。

「シルバ様。エレナを連れていくのはお許しください」

手をギュッと握りしめながら声を振り絞るジェス。きっとジェスもウォルター同様、この男に怯えているのだろう。私を抱えている男は面倒だとばかりに盛大な溜息をついた。

「どいつもこいつも、聞き分けのない奴ばかりだ」

そう言って私を片腕で抱えたまま腰に下げていた剣を抜く。銀色の刀身に金の装飾がされた剣が向けられたのは、大切な友人。

「体に教えねば分からぬらしい」

低く唸るような声で言う男に躊躇いはない。

「やっ……やめて……っ！」

今にもジェスを切り裂きそうな男に、悲痛な声で叫ぶ。そして剣を持つ腕にしがみついた。

「ジェスを傷つけないで。行きますから、貴方と一緒に行きますから！」

私はうなだれ、男に向かって必死に言う。私のためにジェスが傷つくのなんて見たくない。ジェスは私の唯一の友人だから。いつもウォルターから守ってくれた優しい友人。だから、今度は私がジェスを守る。

「エレナ……」

ジェスは驚いたように目を見張っていた。

「ジェス、私は大丈夫だから」

安心させるように微笑みかけるが、ジェスはまだ納得がいっていない様子だ。

「話はついたようだな」

男は私とジェスのやり取りに区切りをつけるようにそう言って、ジェスに向けていた剣を収めた。

そして、大人しくなったジェスからウォルターへ視線を移す。

「金の件は、この者に伝えておけ」

男は黒いマントを羽織った者を指差す。

「お前たちは話がつき次第戻って来い。俺は先に帰る」

黒ずくめの者たちに命じて、賭博場を出ようとする。

「シルバ様⁉　お待ちください、おひとりでは危険です」

それを慌てた様子で引き止めようとしたのは、黒ずくめの者たちのひとりだった。

「危険？　それは誰に向かって言っているんだ？」

不愉快だと言わんばかりのオーラを放ち、黒ずくめの男を睨む。鋭い視線に睨まれ、冷や汗をかきながらごくりと生唾を飲み込む部下らしき者。一見すると男よりも部下たちの方が体格は大きかったが、その瞳には明らかな怯えの色が含まれていた。

その部下は、ここで引き下がってはならないと思ったのかビシッと体を直立させ、姿勢を正す。

「恐れながら……シルバ様の身にもしもの事があれば、私どもがウィル様にお叱りを受けます」

男は部下の言葉に、ますます眉間に皺《しわ》を寄せる。

「お前たちの主人は、いつからウィルになった」

男の言葉にビクッと肩を揺らす部下たち。

「主は俺だ」

間近で聞く男の声は低く冷たく響き、私は思わず体をビクッと震わせた。

「も、申し訳ございませんでした」

部下たちも男に睨まれ、震え上がっている様子だ。

「ウィルの命《めい》をまっとうしたいのならば、そうすればいい。ついて来られたらの話だがな」

ふっと皮肉を込めた笑いを残し言った。男は私を抱き上げたまま、地上へ続く階段に足を掛ける。部下たちの中心人物であろう男が焦った様子で「そこの二名、シルバ様を護衛しろ」と命じているのをよそ目に、どんどん離れていく賭博場を見つめる。

驚きと恐怖で縮こまっている客たち。悔しそうな表情を浮かべるウォルター。そして心配そうな表情でこちらを見つめるジェス。

こんな形でこの賭博場を出るとは思わなかった。十年間一歩も出た事がなかったこの賭博場から、私を連れ出したのは見ず知らずの男。

私はどうなってしまうのだろうか……。

これから待ち受ける未来に大きな不安を抱えながら、賭博場を後にした。

後宮入り

賭博場を出てから数十分馬で移動し、気づくと石壁の前にいた。男は私を抱えたまま馬から降りると、門から中に入っていく。

裏口らしき門を抜けると、庭に出た。薄暗くてよく見えないが、広い庭だという事は分かった。ふと見上げると、大きな屋敷が目に入る。

――バンッ。

男が両開きの扉を開けると、そこは大きなホールのようになっていて、淡い明かりが灯されていた。

「シルバ様！　お早いお帰りですね」

扉の音に気づいたのか黒と白の生地を基調とした侍女服を着た女性が、隣の部屋から出て来た。

「あぁ。ウィルはいるか？」

短く答え男は賭博場で聞いた〝ウィル〟という名を出す。

「はい。ウィル様なら、執務室にいらっしゃいます」

「では後宮へ来るように言え」

「……はい、承知いたしました」

女性は男の言葉に一瞬驚いた様子を見せたが、すぐにウィルという人物を呼びに行った。

しかし大きな屋敷ね。歩けど歩けど後宮という部屋につかない。この人はどこかの貴族のご子息なのだろうか。所々に飾られている絵画や調度品の数々から、高い地位にいる者だということは私にも分かった。そんな見ていて飽きない屋敷の内装を見ていると、男の足が止まる。

「着いたぞ」

男の声で我に返り、扉を開いた先にある部屋に息を飲んで押し黙る。

後宮というところは賭博場が何個も入りそうなくらいに広く、天井も高かった。部屋をぐるりと見渡してみれば、天蓋付きの大きなベッドに、ベルベット素材のソファ、床に敷き詰められたふかふかの絨毯《じゅうたん》など、どれも高級そうな調度品が設《しつら》えてある。

「今日からここで暮らしてもらう」

そっと絨毯が敷かれた床に下ろされれば、沈みそうなほど柔らかい感覚が足を包む。

「ここで？」

「あぁ、そうだ」

不安を口にした私の気持ちなどどうでもよいかのように男は部屋の灯りをつけに行く。

この人の目的は何？　私は本当に、髪と瞳の色が珍しいだけで連れてこられたのだろうか。

その真意が知りたくて、僅かに震える唇を結び、ランプの灯りをつける男を視界に入れた。

男の心を読もうと試みたが、過去のトラウマが思い起こされ、男の心を読むことが出来なかった。

あれはまだ私がウォルターに買われたばかりの頃。客の心を勝手に読んでウォルターに耳打ちをした事が客にばれ、ウォルターに躾《しつけ》という名の暴力を振るわれた。顔や手足など肌が見える部分を避けて、殴る蹴るは当たり前。屋根裏部屋に閉じ込められ、食事もろくに与えられずにすごした日々は昨日の事のように思い出される。そんな日々をすごしているうちに、いつしか私はウォルターの命令があった時にしか能力を使わなくなった。否、体が恐怖と痛みを覚えてしまい、能力を使う事すら出来なくなったのだ。

今も自分が立たされている状況を思うと、心を読めばこの状況を少しでも変えられるかもしれないのに、長年染みついた恐怖は簡単に拭うことは出来ない。

「あの……」

心を読めないのであれば、言葉にして聞くしかない。そう思って口を開いた時だった。

――バンッ。

バタバタと遠くから足音が近づき、勢いよく後宮の扉が開かれる。

「シルバ、帰ってきてたんですか？」

入ってくるなりそう言ったのは、茶髪にくりっと丸い目を持った男だった。

「ウィル、遅いぞ」

「貴方また部下を置いてきましたね」

溜息交じりの言葉に、男は眉をひそめる。

「あいつらを待っていては、夜が明けるからな」

ウィルと呼ばれた男は、納得していない様子だったが再び溜息をついて、視線を私の方へ移す。

「それで？　そのお嬢さんが例の女神ですか？」

「あぁ、そうだ」

急にふたりの視線が私に集中し、緊張で固まる。

「あっあの……貴方たちは誰なんですか？」

「申し遅れました。僕はウィル・ジェンキンスと言います。どうぞウィルと呼んでください」

「エレナ……です」

ウィルの笑顔に思わず差し出された手を取った。

「私はなんのためにここに連れてこられたんですか？　その方がこの屋敷の主のようですが、私は一体これから何をさせられるのですか？」

ちらりと男を見ておずおずと口にした私の疑問に、ウィルがぽかんと口を開けて驚いている。

「一応聞いておきますが、この方がどんな方か知っていますか？」

ウィルはそう言って、私をここに連れてきた男を指差す。

「〝シルバ〟という名前だけしか知りません」

そう言うと、男の眉がピクリと動き、ウィルは慌てて主人をなだめる。恐らく敬称を付けなかったことが気に入らなかったのだろう。

「エレナさんはあの地下室に長く監禁されていたんですから、貴方の事を知らなくても無理ないですよ。エレナさんもそんなに怯えなくとも僕たちは貴方に危害は加えません」

そう言って優しい微笑みを見せるウィル。直感的にこの人は私に危害を加えないだろうと感じた。しかしそんなニコニコと優しい笑みを浮かべるウィルから次に投下された言葉は、驚くべきものだった。

「この方はシルバ・アルスター。この国を統べる王です」

サラリと言ってのけた言葉はともすれば、右から左へ聞き流してしまいそうなほどだった。

「えっ……国王様……っ!?」

ウィルの言葉に大きな衝撃を受け、一歩二歩と後ずさる。

「アルスターの名も知らなかったのか？」

「はい……」

鋭い視線を向けるシルバにビクッと体を震わせて、小さな声で答えた。

「まぁいい。エレナ、お前がここに連れてこられた理由は分かるか？」

「分かりません」

心の中まで見透かすような鋭い視線から逃れるように俯き答える。

「お前のその能力。それを利用させてもらう」

シルバの言葉にドクンと心臓が嫌な音を立て、バクバクと心音を刻む。動揺しないよう震える体を抑え、俯いたまま口を開く。

「なんのことですか？」

「とぼける気か？」

切れ長の瞳を鋭くさせ、声低く問われる。

「とぼけるも何も、身に覚えがありません」

シルバの鋭い視線に負けそうになるが、ここで引くわけにはいかない。

「そうか、お前がそのつもりなら、俺にも考えがある」

先程までの鋭い視線を解き、ふっと不敵な笑みを浮かべ、シルバは口を開く。

「賭博場でお前をかばった男。身なりからしても、客というわけではなさそうだ。ということはお前と同じ境遇だということ。奴隷のような扱いを受けていた環境の中、お互いを励まし合い、親しくなるのは自然なことだろう」

シルバの考察は鋭く、その通りだったが、なぜいきなりジェスの話になったのだろうか。意図が分からず訝《いぶか》しげな視線を向けていると、シルバはまだ分からないのかとでも言いたげに口の端を持ち上げて笑った。

「お前もあの男がいなくなるのは、悲しいだろう？」

明確な言葉は避けていたが、この言葉にやっとシルバの意図が分かり、弾かれたように頭を上げて叫んだ。

「やっ……駄目！　ジェスには手を出さないで」

あろうことか、シルバは私が認めなければジェスを殺すと暗に言ったのだ。ジェスには関係のない事なのに、迷惑をかけるわけにはいかない。

「では、俺の問いに正直に答えろ。お前は人の心を読む能力を持っているな？」

半ば強制的なシルバの問いに黙り込むが、唇を噛みしめて小さく頷いた。シルバは満足そうな笑みを浮かべる。

「従わねばどうなるか分かっただろう？　分かったのなら、俺のために力を使うことだな」

「力は使いたくありません……」

絞り出すように声を上げる。力を使う事、それは過去の忌々しい記憶を蘇らせる。しかしこの冷酷な国王に伝わるはずもなかった。

「従わなければどうなるか、分かったのではなかったのか？」

「けど……っ」

力は使いたくない。けれどジェスが傷つくのは嫌だ。

躊躇っていると、シルバが追い打ちを掛けるように口を開いた。

「忘れたか？　お前は俺が買ったんだ。アイツに支払った額をお前が返せるというならば別だがな」

「そんな……っ」

ウォルターがいくら要求したかは定かではないが、きっと高額だろう。シルバは知っていて私にお金の話を出してきたのだ。無力な私はシルバをキッと睨む事しか出来ない。

「いい顔だ。従順な女など、疎ましいだけだからな」

決死の睨みもフッと笑われて終わってしまった。

「私は何をすればいいんですか？」

「簡単だ。お前のその力を使って、この国の反逆者をあばきだしてもらう」

反逆者？　一体この国では何が起こっているのだろうか。訝しく思っていると、シルバの方から口を開いた。

「このアーク王国は四年前、前王アイザックスから俺が奪った」

「奪った……？」

気になった言葉を口にする。

「あぁ、無理やりな」

「シルバ」

とウィルが小さく声を上げるが、シルバはそれを無言で制す。

王位を奪ったというの？　そんな事……いや、ジェスを人質にとるこの男なら、やりかねない。

「アイザックスを支持していた家臣どもはあらかた抑え込んだが、今もその残党が裏でこそこそと反乱を企てているらしい」

「貴方のやり方に不満があるから？」

「そうだ。お前にはこの反乱分子を洗い出してもらう」

正式に王位を継ぐならまだしも、謀反を企てて王位を略奪したのだから、未だ恨みをもつ者も少なくはないだろう。前王の家臣たちも略奪の上、即位した新国王にいい印象など持つはずもない。

「具体的にはどうやって？」

覚悟しながら問うと、今まで黙って話を聞いていたウィルが口を開く。

「シルバ、それは明日でいいんじゃないですか？　もう遅いですし」

「あぁ、そうだな。明日改めて詳しく話す。今日はもう休め」

意外にもシルバはウィルの指差した時計を見て提案を受け入れた。時刻は夜中の二時。終始、緊張に包まれた時間をすごしていたのであまり気にはならなかったが、時計が目に入った瞬間、体が疲労を訴え始める。

「分かりました。でもいいんですか？　私にこんな部屋を与えて」

「言っておくが、ここは俺の部屋でもある」

「え？」

「は？」

衝撃のままに声を上げる私とウィル。それはつまりこの後宮と呼ばれる部屋で、シルバと一緒にすごさなければならないという事だろうか。

「エレナ、お前は今日から俺の妾《めかけ》としてここで暮らしてもらう」

「シルバッ……それは……」

「うるさい。もう決めたことだ」

ウィルが焦ったように窘めるが、シルバは鬱陶しそうな視線を向けてそう答える。

「貴方という人は……」

ウィルもそれ以上言っても無駄だと思ったのか、諦めたように溜息をつく。

一方、私はシルバのある言葉が引っかかっていた。

「妾とはなんですか？」

「妾も知らないのか？」

シルバの呆れたような視線にいたたまれずウィルに助けを求めれば、ウィルは慌てて口を開く。

「妾とは……そうですね、妻という意味です。この後宮は国王であるシルバと妃《きさき》がすごす部屋なんですよ？」

「妻……お妃様…っ⁉」

妾というのは、国王の妃ということ？　愛し愛されているわけでもないふたりが、夫婦になる意味が分からない。

「なぜ私が、貴方の妻にならなければいけないのですか？」

「それが一番動きやすいからだ。俺の妾となれば、怪しまれずにどこへでも連れて歩けるからな」

シルバの言葉でやっと理解する。反乱を企てている者たちは内部にいる。いつ、どこでその者に出くわすか分からないからこそ、傍《そば》においておきたいのだろう。

けれど、そう上手くはいかないと思う。

「私を妻にすると、貴方の立場が危うくなりますよ？」

「どういう意味だ？」

シルバは訝しげな表情をして先を促す。

「見ての通り私の外見はほかの人とは違います。私を妻にすれば、国民は貴方への不信感を募らせ、家臣の忠誠が揺らぐかもしれない」

銀色の瞳に銀色の髪。人の心が読める能力があることが知れずとも、好奇な目で見られる。そして口々に言うだろう。〝相応しくない〟と。親すら見放した私を家臣が、国民が、認めるはずがない。しかし、シルバから返ってきた言葉は意外なものだった。

「そんな事か」

「そんな事って……」

まるで関心のない言いようのシルバに、虚しさが込み上げる。

この王は知らないのだ。私がこの銀色の髪を持った事で、どれだけ周りの人々に疎外されたか。この瞳を持った事で、どれだけの人の好奇な目に晒《さら》されたか。

「貴方は分かっていない。私は女神なんかじゃない」

ふとウィルやシルバが言っていたふたつ名を思い出す。人々から蔑まれてきた私が女神などとは、皮肉以外の何ものでもない。

「妻でなくとも、貴方の傍にいる事は出来るはずです」

「そうですよ、ほかにも方法はあります。何もエレナさんを妾にしなくても良いじゃないですか」

「もう決めたことだ」

シルバは私とウィルの言葉を一蹴し、そう言って話を終わらせようとする。そして、シルバは「それに……」と続け獰猛な笑みを浮かべながら言う。

「そのような事で揺らぐ忠誠心なら、こちらから願い下げだ」

シルバの言葉に唖然《あぜん》とする。これが家臣を持つ王の言葉だろうか。

ウィルは頭を抱えて溜息をついていた。

「お前は黙って俺の言う事をきいていればいい。分かったな?」

「分かりました……」

有無を言わせないシルバにそう答えるしかなかった。

「では先に寝ていろ。俺はまだやることがある」

シルバは私の答えに満足したのか、早々に後宮を去ろうとする。

「……私を見張らなくていいんですか?」

見渡せばこの後宮はひとりも使用人がいない。逃げようと思えば逃げ出せそうだ。そんな場所に今日来たばかりの女を、しかも無理やり連れてこられた女をひとりにするなど、不思議でしょうがなかった。

「どうせお前に行くあてなどないだろう? 〝エレナ・マルベル〟」

シルバの出した名前に衝撃を受ける。〝マルベル〟。その名は一度も出さなかったのに、なぜ知っているの?

「なぜ知っているのか、という顔だな。国家の情報網を侮ってもらっては困る」

「すみません。賭博場に行く前に貴方の事を調べさせていただいていたんです」

フッと笑うシルバとは対照的に、ウィルがすまなそうな表情で謝る。

「ある貴族の家に人の心が読める少女がいたことを聞いて、まずその家を探しました。その家がマルベル公爵家だということは分かりましたが、すでにその少女はその家にいなかった。十年前に売られたというんです」

眉を寄せ辛そうに話すウィル。

——ズキッ。

ウィルの表情につられ、久しぶりに胸が痛んだ。

「そして、その少女が売られた先が賭博場だという噂を聞きつけ、行ってみたら貴方がいたというわけです」

そうか……それであの時シルバは迷わず私の方へ来たのね。賭博場でのシルバの行動にも納得いった。

「マルベル家の娘は温かい両親に囲まれて幸せそうだったぞ？」

どんな表情をしてよいか分からず、複雑な気持ちで聞いた。妹は今年で十歳になる。ちょうど私がマルベル家を出された歳だ。顔すら見たことはないけど、元気で両親に温かく見守られているならそれでいい。

「お前が帰ったところで受け入れはしないだろうな」

「シルバ！」

ウィルが無神経なシルバの言葉を咎《とが》めるが、シルバは気にした様子はない。

「分かっています」

「お前には帰る場所などない。だから見張りなど不要だ」

シルバの言葉が死刑宣告に聞こえた。

「もし逃げたとしても、必ず見つけ出す」

「逃げません」

シルバの言うとおり、ここを出ても私に行くあてはない。賭博場に戻ったとしても、シルバに怯えていたウォルターがかくまってくれるとも思えない。私はここにいるしかない。後宮という名の檻のない牢獄に。

「そうか。ならもう休め」

「はい……」

今度こそシルバの言葉に、素直に返事をする。

「行くぞ、ウィル」

シルバが心配そうな表情のウィルを連れ部屋を出て行くのを、立ったまま見送る。

こうして、後宮での生活は始まった。

国王と宰相

皆が寝静まった深夜。王城の執務室では、小さな口論が繰り広げられていた。

「シルバ、エレナさんを妾にするとは、どういうつもりですか?」

「俺の買った女だ。どうしようと俺の勝手だ」

ウィルの小言はいつもうるさい。気に入らない事があれば、ネチネチとまるで女のように問いただす。俺にこうして意見するのは、ウィルを含め数人しかいない。その最たる要因はウィルが自分の従弟《いとこ》にあたることだろう。

幼少の頃から帝王学を学んでいた俺と、宰相としての知識を学んでいたウィル。初めて会った時の印象は〝裏表の激しそうな奴〟だった。抱いた第一印象はあたっており、ウィルは表こそ童顔で人畜無害な外見をしているが、腹では何を考えているか分からない奴だった。普段からニコニコと笑顔を見せている奴ほどキレると面倒だというが、ウィルはまさにその通り。一旦ウィルの怒りに触れると、怒らせた原因から日々の鬱憤《うっぷん》まで含め延々と口うるさい説教が始まるのだ。

そこからは考えただけで嫌気がさす。今もその前兆が見え始めているため、言葉を選んで口を開いた。

「いつどこで反乱分子と出くわすか分からないんだぞ。傍に置くには妾が一番いい」

「そうですけど……」

そう歯切れ悪く答えたウィル。どうやら怒らせずに済んだようだ。

「正妻にしないだけましだ」

「確かに国王の正妻は責任が重すぎます。けれど妾という立場も世間を知らないエレナさんにとっては重荷です」

確かに正妻でもなく、側室でもないただの妾として俺の傍にいる事は、エレナにとって重圧でしかない。

「俺たちには、今日会ったばかりの女の心配などしている暇などない。それともお前は国の存続よりもエレナを優先するというのか？」

「そうではありませんけど、あんなに辛い経験をなさっていて、これから先さらに辛いことを強いるなど可哀想《かわいそう》で……」

ウィルは眉尻を下げ、苦しそうに表情を歪める。

「エレナが決めた事だ」

「強制的に、の間違いじゃありませんか？」

眉ひとつ動かさずに言い放った俺にウィルは呆れた様子でそう聞く。

あぁそうだ。ウィルの言う通り、俺は奪うことでしか手に入れられない。そして、目的のためなら手段を選ばない。そう頭の端で思いながら静かに口を開く。

「もう引き返せない。エレナも、俺も」

「そうですね。僕も貴方について行くと決めた日から、引き返すことは諦めました」

ウィルは哀愁の色を瞳に乗せて、深い溜息をつく。

「けれどエレナさんは一般市民です。どうか彼女をこれ以上傷つけないでください」

「なんだ、ウィル。エレナに惚れたか？」

今日会ったばかりの女にこれほど入れこむとはな。普段、女になど興味がなさそうなウィルも男だったということか。しかし、そんな考えは真剣な顔つきのウィルに否定される。

「違います。ただ、守ってあげたいと思わせるような雰囲気を持つ女性なので。貴方の横暴さに振り回されると思うと胸が痛いんです」

涙を拭うような小芝居を挟み、本格的にエレナの肩を持つつもりのウィルに頭を抱える。

「どうでもいいが、深入りするなよ」

はいはい、と分かっているのかいないのか分からないような答えを寄越しながら報告書を書きだしたウィルに溜息をつく。

どうせ用が済めばこの王城からは出てもらう。今回の成果次第では、あの地下室のような環境ではなくちゃんとした生活を与えてやってもいい。

ふと十年間エレナが監禁されていた賭博場が頭に浮かんだ時、賭博場で抱いた違和感を思い出す。

「ウィル」

「なんですか？」

思いつくままにウィルを呼べば、気の抜けたような生返事が返ってくる。

「調査書に書かれていた、賭博場の主の事を覚えているか？」

「エレナさんを買った人ですよね。確かウォルターという人でしたっけ。その人がどうかしました？」

調査書はウィルの部下から提出されたもので、上官であるウィルも当然目を通している。とりわけ記憶力のいいウィルはウォルターの名前をしっかりと覚えていた。

「調査書では金に目のない奴とあったが、エレナを連れて帰る時、言い値の二倍出すと言ったにもかかわらず、話に乗ってこなかった」

「それはおかしいですね。彼には多額の借金があったようですし、お金は喉から手が出るほど欲しいはず」

疑問を口にすると、それまで報告書を書いていたウィルがやっと顔を上げる。

「あの男には何か裏がありそうだ」

「すぐに調べさせます」

短い説明でも俺の表情や声色から何かを察して動くウィル。有能な部下の答えに満足し、フッと口の端を持ち上げた。

「では僕は今日の報告書を書いてから休むことにします。シルバは明日も朝から公務が入っていますから早めに休んでくださいね」

「あぁ、分かっている」

短く答えればウィルは安心したように微笑み、自室へと戻って行った。

時間はすでに夜中の三時を回ろうとしている。明日はイースト地区の視察か。早朝に出立を予定していたことを思い出し、灯りを消して書斎を出た。後宮へ戻りながら、頭の中で明日の公務の予定を組む。

イースト地区は王位についた時、特に荒廃が進んでいた地区で、明日は無能な部下の代わりに視察に行くことになっていた。イースト地区は治安も悪く、なかなか再興が進んでいない。ウィルのように少し癖のある奴でも、有能な部下が増えて欲しいとは思うが、私欲の限りを尽くした前王の政権の下でだらけきったアーク王国を正すのは時間がかかる。

そうこうしながら歩いていると、気づけば後宮の扉の前。

そっと扉を開けて後宮へ足を踏み入れると、月の淡い光が迎える。そして、無意識に後宮にいるはずのエレナを目で追う。もう寝ているだろうと思い、ベッドに視線をやるが、ベッドはもぬけの殻だった。

いない……っ？　まさか、本当にこの王城を抜け出したのか？　あの時は〝逃げない〟と断言していたが、まだあの賭博場に未練があったのかもしれない。いや、賭博場というよりもあのジェスという男に……の間違いか。

チッと舌打ちをして、後宮を後にしようとした時、視界の端に何かが映る。ふとその方向に目をやれば、ソファですやすやと眠るエレナがいた。

「逃げていなかったのか……」

思わず、声に出して呟く。

そっとエレナの眠るソファに近づいた。ソファは大人ひとり寝られるくらいに大きいものだったが、エレナは体を抱えるように小さくうずくまって寝ていた。春の木漏れ日も温かい季節。いくら温かいといえど夜は冷え込む。しかも、エレナは毛布さえ羽織らず横になっている。恐らく賭博場でもこのような生活をしていたのだろう。

改めてソファで眠るエレナの姿をじっと見る。銀色の髪に銀色の瞳。あの賭博場でベールをはぎ取った時はその姿に息を飲んだ。全てが白銀に包まれていて。あんなに薄汚い場所で、腰まで伸びた銀色の髪は艶があり、汚く濁った瞳しか持っていない者たちの中でも、銀色の瞳はダイヤモンドのように輝きを失わない。長年暗い地下室にいたためか、肌は染みひとつなくきめ細かだった。

〝本当は人間ではないのかもしれない〟

そんな馬鹿げたことが頭に浮かんだ。銀色の髪、白い肌。その存在全てが月が照らす白銀の世界に溶け込まれて消えて行きそうで……俺たちとは別世界の者、触れてはいけない存在だと言われているようだった。

瞬間、賭博場で初めてエレナを見た時の激しい喉の渇きを覚えた。

〝欲しい〟

馬鹿な……もう手に入れているではないか。

エレナの全ては俺のものだというのに、手に入れてもなお喉の渇きを覚えるほどの強い渇望はなんなのだろうか。その衝動を抑える術を知らず、ただ拳を作って強く握った。

〝深入りするな〟

ウィルに言った言葉を自分にも言い聞かせる。エレナに特別な感情があるわけではない。周りにいるような従順な女たちには持ち合わせない雰囲気を持つエレナにただ興味を持っただけだ。

頭の中で暗示のように繰り返しながら、原因の分からぬ渇きを振り切るようにベッドに入った。

こうしてエレナとの生活が始まった。

反逆者の影

シルバに王城に連れてこられて二日が経った。連れてこられた昨日の朝、起きると後宮にはシルバの姿はなかった。代わりに入ってきたのは私と同い年くらいの侍女だった。名をニーナといい、聞けば歳は十九で、幼いころから王城で暮らしているという。

私の容姿について何か言われるのではないかと構えていたが、ニーナは純粋に驚いただけ。ジェス以外に私の容姿に気を使わない人や、好奇な目で見ない人は初めてだったため、少し戸惑ったけれど、ニーナに心を開くのに時間はかからなかった。それはやはり彼女の天真爛漫な性格が一番の要因だろう。王城の侍女なのにどこか抜けているところがあるのが憎めない。

ニーナの仕事は私の身の回りの世話だが、普通の侍女ならばしないであろう仕事がひとつあった。それは〝能力チェック〟。なんでも、シルバはニーナに毎朝私の能力がちゃんと機能しているかをチェックする役割を与えたという。内容は簡単で、ニーナが朝食で食べたい物を能力を使って当てるというものだった。

最初は過去のトラウマが蘇り、能力を使うことが出来なかったが、ジェスを人質にとられている手前、能力が機能していないとシルバに知れると思うと別の意味で震えた。長年体で覚えた恐怖と痛みは容易には消えてくれなくて、ガタガタと震え出した私を気遣ったニーナは昨日、シルバに嘘の報告をしたのだ。

「エレナ様……今日は如何《いかが》ですか？」

朝食を運んできたニーナが、ベッドに座っている私を心配そうに覗《のぞ》き込む。

ドキッと心臓が嫌な音を立てるが、無理やり笑顔をつくる。

「うん……やってみる。お願いできる？」

「はい！　もちろんです」

パァッと花が咲くように笑顔になったニーナに心が和み、覚悟を決めてニーナを見据えた。

「ではいきますよ……」

私の緊張を読み取ったニーナも、真剣な表情をして私を見つめる。

ドクンドクン……と心音が聞こえるほどに脈打つ。手には冷や汗が滲み、また体が震えはじめる。

思い起こすだけで手足に痛みが走るようで、震えを抑え込むように体を抱きしめた。

これ以上ニーナに迷惑をかけるわけにはいかない。目を閉じて落ち着かせるように深呼吸を何度か繰り返し、意識を集中して目を開く。透き通るように綺麗な琥珀《こはく》色の瞳をじっと見つめ、ニーナの深層に入り込んだ。そして視えたままを口にした。

「ベーコンエッグとトースト……？」

「すごい！　正解です！　エレナ様の能力は本物だったんですね」

ニーナの顔が輝き、興奮気味に私の手を取る。喜ぶニーナをよそに、正常に能力が働いたことに安堵していた。

「これで今日の宴も問題ないですね」

ニーナの言葉に浮上しかけた気持ちが再び沈む。今日はシルバが家臣を集める宴で反逆者を洗い出すために、力を使わなければならない。宴には多くの人が集まり、珍しい髪と瞳を持った私を好奇な目で見るだろう。そんな中、本当に能力を発揮することが出来るのだろうか。

「緊張していますか？」

私の不安を感じ取ったニーナがそっと問う。

「ええ、少し。宴にはたくさんの人が来るんでしょう？　今はニーナが相手だから良かったけど、いざたくさんの人を前にした時どうなるか分からないから」

「ご安心ください。もし失敗したとしても、シルバ様はエレナ様を咎めたりいたしません」

ニーナはそう言うが、あの人が私をかばってくれる事は期待できない。ジェスを人質にしてまでも自分の目的を遂行しようとする人だ。きっとどんなに怯えても嫌だと言っても、帰してはくれないだろう。

「ニーナ、本当に宴ではベールをかぶってはいけないの？」

今日何度目か分からない質問をニーナに投げかけると、ニーナは困ったように笑った。

「今日の宴はエレナ様のお披露目という名目ですから、姿を隠すわけにはいきません」

「そもそも何故、宴の目的が私のお披露目なの？　心を読むだけなら裏からで十分なはずなのに」

今朝突然告げられた宴の目的に、不満を持っていたことが口に出る。

「シルバ様がエレナ様を傍に置くと言ったからには、お披露目は必要ですわ。シルバ様の隣にいるという事はそれ相応の〝意味〟が必要ですから」

それだけシルバの言動に家臣や国民が注目しているという事ね。私がシルバの隣にいる意味は能力を使うため。けれどそれを家臣や国民に伝えるわけにはいかないから、妻として隣にいる意味を与えようとしているのだろう。

「分かりました」

諦めたようにそう呟くと、ニーナはふわりと微笑んだ。

「ありがとうございます」

そして「では……」と言って立ち上がったニーナが化粧台の棚から化粧道具一式を持ち出す。

「準備をしましょうか、エレナ様」

それはもう楽しそうにニコニコと笑うニーナが私の手を引いて椅子に座らせる。

「こ、このままでいいわ。どうせ着飾っても皆が見るのは私の髪と瞳だけだし」

「いけません！」

大きな声を出して否定したニーナに目を丸くして驚く。

「化粧は女の嗜《たしな》みです。それに今日はシルバ様の正妻の座を狙っている女性たちも来ますからね。綺麗にドレスアップして、お化粧して、あの女どもの戦意を喪失させてやりますわ」

ぶつぶつと面白そうに呟くニーナは、普段の天真爛漫な彼女と同一人物かと疑うほど黒いオーラを放っていた。〝女ども〟と言っているあたり、その女性たちと何かあったのだろう。

それから宴の時間まで、ニーナの着せ替え人形になった。王城にあるドレスというドレスを引っ張り出し、片っぱしから着せられ、ドレスが決まれば次に靴、宝石、身につけるものは全て試した。

お陰で宴が始まる前だというのに、どっと疲れてしまった。

コーディネートされた私の全身を見渡し、ニーナが満足げに頷いた時、コンコンと後宮の扉がノックされた。

「エレナ様、宴の準備が整いました。陛下がお待ちです」

扉の外からそう告げた侍女の言葉にドキッと心臓が跳ね、不安げにニーナを見る。安心させるように微笑むニーナに向かって頷き、覚悟を決めて宴に臨んだ。


――ガハハハハ。

宴の会場に響き渡る、快活な男たちの声。皆が陽気に笑い、酒を酌み交わしている。

シルバと私はというと、皆が座っているところよりも少し高い上座に座っていた。今はだいぶ落ち着いたけれど、私が姿を見せた時はやはり皆の好奇な視線が集まり、いたるところでヒソヒソと話をしたり耳打ちしている人たちがいた。二日ぶりに顔を合わせたシルバは宴の席に来た私を見て一瞬目を見張ったが、不機嫌な声で「来い」と言っただけ。それでも居心地の悪い思いをするよりはましだと思って、シルバの隣に座った。

暫《しば》くは居心地の悪さを覚悟していたが、それも最初のうちだけだった。皆酒が入ると上機嫌になり、王であるシルバが座る上座に挨拶に来るようになった。今もまた上級貴族の男が挨拶に来ている。

「この度はおめでとうございます。このようなお綺麗な方を隠しておられたとは陛下も隅に置けませんな」

「世辞はいい。それよりも前王の土地を明け渡す気になったか？」

男の言葉を一蹴して、シルバが冷ややかな笑みを浮かべながらそう言う。すると、男の顔は一変して固くなり、冷や汗をかき始める。

「お言葉ですが陛下、あそこはアイザックス王から直々に頂いた土地でして……」

「現国王は俺だが？」

鋭く獰猛な笑みを浮かべ、男を見るシルバ。男が俯き加減で答えに困っていると、シルバがこちらを向く。シルバがこちらを向いたのは〝心を読め〟という合図だ。

しかし、私は気持ちが焦るばかりで、全く集中できなかった。おろおろと、男とシルバを交互に見ていると、シルバが不機嫌そうに眉を寄せて深い溜息をつく。

「もういい、下がれ」

「は、はい。失礼いたしました」

シルバから解放されたことに喜びながら、男はそそくさと立ち去って行く。

「エレナ」

すぐ隣で響く低い声にビクッと体を震わせる。シルバが機嫌を損ねている原因は私にある。今の男のように挨拶に来た者たちの心を読めという至ってシンプルな命令に、私が未だ応えられずにいるからだ。

「あ…あの…ごめんなさい。次は絶対……」

震える声で言葉をなんとか紡げば、シルバが再び溜息をつく。そして私の顔に伸びてくる手。その瞬間体に染み込んだ痛みが思い起こされ、息を飲んで反射的に目を瞑《つむ》った。しかし、覚悟していた衝撃はなく、ゆっくりと目を開いてみるとシルバの手が目の前で止まっていた。目を見張っていたシルバだが、宙で止まっていた手を降ろし、代わりに口を開く。

「ニーナからは昨日、能力について問題ないと報告があったが、あれは嘘か?」

「う、嘘じゃありません。ちゃんと出来ます」

直接的な言葉を避けるシルバに小声で答える。シルバは私の訴えに何も言わず、再び正面を向いた。てっきり怒られるものとばかり思っていたが、ニーナの言った通りシルバは私を咎めなかった。この人は私に暴力を振るわない。そんなことを思ってしまい、少し安堵していた。

「もう一度やってみろ」

促すようにそう言ったシルバに驚きつつも、コクンと頷いた。そして、先程挨拶に来た男を人ごみの中から見つけ、集中してじっと見つめる。すると不思議なことにすんなりと男の心の内が伝わってきて、心を読む事が出来た。

「どうだ？」

今までにない変化に呆気にとられていたところ、シルバの声が耳に入り、我に返った。

「よ、読めました。あの人は貴方のことをよく思っていないみたいだけど、反逆の意思はありません」

あの男から読みとれたのはシルバに対する嫌悪、そして怯えだけ。アイザックス王の名が出された時もシルバに土地を取られたくない一心だということが伝わって来ただけで、シルバに対する反逆の意思は伝わってこなかった。

「まぁそうだろうな。アイツが反逆者だと力不足だ」

クツクツと笑い、酒が入った杯を傾けるシルバ。

「ニーナの報告が嘘にならないで良かったな。このまま続けろ」

もしかして、シルバは、私が能力を使うのを躊躇していたことに気づいていたのかもしれない。

それから、シルバの命令のままに私は挨拶に来る者たちの心を読み続けた。

シルバを目の敵にしている者は私を妾にしたシルバを嘲笑《あざわら》い、そして真にシルバを慕う者からは、私を妾にしたシルバに対する非難の声が聞こえたのだった。

〝王はあんな娘を妾にして、気でも狂ったのか〟と。

大抵が好奇心で私の容姿をじろじろと見て、その殆どが気味悪がり拒否する心が読みとれた。

拒否されるのには慣れていたけれど、こんなにも多くの人の心を一気に読んだのは初めての事。

しかも、欲にまみれた心の持ち主ばかりで、男たちのドロドロとした心が頭の中に流れ込み、気持ち悪い……。

自分の頭の中に他人の心が流れ込むのだ。拒否反応を起こすのは当たり前の事で、それが嫌悪、妬み、恨み、憎しみ、欲の塊となれば、受ける影響は計り知れない。

幼い頃にも覚えのある感情だったが、昔の比ではない。所詮、あの時は子供の世界のことだったのだと思い知らされる。しかし、私は私に与えられた命をまっとうしなければいけない。それがシルバとの契約だから。あともう少しの我慢だと言い聞かせ、自分を奮い立たせた。

「それらしい奴が来たぞ」

シルバの声でハッと我に返る。面白そうに紅の瞳が見つめる先を見れば、五十代くらいの男と若い男がまっすぐこちらへ歩いてくる。

「お久しぶりでございます、シルバ様」

ほかの者とは異なる、堂々とした態度、もの言い。シルバの言う〝それらしい奴〟という意味も分かる気がする。何より側近以外でシルバの事を〝陛下〟と呼ばない者はこの男だけだった。

「これはフォレスト伯爵。いつもは招待しても顔を出しもしない伯爵が、今日はどういう風の吹き回しだ?」

シルバが冷笑を浮かべながら、親ほどの年齢の男に対して嘲笑交じりの言葉を向ける。

しかし、フォレスト伯爵と呼ばれた者は眉ひとつ動かさず笑って見せた。

「もちろん、噂のエレナ様を見に来たのですよ」

「これは珍しい。我が妾に興味が?」

「ええ、ありますとも。……とても、ね」

ゆっくりとなぞるように紡ぐ言葉に体を強張らせる。じろりとフォレストとそのお付きの粘着質な視線がこちらを見据え、舐めまわすように視線を這わせられる。

なに……？

その視線にほかの者とは違う何かを感じ、身震いする。言い知れぬ恐怖を感じ、直感的に体が逃げ出そうとするが、シルバの腕が腰に回っており身動きが取れなかった。

「これは私のものだ。手出しはご遠慮頂きたい」

シルバは口の端を持ち上げて挑発的に笑う。

「シルバ様はよっぽどエレナ様に熱を上げているらしい。そうは思わんか？　ロメオ」

「そうですね、父上。エレナ様は本当にお美しいですから」

フォレストとロメオという若い男は親子だった。確かに体格の良すぎる体つきや、じとっとした視線、厭味《いやみ》な笑みが似ている気もする。

しかし……。

少し頭が冷静になったところで本来の目的を思い出し、ふたりの心を読む事に集中する。

……っ。そんな……っ……。

息子の方の心は読めた。今、彼の心を支配しているのは〝私〟だった。私に対する狂気じみた愛。そしてシルバに対する嫉妬の感情。けれど、そんなことが気にならないほど、驚いたのはフォレストの心。彼の心が全く読めなかった。

どんなに強く念じてみても、見えるのは真っ暗な闇ばかり。焦る気持ちが先行し、何度も心を読もうと試みるが、フォレストの心は一向に読めない。そればかりか動悸が激しくなり、呼吸がだんだんと荒くなる。

眉を寄せ、呼吸を乱しながらフォレストを見上げると、ニヤリとフォレストが笑う。それを最後に私の意識はフツリと途切れた。

言い知れぬ焦燥感

それはいきなりの事だった。前王アイザックスの治世下で権力をふるっていたフォレストが珍しく宴に来たかと思えば、息子連れで。親子揃ってエレナに熱い視線を送り、なぜか苛々しながらも反逆者の可能性のある親子を探るべく、エレナに心を読ませていた時、ピンと張った糸が切れるようにエレナの体が俺の方に倒れてきた。

「おい、どうした？」

膝の上に倒れかかってきたエレナの体を揺するが、身動きひとつしない。息はあるようだが、眉を寄せ苦しそうな表情をしている。

「エレナ」

呼びかけるが、エレナは硬く目を閉じたまま反応しない。仕方なく、くにゃりと力の入っていないエレナを抱き上げ、立ち上がる。

「フォレスト伯爵、すまないがエレナの体調が悪いようなので失礼する」

「えぇ、エレナ様をゆっくりと介抱してあげてください」

手短にそう言えば、フォレストはニヤニヤとした嫌らしい笑みを浮かべる。対する息子の方はエレナを抱く俺に怯えながらも、嫉妬の入り混じった視線を寄越す。

フォレスト親子に対する不信感は募る一方だが、今は深く追求する暇もない。皆の視線が集まる中、エレナを抱き宴の会場を出た。

「シルバッ。どうしたんですか？」

後宮へ足早に歩いていると、後ろから追いかけてきたウィルが心配そうに追ってきた。

「医官を後宮に呼べ。エレナが気を失った」

「分かりました。すぐに後宮へ連れて行きます」

そう言ってウィルは別の方向へと走って行った。

後宮に向かう足を速める。こんなにも歩く振動で揺れているのに、エレナは目を覚ます気配がない。一体なんだというのだ……。訳の分からない苛々した感情が支配していく。

――バンッ。

後宮の扉をいつも以上に荒々しく開けて入る。そして扉を開けた時とはまるで違う、ゆっくりとした動作でベッドにエレナを下ろす。エレナの顔にかかった銀色の髪を払ってやれば、その血色のない頬に指先が触れる。その頬は思いのほか冷たかった。

クソッ……なぜ目を開けない……。

ベッドにぐったりと体を沈めるエレナに、なぜか焦燥感が襲う。自分の体温を分けるようにしてエレナの頬にすべらせる。しかし、バタバタと後宮へ走ってくる複数の足音を聞いて手を引いた。

——バンッ。

ウィルも焦っているのか、いつになく荒々しい力で扉が開いた。

「医官を連れてきました」

後宮に入って来たのはウィルとニーナ、そして王族お抱えの医師。

「エレナ様のお加減はいかがですか？」

「まだ目を覚まさない」

苛立ちを抑えながらそう言って、医師をエレナの眠るベッドへ招く。そして、その医師を中心に皆が心配そうな表情でエレナを囲み、固唾を飲んで診察の様子を見守った。

「おそらく、力の使いすぎによる疲労ですね」

ひと通り診断を終えた医師が告げたのは、予想だにしない事だった。

「けれどエレナさんは、賭博場でも日常的に力を使っていたんですよ？」

すかさずウィルが医師に反論した。

「力を使うといっても、それは所詮お遊び程度のことだったのではないでしょうか。それにくらべ今回は、精神的ダメージも大きかったのではないかと思います。賭博場にいた頃とは違い、エレナ様は素顔を晒して、しかも陛下の妾として皆の前に立たれましたから」

「エレナ様は大丈夫なのでしょうか？」

今までずっと黙っていたニーナが、涙を浮かべながら口を開く。

「倒れた原因が疲労なので、暫く横になっていれば回復するでしょう。どのくらいで回復するのかは分かりませんが……」

暫く横になれば回復する。その言葉を聞いて心を支配するもの、それは紛れもない安堵だった。しかし、それを否定しようとするもうひとりの自分がいた。回復すると分かって安堵したのは今エレナがいなくなると困るからだ。目的のためにエレナの力が必要なだけであって、身体を心配しているわけではない。

「回復するならいい。ニーナ、エレナが回復するまで診ていろ。ウィルは俺と来い」

ニーナは涙ぐみながら頷き、ウィルは硬い表情で頷いた。

俺たちに出来る事がないのならここにいても意味はない。まずは途中で抜け出してきた宴の席の収拾をする。

そしてフォレストだ。それまで順調に心を読んでいたエレナが急に倒れた事を思えば、奴には何かある気がしてならなかった。必ずつきとめてみせる。

固く決意し、眠るエレナを残して後宮を後にした。

二章　束の間の安息

もうひとりの側近

　宴の日の翌日。異様な静けさと緊張に包まれた執務室では、荒々しく書類にサインをするペンの音だけが響いていた。ただ黙って不機嫌そうに書類にサインをする俺に家臣は怯えるばかり。書類に自分のサインがあるのを確認すると、そそくさと執務室を出て行く。先程から続く無言の仕事風景にソファから見守っていたウィルが深い溜息をつき口を開く。

「シルバ……その不機嫌な顔、どうにかなりませんか」

「何？」

　声はいつになく低く響き、俺の前で書類を待つ家臣の体も強張《こわば》っている。執務室への訪問者はその家臣が最後だったのもあり非常にいづらいのだろう、先程から目線は床に向いている。

　それを見てウィルが再び溜息をつき、その家臣を執務室から下がらせた。

「貴方が不機嫌な顔をしているから、家臣たちが怯えています。後からとばっちりをくらうのは僕なんですからね」

家臣がドアを閉めたのを確認して、ウィルが不満げに言う。

「昨日からずっとそれですよ？　一体どうしたんです、貴方らしくない」

「なんでもない」

平静を装い書類に目を戻し、苛立たしげに答える。俺らしくないことなど自分が一番分かっている。そしてその原因も。けれどそれを認める程素直な心を持ち合わせていないし、認めるわけにはいかない。

「エレナさんですか？」

「違う」

しかし、ウィルとはだてに長い付き合いをしてきたわけではない。

「それ、認めているようなものですよ」

ウィルは俺から視線を外さず、呆れた口調で言う。

「もう、あの頃と違うんですよ？」

それまでの諫《いさ》めるような声色とは違う、優しくなだめるような彼本来の声色でそう言われ、軽く目を見張り息を飲んだ。

〝あの頃〟

それだけで通じてしまうのは、それだけ俺たちの心を大きく占めているからだ。何年たっても鮮明に残っている記憶をたどれば、忌まわしい過去が思い起こされる。

「貴方はこのアーク王国の王になったんです。貴方には力があります。権力があります。だから、もういいんじゃないですか？」

「それとこれとエレナは関係ない」

吐き捨てるように言えば、すかさずウィルが口を開く。

「関係ない？　ではなぜ、昨日から機嫌が悪いんです？」

こうなったウィルは引かない事を知っている。

「うるさい」

だからいつもこのひと言で済ませる。しかし今日はまずかったらしい。

「うるさい？　フッ……本当にシルバは自由でいいですねぇ」

やってしまったと思った時にはすでに遅かった。ウィルは不敵なまでにニッコリとした笑顔で黒いオーラを放っている。これから始まるネチネチした説教を覚悟していると……。

――コンッコンッ。

「お、お話中失礼致します」

執務室の扉が遠慮がちにノックされ、緊張で震える声が扉の向こう側からかけられる。

「なんだ？」

それに素早く答える。家臣が俺たちの会話に割って入ってくる時は、大体面倒事を持ってくるのだが今はありがたい。ウィルの小言を聞かされるよりは面倒事の方がマシだ。

しかし、次の言葉を聞いて呼びかけに応えなければ良かったと後悔した。

「デューク様が、国境警備よりご帰還なされまし……」

——バンッ。

家臣が話し終わらぬうちに、執務室の扉が開く。そして見慣れた男が直立し口を開く。

「国王直属騎士団副団長、デューク・ノーイ、只今帰還した」

形式的な挨拶が似合わないのは、この男くらいだろう。その男、デュークもそう思ったのか、すぐにいつもの高慢な態度になる。

「久しぶりだな」

「デューク!?」

デュークが手を上げれば、ウィルが驚いたような嬉しそうな表情をする。対する俺はうんざりとした気持ちも露わに口を開く。

「帰還命令など出していないはずだが？」

ドカッと我が物顔でソファに座るデュークに眉をひそめながら言う。

「まぁそう言うな。とっておきの情報を持ち帰ったのだからな」

鋭い物言いにもデュークはただ笑ってサラリとかわす。まるで効果がないのは昔馴染みだからだろう。

「下らん情報だったら、二度と無駄口叩けないようにするぞ」

「フンッ、誰に向かって言っている」

ウィルもデュークも俺に意見出来る数少ない側近だが、柔らかな物言いをするウィルに対して、デュークはずけずけと思った事を口にする。その上、負けず嫌いで、傲慢で、自尊心が高い。昔から同じ学び舎《や》で学んできた俺たちは俗に言うライバルというやつで、常に首席だった俺はよく目の敵にされたものだった。デュークの方が年上だからということもあって、当時は相当悔しかったようだ。

「大した自信ですね」

「当然だ」

相変わらずプライドの高さだけは健在だ。

「ならばさっさと話せ。お前と違って俺は暇じゃない」

腕を組み椅子に深く座りなおしてそう言うと、せっかちな奴だと呟くデューク。ふざけた態度など微塵《みじん》も見せず、スッと細められた漆黒の瞳がこちらを見る。

「お前が俺に調査させていた件だが、やっと奴らの尻尾を掴む事が出来た」

そう言って、机に投げられたのは書類の束。

「これは?」

訝しげな表情を作り、投げた本人に視線をやれば、本人は優雅に茶を飲んでいる。

「反逆を企てている者たちだ。まぁそいつらはごく一部だがな」

大して興味もないような言い方をするデューク。

「首謀者は分かったか?」

「まだだ。こいつらは下っ端だろう、親玉の名前さえ知らなかった」

たかが下っ端を何匹捕まえようがこの男は満足しない。そして、下っ端を捕まえても俺に報告さえしない。それがデュークという男だ。にも関わらず王城にわざわざ出向いたのはほかに何か重要な報告があるからだろう。デュークは自分だけが知っている情報をもったいぶる傾向がある。

「それで？　まだあるんだろう？」

そう言うと、やはりデュークはニッと獰猛な笑みを浮かべた。

「恐らくそいつらの親玉は、アイザックスの家臣だった貴族だ。そして、どうもそいつらの背後にはギルティスがついている」

「ギルティス王国が⁉」

デュークの言葉にウィルが驚愕する。ギルティス王国とはアーク王国のイースト地区に接する国だ。

「でもなぜギルティス王国と組んだんでしょうか。前王のアイザックス政権下の時も敵対していたというのに」

ウィルが疑問を抱くのも無理はない。ギルティス王国とはアイザックスの政権下以前から争いが絶えない関係だった。そのギルティス王国とアイザックスの家臣たちが組むことなど、考えにくかったのだろう。

「どうせ俺たちに対抗する力を蓄えようと思っているんだろう」

「俺がこの国の王に即位した時、アイザックスの家臣たちは降格させたからな。反乱を起こすには資金も必要だ。そのための力を敵戦国であるギルティス王国に求めるとは、愚かな反逆者どもが考えそうな事だ」

内乱を起こすのにも武器が必要であり、武器を入手するためには金が必要だ。そこで、アイザックスを討った時に奴の家臣たちの身分を降格させるとともに、財産を抑えた。内乱を起こそうという馬鹿な考えを起こさせないために。

「ギルティス王国と組んで政権を奪ったとしても、狡猾《こうかつ》なギルティス王国の事だ。必ずこの資源豊かなアーク王国を侵略しようとするだろうな」

「あぁ、必ずな」

ギルティス王国は昔から極度の資源不足の国だった。その国土は荒廃しきっている。それでも強大な力を誇っているのは軍事力に長けていたからだ。ギルティス王国は軍事力を持って他国を侵略し、その国の資源を奪いつづけることによって滅亡を免れてきた。そして、このアーク王国もギルティス王国に狙われている国のひとつ。それを知らないわけでもないだろうに。それでもギルティス王国に救いを求めるなど、本当に馬鹿な奴らだ。そんな無能な奴らに王位を奪われれば、あっという間にギルティス王国に侵略される事など目に見えている。

「それで？　そいつらはどうする？　黒幕の存在も知らないようだし、始末するか？」

デュークが投げた資料を指差し、ニヤリと笑いながら問う。

「いや、泳がせておけ。せいぜい利用させてもらうさ」

ページをめくり、反逆者の下っ端どものリストを見ながら答える。

「相変わらず甘ちゃんだな」

「馬鹿を言え。国家に仇《あだ》なす罪を犯した奴らだぞ？　俺に逆らったらどうなるかを、その身を持って償わせるだけだ」

本当に馬鹿な奴らだ。降格で済ませてやったものを……。見逃した命だが、狩らねばならぬらしい。

「そうだな。こいつらもただ死ぬのは可哀想だ。どうせなら価値ある死を与えてやろう」

可哀想だなどとは微塵も思っていないだろうデュークも愉しそうだ。まるで獲物を捕らえる時のようにギラギラとした漆黒の瞳。そんな俺たちの傍らで顔を引きつらせるウィルは、しばし無言だった。

さて、こいつらを使ってどう親玉を引き出そうかと考えていた時。

「後宮に女を囲っているというから腑抜けた男になり下がったかと思っていたが、相変わらずで安心したぞ」

相変わらずソファに踏ん反り返って茶を飲むデュークが、先程よりも愉しそうに笑う。

「デューク、貴方、なんでそれを!?」

思わぬ話題に一瞬目を見開き、ウィルは盛大に驚く。

「家臣共の間で噂になってるぞ？　女には氷のように冷たいお前が後宮に女を入れたと」

俺たちの反応に満足したのか、ククッと面白そうに笑うデューク。

「お前の心を射止めた女だ。俺も興味がある、会わせろ」

まるで俺が断る事を想像もしないような物言い。それが主にものを頼む時の態度だろうか。しかし、この男にそれを言っても無駄だという事は昔から分かっている。こういう時は素直に会わせてやればいいのだ。昔からそうしてきた。今回もひと目会わせればいいのだ。それでデュークは満足する。

しかし……。

「誰がお前なんかに」

思わず出た否定の言葉に驚いていたのは、ほかでもない俺だった。デュークも驚きに目を見開き、次の瞬間にはニヤニヤと嫌らしい笑みを見せる。

「その様子じゃ、余程惚れこんでるみたいだな」

「お前が思っている程甘い関係じゃない」

デュークの言葉に、さも平静を装って答える。

「ほう、それはなおさら会いたくなったぞ」

まるで俺の話を聞く気のないデュークを睨んでいると、コンコンと執務室の扉をノックする音に遮られる。

「お、お話中申し訳ございません」

相変わらず怯えているのか、扉の向こうの家臣の声が震えている。また厄介事を持ってきたんじゃないだろうな……。

視界の端に映るデュークを見て思う。これ以上の厄介事はないか。

「なんだ」

「い、急ぎ陛下にお知らせしたい事がございまして」

先程よりも低い声で応えたためか、小さな悲鳴めいた声が上がる。

「言え」

短くそう言えば、「は、はい」と怯える声。そして、おずおずと家臣が話し出した。

「後宮よりの伝達で、エレナ様が目を覚まされた……と」

「エレナさんが!?」

ウィルの驚いた声が執務室に響く。対するデューク、俺の方へ視線を寄越した。

「エレナというのか」

口元に笑みを浮かべ、噛みしめるようにエレナの名を呟く。それがやけに気に障り、睨み上げるも、フンッと勝ち誇った笑みを返された。

「すぐ行く」

デュークの挑発的な視線を無視し、執務室を出て後宮へ向かった。

諦めていた想い

真っ暗……………。

ここはどこ？　確か私は宴の席にいたはず。けれど見渡す限り、闇に染められた場所にポツンと立っている。足元はフワフワとしていて、浮いているような感覚。

『誰かいないの……？』

闇の中をひたすら走り続け、叫び続ける。ひとりは嫌。寂しい……。

ぼんやりと僅かな光が見える。その僅かな光をたどって、無我夢中で走って行くと、灯りがともったように明るくなる。

『お父様……お母様……』

そこには、こちらを向いてにこやかに微笑む父と母がいた。

これは夢……？　父と母が手招きをしながら、私に微笑みかけてくれている。夢でもいい。お父様とお母様の元へ……。体が引き寄せられるように、光に照らされた父と母の方へ向かう。

『お父様……お母様……っ』

しかし、数歩進んだところで〝何か〟が私の体をすり抜けて父と母の所へ走って行った。

『お父様！　お母様！』

高らかな声を上げて駆け寄る小さな女の子。歳はそう……十歳くらいの。一瞬、小さい頃の私かと思ったが、髪の色が違う。走って行った女の子を父が抱き上げ、母がその女の子に微笑む。

一瞬で理解した。あの女の子はマルベル家の娘、私の妹だと。妹は今年で十歳。ちょうどあの子くらいの年頃だろう。

やっぱり私に微笑んでくれたんじゃなかったんだ……。

妹を抱き上げ微笑む両親に、暗い闇の中で立ちつくす。すると、その場から動いてもいないのに、どんどん両親との距離がひらいていく。

『置いていかないで』

あの日言えなかった言葉を、大きな声で叫ぶ。

『もう能力は使わないから……っ』

頬には涙が伝っていた。距離はひらいていくばかり。ついに父と母を包んでいた光も豆粒ほどに小さくなり、消えた。

また、真っ暗。また、ひとりぼっち……。所詮私はあの光溢れる世界には行けないのだ。力なくペタンとその場に座り込む。

『このまま闇に溶けてしまえばいいのに……』

眉を寄せふっと自嘲的な笑みを浮かべる。

『ふっ……っく……』

孤独とひとりぼっちの寂しさに、気づいた時には涙を流していた。一度堰《せき》を切って溢れた涙は止まる事を知らず、流れる。そして、それが嗚咽に変わろうとした時。

〝エレナ〟

何も見えない闇の中、私を呼ぶ声がクリアに聞こえた。それは闇を切り裂く光のように、冷え切った心を温めるように響いた。

『誰……？　どこにいるの？』

弾かれたように顔を上げるが、やはり周りは闇ばかり。

『お願い……っ。私をひとりにしないで』

闇に向かって悲痛な声を上げる。すると頬に温かいものを感じた。それは大きくて温かい手。気遣うように優しく触れられ、熱を分け与えてくれるかのように撫でられる。頬を包む大きな手に不思議と涙はスッと止まった。その手が私の手を掴み、明るい光の元へ引いていく。

見上げるも今度はまばゆいほどの光で見えない。あまりの眩しさに目をギュッと閉じれば、ふっと体が浮いたように軽くなる。

〝目を覚ませ〟

エコーがかかったように、頭の中で響く声。どこかで聞いたことのあるような。

その声に引き寄せられるように、温かな光に身を任せた。

次の瞬間、目を覚ますと見覚えのある天井があった。ここに来てまだ数日しか経っていないが、ここは間違いなく後宮だった。鉛のように体が重く、かろうじて動く頭だけで部屋を見回すと、部屋の掃除をしているニーナがいた。

「ニーナ……」

名前を呼んだその声は、見事なまでに掠《かす》れていた。届くか届かないかほどの小さな声だったが、ニーナは弾かれたようにこちらを振り向く。そして、琥珀色の瞳が驚愕に見開かれ、持っていた箒を投げだし、「シルバ様ッ!」という声とともに後宮の扉を勢いよく開き走り出て行った。

ニーナが後宮を出て行ってから数分と経たず、後宮の扉が開く。

——バンッ。

扉を開く力はここに初めて来た時よりも荒々しい。先頭を切って入って来たのは、やはりシルバだった。その表情は切羽詰まったような、焦っているような表情。初めて見るシルバの顔にドキッと心臓が跳ねる。

シルバはベッドの脇まで距離を詰めると、ベッドに横たわり無言のまま私の頬に手をすべらせた。

何が起こっているの……?

脳内は軽くパニックになっていた。人に剣を向けるのも躊躇《ためら》わない人間が、こんなにも優しく私の頬を包んでいる。ゴツゴツとした手の平。けれど、意外にもその手は温かくて、思わず擦り寄ってしまいそうだった。

この人は私を脅してここまで連れてきた人。私が逃げれば躊躇いなくジェスを殺そうとする怖い人なのだと言い聞かせて紛らわそうとするが、次のシルバの言葉にその戸惑いは更に大きいものになる。

「もう、大丈夫なのか？」

ポツリと出された言葉に、心臓をわし掴みにされたような感覚を覚える。一瞬、何を言われたのか分からなかった。

「まだどこか悪いのか？」

何も言わないため、まだ体調が悪いものだと思っているシルバに慌てて首を横に振る。

「大丈夫……です」

掠れた声で言うと、紅の瞳が僅かに揺らぐ。真摯に見つめるその瞳に何か見てはいけないものを見た気がして、視線を外す。

「ではその涙はなんだ」

「涙？」

頬に手を持っていけば、確かに頬は涙で濡れていた。

「これは…違います……」

流れる涙の原因は眠っていた時に見た夢だろう。慌てて涙の跡を拭っていると、後宮の扉が開く音がした。

「ほう……お前がエレナか」

聞きなれない声に目をやればウィルやニーナ、侍女たちに紛れ、白い軍服に身を包んだ青年が立っていた。

「あなた…は……?」

スラリとした長身に目鼻立ちの整った青年は、女性よりも美しい顔立ちをしている。シルバも容姿端麗の部類に入るが、その青年はシルバとはまた違った魅力で人を引き付ける容姿をしていた。

「俺はコイツの従兄のデューク・ノーイだ」

あろうことかこの国の王を指差し、そう言う。シルバはムッと顔をしかめるが、何も言わないところを見ると、従兄というのは本当の事だろう。

「デューク…さん……?」

「あぁ、よろしくな、エレナ」

そっとその人の名を呟くと、まばゆいばかりの笑顔で手を差し出してくる。初対面ながらもデュークからは好意的な様子が伺え、おずおずと手を取る。

「こちらこそ、よろしくお願いします」

デュークの手は細いものの大きくて、やはり男の人なのだと感じる。

「手が冷たいな。まだ本調子じゃないようだ」

そう言うと、デュークは私の手を両手で包んだ。

いきなりのデュークの行動に驚き、周りからざわめきが起こる。しかしデュークに悪びれた様子や裏のある様子はない。普段からこのように本能的に動くタイプなのだろう。

本当に心配してくれていることが見て取れたからか、少し警戒心が薄らいだ。本当にいい人なのかもしれないと。漆黒の瞳はその色に反して、透き通るように澄んでいるし、何より嘘がない。私に向ける笑顔にも偽りはないと思えた。

「もう少し休んだら、回復すると思います」

デュークに手を包まれたままそう言うと、別の腕が伸びてきた。

「そういうことだ」

そのひと言でデュークの手首を掴み、無理やり引きはがしたのは不機嫌な顔をしたシルバだった。

「後は医師とニーナたちに任せて行くぞ」

「はいはい、了解しました、陛下」

デュークは降参というように両手を上げクツクツと笑う。そんなデュークの態度にシルバの機嫌はますます悪くなる。緊迫した雰囲気に渦中の私は不安げに事の次第を見守り、ウィルやニーナたち侍女もふたりの様子におろおろしていた。

「ちょっと挨拶しただけだろ。そんなに怖い顔するな」

シルバはデュークの言葉でやっとチッと舌打ちをして立ち上がる。

「行くぞ、デューク、ウィル」

「あの……」

背中を向けて後宮を去ろうとするシルバに、慌てて声を掛ける。

「なんだ」

立ち止まって振り返ってはくれたものの、まだ機嫌が悪い様子。

「宴の時、フォレスト伯爵の心だけが読めませんでした」

心が読めないという事実を伝えた時のシルバの反応が怖かった。なぜなら私は反逆者を見つけ出すためにここにいるのだから。その使命さえまっとう出来なかった事を知ったら、シルバはどう思うだろうかと考えた時に一瞬伝えるのを躊躇った。

「フォレスト伯爵の心だけは、なんのイメージも流れてこなくて……なぜかは分からないけれど、見えるのは真っ暗な闇だけでした」

「そうか。後はこちらで調べる」

「そう……ですか」

意外にも、あっさりとしたシルバの返事に拍子抜けする。なぜかは知らないが、怒ってはいない様子。それが私を後押ししたのだろう。その場を去ろうとしたシルバを再び引き止めた。

「まだ何かあるのか？」

無表情だと冷酷さに拍車を掛けるようなシルバの表情に決心が揺らぐも、これだけは伝えておかなくてはいけない。

「私がもたもたしていたせいで、全員の心を読むことが出来なくてすみませんでした」

無表情だったシルバが驚いた表情をする。

「次は頑張りますから。次は、絶対に倒れませんから……」

声を絞り出すようにしてシルバを見つめる。そして一番伝えなければならない事を言う。

「だから……どうか、ジェスには手を出さないでください」

今度こそ驚きに見開かれる紅の瞳。それは一瞬の事で、すぐにいつもの睨むような視線にとって代わる。

「あぁ。お前が俺のために力を尽くす限り、奴には手を出さない」

良かった……。シルバの言葉にほっとする。

私がここに連れてこられたのは、人の心を読む事が出来るから。その能力があるからジェスの命も守られている。だから私は力を使い続けなければいけない。ジェスのためにも、もう失敗は出来ない……。

「ありがとうございます」

ジェスに手を出さないという言葉をシルバから聞く事が出来、ふっと緊張が解けた。

「行くぞ」

シルバは私の言葉に応えることなく背を向ける。

「ちょっと待ってください、シルバ！」

足早に出て行こうとするシルバにウィルが焦ったように声を掛け、シルバの後に続く。

「まったく……子供かアイツは」

ふと頭上から降って来たのは、溜息交じりのデュークの声。

「デューク、早くしろ！」

「そう怒鳴るな。すぐ行く」

シルバの怒号にも動じた様子もなく、答えるデューク。そしてこちらを見下ろし、微笑みながら呟く。

「またな、エレナ。早く元気になれよ」

「はい」

シルバに対して向けていた呆れた表情とは異なり、どこまでも優しく気遣うデュークに、素直に返事をした。その答えに満足したのか、ふっと笑い、デュークも後宮を後にする。

その背を見つめながら思う。

シルバとデューク、ウィル。性格も容姿も異なり、まるで接点のなさそうな三人。けれどそこにはちゃんと信頼関係もあって。揺るがない絆が垣間見えたような気がした。そんな三人の背中を、羨望《せんぼう》の眼差しで見送った。

その後、「少し休んだ方が良い」という医官の言葉に、ニーナを含め全員が後宮を出て行った。

嵐が過ぎた後のような静けさに少し寂しいと思うのは人に慣れてきたせいだろうか。今まで私の世界にはジェスしかいなかったから……。大切な人が増えるのは嬉しいけれど、失った時の怖さも知っているから踏み出せない。

私は貴方たちを信じていいの？　優しく接してくれるウィルやニーナ、デューク。そしてシルバの顔も浮かぶ。

そんなこと皆の心を読めば分かる事だけれど、人の心を読まなければ安心できない関係に〝信頼〟などない。シルバやウィル、デュークのように真に固く結ばれる絆は自分自身で作らなければならないのだから。

たとえ仮初めの妾でも、皆の優しさは本物でしょう？　だったら私は信じる。昔のようにただ怯えるだけじゃ何も生まれない。まだ人の目は怖いけれど……私に優しくしてくれる人もいると分かったから。

まずはその人たちを信じる事から始めてみよう。

そんな事を考えながらも、意識はまどろむ。そして数分後には夢の世界に旅立った。

白昼の城下

宴があった日から数日後。体調は段々と良くなり、この日はニーナの発案で中庭に出てお茶を楽しんでいた。中庭は建物から白の外堀に続く道の途中にあった。その先には裏門が見え、私が初めて王城に連れてこられた時に通った道だと気づく。あの時は薄暗くて分からなかったが、想像したよりも中庭は広かった。美味しい紅茶に色とりどりのお菓子。ニーナ達侍女に囲まれとても楽しいティータイムをすごしていた。しかしそこに嵐がやって来た。

「エレナ、城下へ行くぞ」

「城下に？」

いきなり現れ、意気揚々と告げたのはシルバの従兄のデューク。告げられた言葉に驚き、思わず聞き間違いではないか問い返す。

「なんだ？　行きたくないのか？」

ニヤッと笑ってそう言ったデュークに、慌てて首を振る。

「いいえ、城下には行ってみたいと思っていました。けどデュークさんは帰らなくて良いのですか？」

「あぁ、大丈夫だ。俺の部下は優秀だからな。俺がいなくともなんとかなる」

ハハッと笑いながらそう言うデューク。ニーナの話によれば国王直属騎士団の副団長を務めるほどの人らしいが、私が目を覚ました日からずっと王城にいる。散々シルバに煙たがられていたが、本人が頑として王城から動かなかったらしい。本来ならば国境付近の警備にあたる彼がこんなところにいて大丈夫なのだろうかと、周りばかりが心配していた。

「ずっと監禁生活を送っていて、外を知らないんだってな。城下は面白いところだぞ」

「ちょ、ちょっと待ってください！」

有無を言わせず腕を引くデュークに、必死に抵抗する。侍女たちも相手がデュークだからか、何も言えずあわあわと慌てている。そんな様子を察してくれたのだろうか。デュークは進行方向と逆に引っ張る私に、しょうがなく歩みを止め振り返った。

「なんだ、まだ何か心配事があるのか？」

その物言いは俺が大丈夫だというのだから問題ないだろ、とでも言いたげだった。問題は大ありだ。デュークが任地に帰らなくてもいいのかと心配したのは本当だ。けれど私にとって一番の心配事は別にある。

「えっと……その……あの人がなんて言うか……」

「シルバか？」

ズバリ言い当てられた名前にビクッと体を揺らせば、頭上でフッと可笑しそうに笑うデューク。

「アイツなら、イースト地区の視察に出ているから問題ない。それにちゃんと許可はもらったぞ？」

「そ、そうなんですか!?」

デュークの言葉に驚きを隠せない。

「あぁ、だから心配しなくともいい」

シルバが城外へ行く許可を出すなんて、意外だった。ここに来た時から賭博場にいた時のように、シルバの妾であり続ける限り王城から出してもらえないと思っていたから。

「もちろん行くだろ？」

「行きたい……です」

デュークの問いに思わず本音が出る。いつもジェスからこのアーク王国の市場は活気づいていて凄いんだと聞かされていたから、行ってみたいと思っていた。シルバに連れ去られたのは真夜中の事だったから周囲を見渡す余裕もなかったし。

「決まりだな。では行くぞ」

「ふたりだけで行くんですか？」

「そうだが？」

当たり前だろう、とでも言いたげな顔で言い放つデューク。しかしそう言った後に〝いやそれは後々面倒か？〟〝俺も後になって面倒事に巻き込まれたくないからな〟などとぶつぶつ呟く。そして暫くの後、決心したようにこちらを向き口を開く。

「よし、侍女たちも連れて行く。お前たち城下へ行きたくはないか？」

その言葉を向けられたニーナを除く侍女たちは、途端に色めき立つ。デュークの人気は本物のようだ。シルバも容姿端麗で整った顔をしているがあの性格。近寄りがたい雰囲気を持つシルバよりも愛想のあるデュークに人気が集まるのも納得がいく。黄色い声を上げて嬉しそうにこちらへ駆け寄る侍女たちを微笑ましく思いながら、城下へ向かった。


「すごい……」

目の前の光景に圧倒される。今私たちが立っているのは大通りの市場。両サイドに軒を連ねる店はどこまで続いているのだろうかと思うほどに並んでいた。

「ここは、城下でも一番の市場通りだからな」

横に並ぶデュークが自慢げにそう言う。周囲を見れば、食料、衣服、調度品から武具まで、必要なものは全てここで揃いそうなほど、種類が豊富だった。それをキラキラとした目で見ていると、デュークが隣でフッと笑う。

「見たいものがあったら、存分に見るといい」

無意識にはしゃいでいた事に少し恥ずかしく思うも、この胸の高鳴りを止める事は出来ない。何しろ十年ぶりに人の行き来する白昼の城下に出たのだ。

全身にベールを巻いているから少し人の視線を感じるが、気になるほどではない。それに今日はひとりじゃない。デュークやニーナたちもいる。その事が私を安心させていた。

「エレナ様！　宝石店ですわ！」

大通りを歩いていると、ひとりの侍女が興奮したように声を上げる。その侍女に連れられて行ったのは色とりどりの宝石が並ぶ店だった。

「サファイアに、琥珀《こはく》、エメラルド……どれも綺麗ですわ」

「ほんと……綺麗……」

青に黄色に緑色……そのひとつひとつが煌めいていて本当に綺麗だった。宝石に見入っている侍女たちを横目にデュークは溜息をつき、口を開く。

「まったく、女は宝石に目がないな」

そう言いながらも腕を組んで柱に寄りかかり、この場にとどまるデューク。どうやら長時間ここに滞在する事を覚悟しているようだ。

侍女たちが店の中を歩き回っている中、私も陳列された綺麗な宝石を順番に見ていく。そしてふとある宝石が目にとまった。それは燃えるように紅い宝石。ショーケースの中で圧倒的な存在を放つその紅い宝石からなぜか目が離せないでいると、ふと隣に人が並んだ。

「ルビーって綺麗ですよね」

紛れもなく私に呟かれた声にこの紅い宝石がルビーという名前だと知った喜びよりも、話しかけられたことに驚きながら隣を見上げている。

「ジェ……」

「シッ……声を抑えて。久しぶりだね、エレナ」

そう言ってニッコリと微笑んだのは見知った相手。賭博場にいた時は心の支えとなってくれた人だった。

「ジェス……」

今度は小さい声でその人の名を呟く。

「そのままショーケースを見ながら話を聞いて」

ジェスと一緒にいるところを見られてはまずい。そう考え、慌ててショーケースの宝石へ視線を戻す。

「ジェス……元気だった？」

正直なところ、あの後シルバがジェスに手を出していないか心配だった。

「僕はいつも通りだよ」

ジェスの言葉に心から安堵する。良かった……シルバはちゃんと約束を守ってくれていた。

「それよりもエレナこそ大丈夫なのか？　あの男たちにエレナを連れ去った目的を聞いても答えてくれなかったし。なんのためにシルバ様はエレナを王城へ連れていったんだ？」

「それは……」

言いかけて口をつぐむ。それは言ってはいけない決まりだったから。反乱分子を見つけるために自分が利用されている事を周囲の人間に知られてしまえば警戒される。

「僕にも言えないの？」

「ごめんなさい」

そう、と言うジェスの寂しげな声に罪悪感を抱くも、ジェスにも危険が及ぶことは避けたかった。

「連れて行かれた理由はどうあれ、あまり幸せではないみたいだ」

ジェスに見抜かれて黙り込む。

「エレナ、僕は君を絶対あそこから助け出すよ」

突然のジェスの告白に、ルビーを見つめていた目を見開く。

「駄目……そんなことしたら、あの人がどう出るか……」

ジェスの言葉は嬉しいけど、相手はこの国の国王。立ち向かうにはあまりにも大きな権力だった。そうでなくともシルバはジェスを警戒しているというのに。きっと私を助け出そうとしたことが知れてしまえば、シルバは私を取り戻そうとするだろう。なにしろ私には莫大なお金がかかっているから。

「大丈夫だよ。僕に任せて」

「ジェ……」

「エレナ、もう行くぞ」

立ち去ろうとするジェスを引き留めようとするが、デュークの声によって阻《はば》まれる。

「怪しまれているね。僕はもう行くよ。またね、エレナ」

「ジェス……！」

スッと立ち上がり、店を出て行くジェス。小さい声でジェスの名を呼ぶが、すでに通りへ出ていた。

助け出すなんて無理なのに……。どうかジェスが無茶をしませんように。そう思いながら宝石店を後にした。


一通り白昼の城下を楽しみ、王城に戻って来た時には、辺りは夕日で綺麗な橙色に染まっていた。

「楽しかったですね、エレナ様」

「えぇ、また行きたいわ」

馬車から降り王城のエントランスに歩いて向かう道で侍女たちが楽しげに笑う。思った通り城下は素敵だった。見るもの全てにワクワクして、いつまでいても飽きない場所だった。

「俺はもうごめんだ」

うんざりとした様子のデュークに思わず笑みがこぼれる。こんなにも連れまわされるとは思ってもいなかったようだ。デュークの溜息交じりの言葉に侍女たちも笑いながら歩いていると、前を歩いていたニーナが声を上げる。

「あっ……陛下！」

前方を見てそう言ったニーナの言葉に、ビクッと体を震わせる。恐る恐るその方向を見れば、ニーナの言葉にこちらを向いたシルバがいた。周りにはあの時のように黒いマントを着た男たちを従えている。どうやらシルバたちも、ちょうどイースト地区の視察から帰って来たところのようだ。

ニーナの呼びかけに紅の瞳がこちらに向き、思わず視線を外す。シルバの許可を貰って行ったのだから後ろめたい事などないのに……。そう思っていても、私を視界に入れた瞬間細められた瞳から逃げたくて俯いた。

「お前たちも今帰って来たのか」

「あぁ」

声をかけたデュークに、シルバが不機嫌そうに短く返す。

「視察などほかの者に任せてこちらに来ればよいものを。こちらは楽しかったぞ、なぁエレナ？」

「えっ？　あ、あの……はい」

突然話を振られたことに驚き、一瞬答えに迷ったが、正直な思いを告げる。

「そうか」

ひと言そう言って、すぐに視線を逸らすシルバ。

――ズキッ。

その瞬間、胸に小さな痛みが走る。自分の胸に手を当て、走った痛みに違和感を覚える。

今の痛みは何……？

シルバが視線を逸らした時、心臓をギュッとわし掴みにされたような感覚の後、痛みが走った。

その感覚を思い出し、眉を寄せる。

「そんなことよりも、デューク。お前はいい加減に任地に戻れ」

「あぁ、明日には戻る。王城生活はなかなか楽しかったぞ」

　ククッと口元に笑みを浮かべ、そう言うデューク。

「だが帰る前にお前に話がある」

　挑発的な視線を向けていたデュークが打って変わって真剣な表情で話す。

「執務室に来い」

　それにひと言で返すシルバ。ふたりはこのように時々視線だけで会話をする事がある。それだけで十分に伝わるのだろう。

「お前は侍女たちと後宮へ戻っていろ」

「はい……」

　冷たく言い放たれる言葉に先ほどの胸の痛みを思い出しつつ、素直に答える。そして、シルバに命じられるがままに後宮へ戻った。

変化の兆し――

「話というのはなんだ?」

執務室に入り、不機嫌も露わにそう切り出した俺に、デュークは溜息をつく。

「そう怒るな。そんなに眉間に皺を寄せているからエレナにも怖がられるんだ」

〝エレナ〟という言葉に、眉をピクッと動かす。

デュークとは長い付き合いだが、相当エレナの事を気に入っている様子。女から受けの良いデュークだが、中身はドライな人間だという事は近しい存在の者ならば知っている。そんなデュークがひと目見てエレナを気に入り、エレナもデュークには心を開いているように見えた。

俺には愛想笑いもしない癖に……。俺の前で見せるのは怯えた表情ばかり。本来ならばそれでいいはずだ。エレナを縛り付けているのが恐怖でもなんでも。欲しいのはエレナが持つ〝心を読む力〟だけなのだから。

頭ではそう思っていても、この訳の分からない苛立ちを抑える事は出来ない。デュークの横で笑うエレナも、挑発的な視線を寄越すデュークも全てが気に入らない。

「少しは優しくしないと、愛想を尽かされるぞ」

「黙れ。話がそれだけならさっさと任地へ帰れ。俺は忙しい」

話があると重々しく言っておきながら、冗談ばかり口にするデュークに怒りもピークに達していた。そして、デュークから目を離しイースト地区の再興についての書類に目を通そうとすると「分かった分かった」と焦る声。

「お前が俺を帰したい理由は分かるが、これだけは聞いておけ」

茶化してばかりで本題に入らないお前が悪いのではないか。勿体《もったい》ぶった物言いをするデュークに、喉元まで出た文句をグッと飲み込む。怒りを鎮めるようと視線を窓の外にやるが、続いたデュークの言葉に衝撃を受けた。

「昼間、城下で、ある男がエレナに接触した」

「なんだと？」

弾かれたように顔を上げると、側近の顔をしたデュークがそこにいた。

「お互い周りに気取《けど》られないよう接触していたが、あの様子だと知り合いのようだな」

エレナと面識のある男といえば、浮かぶ人物はひとりだけ。

「心当たりがあるのか？」

「恐らく賭博場にいた奴だ。エレナと同様あの賭博場で働く男だろう」

ふとエレナが目を覚ました時の事を思い出す。

〝ジェスには手を出さないでください〟

縋《すが》るような銀色の瞳の奥には、エレナのジェスに対する強い想いが見えた。それほどにジェスの事になると俺に向ける瞳は真っ直ぐで遠慮がない。

チッ……。

心の中で盛大に舌打ちをする。なぜ今になってエレナに接触したんだ。周りの目を気にしながら接触したくらいだ。ただの挨拶というわけじゃないだろう。

なんにせよ、ジェスという男は気に入らない。ジェスの存在があるからこそエレナの能力を利用することが出来ているというのに、一方でジェスの存在を疎ましく思う自分がいる。

矛盾しているな……。

苛々しながらも自嘲的な笑みが口元に浮かんだ。

「まぁ、放っておいても害はなさそうな奴だったが、一応報告はしたぞ」

「あぁ」

デュークの言葉に短く答える。

「さて、俺は戻る。例の件、引き続き調べておく」

これからしばらくは王城も静かになるな。そう思いながらデュークを見送った。


――トン、トン。

デュークが執務室を去った数時間後、執務室の扉が叩かれる。

「入りますよ」

そう言って入って来たのは、ウィルだった。

「まだやっていたんですか？」

入るなり積み上げられた書類を見て、驚いたように目を見張るウィル。

「あぁ、今日中に終わらせようと思ってな」

視察に行ったイースト地区再興に関する書類に目を落としたまま答える。

「イースト地区はどうでしたか？」

「相変わらずだ。治安の悪さの影響でなかなか再興が進んでいない」

溜息交じりに答えれば、ウィルが沈んだ表情で「そうですか……」と呟く。再興に時間がかかるという事はウィルにも分かっている。ただそれが計画的に進んでいない事が不安なのだろう。

「結果を焦ってもしょうがない。長い目で見なければ再興など出来ないぞ。予算を修正して治安維持費用を増やすよう議会にかけろ」

明らかに落ち込んでいるウィルに声をかければ、ウィルは目を見張った後にふわりと柔らかく笑う。

「そうですね。昔のようなアーク王国を取り戻せるよう頑張りましょう」

「それでなんの用なんだ？　ここに来たという事は何かあるのだろう？」

ウィルは「そうでした」と思い出したように手を叩き、先程の憂えた表情から一変して意気揚々と持っていた書類を机に広げる。

「エレナさんを買ったウォルターという人物の調査結果について、お知らせに来たんでした」

「何か分かったのか？」

ウィルがこうして報告に来たという事は、やはりウォルターという奴には何かがあったのだろう。

「はい、貴方の読み通り彼には裏の顔がありました」

ニヤリと笑いながら答えるウィルはとても愉しそうだ。手元の資料を見ながら更に続ける。

「彼は酒屋を生業とする裏で、賭博場を経営していた事はご存じでしょうが、彼には更にその裏の顔があったんです」

「ほう、興味深い話だな。で？　その裏の顔とはなんだ」

机に肘をつき口元に獰猛な笑みを浮かべながら、ウィルの方に向き直る。

「闇の組織の配下です。組織の名は〝ブレイム〟といいます」

「ブレイム？」

眉間に皺を寄せ、聞いた事のない組織の名を呟く。

「ブレイムは違法に金儲けをしている組織の事で、ウォルターはその配下として賭博場で稼いだ金をその組織に流していたようです」

ウォルターは親組織に金を流すためにエレナを利用したのか。しかし疑問に思うことがひとつあった。

「お前が関わっていて、なぜその組織を捕らえられないんだ」

「稼いだお金を親組織に流す仲介人が何人もいるようで、なかなかブレイム本体に迫るような証拠が掴めないいんですよ」

金を稼いでいるのは所詮、配下。親組織としては配下を見捨てるなど容易《たやす》い事であって、簡単に切り離せるということか。尻尾が掴めないとなるとさすがのウィルも現場を抑える事は出来ない。

「この件についは引き続き調査の必要があるな」

「いいんですか？　こんな時に」

ウィルが言いたい事は分かっている。反逆者に狙われるという王家の存亡がかかっている時だというのに、捕まえられるかどうか分からない組織を追うのはどうなのか。表立って派手な動きをしているわけではないブレイムを今追う必要はあるのかと問いたいのだろう。

「あちらはデュークに任せておけ。それにこちらも何か匂う」

「分かりました。では引き続き調査します」

　ウィルは固い表情のまま頷く。

「頼む」

「任せてください」

　そのひと言でウィルが緊張を解いた。

「シルバも無理をしない程度にしてくださいね。最近執務室にいる事が多くありませんか？」

「気のせいだ」

　そう言って机の上の書類に視線を戻す。

「気のせいじゃありません！」

　すかさずウィルの少し怒ったような声が、執務室に響く。正直ウィルの指摘に身に覚えがあった。

最近執務室に籠る事が多くなったのだ。

　理由はひとつ。エレナのいる後宮に帰りづらいからだ。目を覚ましてから、体調が戻るまでベッドにはエレナが寝ていた。そのため後宮から遠ざかる生活となっていたのだ。エレナの体調も回復し、エレナは以前と同じソファで寝ているはずだ。しかし、なんとなく帰りづらく、今もこうして執務室で公務に明け暮れていたのだ。

　しかし、目ざといウィルに見つかってしまったからには逃げられない。

「今日はもう、お休みになってください」

　ウィルの言葉に、やはりそうきたかと盛大に溜息をつく。

「まだこれに目を通していない」

そう言ってウィルが持ってきた書類を持ち上げる。

「これは僕がやります。どうせ印を押すだけでしょう？」

「おい……っ！」

いつの間にか距離を詰めたウィルによって、書類の束が奪われる。そして書類を奪い返そうと立ち上がった俺の背を扉まで押していく。いつになく強引なウィルは、そのまま俺を執務室から追い出し、すがすがしいほどニッコリと笑う。

「ではまた明日。今日は真っ直ぐ後宮に帰ってくださいね」

――バタンッ。

一方的に告げられ、執務室から閉め出される。仕方なく後宮に向かうが、帰る理由が出来たことに安堵する自分がいた。いつから後宮は理由がなければ帰れないところになったのだろうか。そう思いながらも歩いているといつの間にか後宮の前まで来ていた。


――キィー……。

一瞬扉を開けようか迷ったが、護衛も下がらせた手前、後戻りするわけにもいかない。そして常になくそっと後宮の扉を開き静かに入る。するとそこには見慣れた光景。エレナはベッドではなくソファで寝ていた。

あの宴の後、暫くはベッドで静養していたエレナだったが、回復した今は律儀にもまたソファで寝ている。いつものように自分の体を抱きしめながら眠るエレナに、そっと近づけば……。

「んっ……」

ソファの上でエレナがモゾッと動く。その拍子に体に巻いていた毛布がスルッと落ちる。エレナの体に毛布を掛け直した時、長い睫毛《まつげ》が震えた。

「んっ……ジェ…ス……」

夢見心地でエレナが呼んだのは、今一番聞きたくない者の名だった。だがこれで確信した。昼間エレナに接触したのは、間違いなくジェスだという事を。

なんのためにエレナに近づいた？　なんの目的で……。まさか本当に俺からエレナを奪い返そうとでも言うのか？　そしてエレナもそれを望んでいるのかもしれない。夢の中で奴の名を呼ぶほどに。

そう思ったところでギリッと唇を噛みしめる。やはり城下になど行かせなければよかった。エレナは俺が買った女だ。それを奪うだと？　そんなことは許さない。

身体の奥底から、ふつふつと怒りに似た感情がわき起こる。そんな激情をなんとか抑えながら静かに眠るエレナを見下ろす。月明かりに照らされ、銀世界に溶け込みそうなその容姿は息を飲むほどに美しかった。

クソッ……。なぜ俺がこんな女に振り回されねばならない？　支配しているのは俺であって、エレナではない。なんだ……この感情は……。

固く握りしめていた拳の力を緩め、ゆっくりとエレナに手を伸ばす。指先に触れる絹糸のような髪。白く透き通るような肌は柔らかく滑《なめ》らか。頬に手をすべらせればその色に反して温かな感触。宴の夜から目を覚ます時まで、冷たく、色のなかった頬。目を覚ました時に確かに感じたのは、まぎれもない安堵だった。それが意味するものとは……。

「んっ……」

ぼんやりと見えかけそうだったが、エレナの声によって霧散《むさん》する。

チッ……。心の中でついた舌打ちは、答えにたどり着かなかった事に対してか。それとも自分の意に反した答えを出そうとしていた事に対してか……。どちらにせよ、その感情に翻弄される自分が不愉快でならなかった。

エレナはほかの誰のものでもない、俺のものだ。ダイヤモンドを思わせるような銀色の瞳も。白銀に染まる髪の一本から流れる血の一滴まで。

「俺から離れる事は許さない」

呟いた声は掠れていた。結局、この夜も後宮にとどまることはなかった。

小さな嫉妬

シルバに避けられている気がする……。

城下へ行った日から数日が経った。体力も回復して、朝の能力チェックも問題なく行い、日常と呼べるような日々が帰って来たのに……。

違和感を覚える理由は、間違いなくシルバだろう。冷酷で、冷徹で、自分勝手で。己に逆らう者には容赦しないこの国の王。城下から帰ってからシルバに避けられているのだ。

ふたりの部屋のはずの後宮には一度も来ず。廊下ですれ違う時は目も合わせてくれない。しかもそれは私に対してだけ……。ウィルたちにはいつもの態度で接しているように見えるのだ。

そしてその事実を再確認させられる度に胸がチクンと痛む。

この胸の痛みは城下から帰って来た時から巣食っている。なんでこんなにもシルバの一挙一動に振り回されるのだろう？　自分の世界に入り込んでいたその時。

「エレナ様！」

もやもやとした思考を切り裂く、明瞭な声に引き戻される。

アールグレイの入ったカップを落としそうになりながら我に返ると、目の前には腰に手を当て少し怒ったような表情のニーナ。

「えっ⁉　あっ……何？　ニーナ」

慌ててカップを置き、ニーナの方に向き直れば……。

「何？　じゃありませんわ。どうされたんですか？　先程から何度もお呼びしているのに上の空でいらっしゃって……」

心配そうな琥珀色の瞳がこちらを見つめる。どうやらニーナの呼びかけに、カップを持ったまま固まっていて、答えなかったらしい。

「ごめんなさい。ちょっと考え事をしていて」

今日はニーナが市場から買って来た異国のお菓子に舌鼓を打ちながら、お茶を楽しんでいた。最初は楽しかったものの〝市場〟という言葉からあの日の事が思い出されシルバに意識が逸れていたのだ。

「えっと、それで……話はなんだったかしら？」

渇いた笑みを浮かべながらニーナに救いを求める視線を送る。するとニーナは深く溜息をついて言った。

「エレナ様の能力に関してです！」

「能力？」

ビシッと人差し指を立てて言われた内容に軽く目を見開く。能力については宴の夜倒れた時からはなんの問題もないはず。何を言われるのか身構えていると、ニーナは眉に力を入れたまま話し始めた。

「エレナ様は宴の夜、なぜ倒れられたかお分かりですか？」

「えっと……能力の使いすぎじゃないの？」

宴の夜の事を思い出しながら答える。あの夜はフォレストを含め多くの人の心を読んだ。

「その通りです。エレナ様は今まで賭博場でしか能力を使っていませんでした。しかもその数はせいぜい一晩に二、三回程度。宴の夜は多すぎたんです」

「そうね、確かにあんなに人の心を読んだのは、初めてだったかもしれない」

ニーナの意見に同意する。宴の夜は賭博場にいる頃よりも倍、いやそれ以上に能力を使った。いきなり一日に何人もの人の心を読むなど、疲労が溜まってもおかしくなかったのかもしれない。

「シルバ様が、ご自身の能力の限界について知っておくようにとおっしゃっていました」

きっと私がまた倒れてしまっては困るからだろう。現に完全に回復するまでに四日もかかった。その間は能力を使う事を禁じられていたわけで。早く反逆者を洗い出したいシルバにとってはもどかしかったのだろう。能力の使えない私に価値などない……きっとシルバはそう思っている。

――ズキンッ。

また……。シルバに捨てられると思うとなぜかキュッと胸を締め付けられる。

城下から帰ってからこの感覚ばかり。恐怖からでもない、怯えから来るものでもない、この感覚はなんなのだろうか……。いくら考えても答えは出なかった。

「一日何回能力を使えるのかも、試しておかなければいけないわね。ニーナ、付き合ってくれる？」

「もちろんですわ！　エレナ様の力になれるのなら、ニーナは一肌も二肌も脱ぎます！」

ニーナはくりっとした琥珀色の目を不思議そうに瞬かせた後、ふわりと微笑む。

「あっ、そういえば……」

ニーナは笑顔から一転、思い出したように厳しい顔つきになる。

「エレナ様が倒れた原因は、能力を使いすぎた事だけではなさそうなんです」

「ほかにも何か原因があるの？」

驚いた私にニーナは硬い表情で頷いた。私自身、倒れた原因は単純に能力の使いすぎだと思っていただけに驚く。

「お医者様はエレナ様の精神状態が、能力に大きな影響を及ぼすのではないかとおっしゃっていました」

「精神状態……」

宴の夜を思い浮かべながらポツリと呟く。

「能力を使っていた時、エレナ様は何か不安を感じていたり、精神状態が不安定になっていませんでしたか？」

「それはニーナが一番知っているでしょう？　宴の前まで練習に付き合ってもらって、私の背中を押してくれたのに、あの後も結局ひとり目の心を読むまで時間がかかってしまったの」

ニーナも心配してくれていたのだろうか、「そうでしたか……」と声を落として呟く。

「どうか次に能力を使う時はお気をつけください。エレナ様の感じる不安や怯えや恐怖、さまざまな感情が能力に影響を与える可能性がありますから」

さまざまな感情といっても、どれくらいそんな感情を抱えると能力に影響が出てくるのだろう。

さすがにそのテストはニーナ相手でも出来ない。

次に何が起きても動揺しないように気をつけなければならない。そうよ、シルバに無視されているくらいで気にしていては駄目だ。何日後宮に帰って来なくてもいいじゃない。あの人は私を力で抑えつけているんだから……。

けれど、いくら自分にそう言い聞かせても、冷たい表情をしたシルバの顔が頭の中を占め、胸が苦しくなる。途端、胸の痛みが襲い、眉を寄せる。その様子を伺っていたニーナが口を開いた。

「最近のエレナ様は、本当に元気がないですわ。城下へ行った日からずっとそんな感じです」

表に出していたつもりはなかったけれど、一番近くにいたニーナには分かっていたようだ。

「何かありましたか？」

「そんな大したことじゃないの。ただ、あの人に避けられている気がして……」

心配を掛けてはいけないと思いつつも、不安に変わりつつある思いを口にする。

ニーナは私の言葉を黙って聞く。否定しないということは、ニーナもなんとなく気づいていたのかもしれない。

「ねぇ……ニーナたちから見たあの人って、どう映っているの？」

唐突に聞いてみる。だって不思議だったから……。噂では国王は冷酷で冷徹、逆らう者には死をもって償わせる人だと聞いていた。けれどウィルやデューク、ニーナをはじめ、この王城にいる者は皆シルバの事を慕っている様子だった。だからこそ、ニーナたちの目に映るシルバがどのような人物なのかを知りたかった。

真剣な瞳でじっと見る私にニーナは、ふわりと微笑んだ。

「シルバ様は、とても国民思いな方だと思います」

「あの人が……？」

意外な答えに驚きを隠せなかった。まさかそんな答えが返ってくるとは思わなかったから。シルバが〝国民思い〟だなんて。しかしニーナは笑顔で迷いなく「はい」と誇らしげに答える。その表情を見ていると嘘のようには思えない。そして困惑している私をよそに、ニーナがゆっくりと話し始める。

「エレナ様が賭博場に監禁されていた間の事なので、ご存じないかもしれませんが、このアーク王国は前王アイザックス王の政権下ではとても荒れた国でした。治安は悪く、爵位のない者は貧しい暮らしを強いられ、身分の差もとても激しくて……」

話が進むにつれニーナの顔は歪んでいく。

「私の両親も身分が低くて、養えるだけの財力がないからといって私を捨てたんです」

「ごめんなさい…わたし……」

過去を口にしたニーナに咄嗟に謝る。まさかニーナが自分と同じ境遇だったとは思わなかった。太陽のように明るい笑顔の下にはこんなにも辛い過去を抱えていたなんて。そんな過去を話すのは辛いはずなのに、ニーナは焦る私に向かって首を横に振る。

「エレナ様がお気になさる事じゃありません。全てアイザックス王の悪政が招いたことです。それに今は幸せですから」

ニーナの笑顔が戻ったことに、安堵する。

「シルバ様が王位についてから、この国は変わりました。城下の警備を徹底されて治安は維持され、爵位のない民にも平等の生活を与えてくださいました。アーク王国が資源豊かで住みやすい国だと言われるようになったのは、シルバ様のご尽力があったからこそなんです」

そう話すニーナの顔は本当に穏やかで、幸せに満ち溢れていた。けれど、ニーナの口から国王として国民に慕われているシルバの話を聞くたびに、私の気持ちは沈んでいった。

「国民から慕われてるのね」

「もちろんです！　シルバ様は、ずっとアーク王国の再興のために動いていらっしゃいますから。多くの国民が、自分たちのために国の再興をなさっているシルバ様のことをお慕いしています」

――ズキンッ。

今度は胸を抉《えぐ》るような痛みが襲う。その胸を支配していたのは紛れもない〝嫉妬〟だった。嬉しそうに話すニーナを見て思ってしまった。シルバに思われる国民が〝羨ましい〟と。国民を思う気持ちはあるというのになぜ私を力で支配しようとするのかと。そしてそんな事を思う自分に困惑した。これではまるで、私がシルバに受け入れられたいと思っているみたいだから。違う……そんな事思っていないし、思ってはいけない。私に求める権利なんてない。

「再興が早く進むといいわね」

グッと自分の感情を殺し、無理やり笑顔を作った。けれど心の中はズキズキという痛みが走り続けていた。そんな事を考えているとは知らず、ニーナは満面の笑みを返す。

「そうですね。後はイースト地区だけなんですが……」

「何かあるの？」

途端に変わったニーナの表情に、胸の痛みを忘れ問いかける。

「イースト地区は治安が悪くて、再興が進んでいないんです。シルバ様が王位に就いていることに不満を持った人たちが、再興を邪魔しているらしいんです」

「それがアイザックス王の家臣たち？」

私の問いに「おそらく」と言うニーナ。

「前王の家臣の全てがシルバ様に不満を持っているわけではないのですが、やはり、以前のような暮らしが忘れられずにいる者たちが多いようです」

ニーナの話によると、アイザックス王の政権下では、貴族という身分を持った者が優遇されたらしい。毎夜開かれる舞踏会や王妃に贈る宝石の数々も、国民の税金で賄《まかな》われ、資金がなくなれば税金を引き上げ、更に国民に負担がかかったと。

「そんなことが……」

聞いていて身の毛がよだつ。これほどの圧政を敷いていたとは思わなかった。

「シルバ様が王位に就いていなかったら、私も今ここにいなかったと思います」

ニーナはそのころを思い出したのか、複雑な笑みを浮かべる。

きっとシルバは国民にとっての救世主だったのね……。出逢ったばかりの時、シルバは自分が前王の王位を奪ったと、まるで自分が国賊のように話した。ニーナからこんな話を聞かなければ、私はずっとシルバを誤解したままだった。冷酷で冷徹で逆らう者には容赦ない人。そんな人が一国の王に就いているなど不安だったけれど……シルバは国民に望まれた王だった。そこでふと思う。

「そういえば、シルバのご両親はどこにいるの？　もしかして、どこかに身を隠しているの？」

玉座を狙ったくらいだ。きっと両親に危害が及ぶ事を考えて、どこか遠くへ逃がしているのかもしれない。

王城に来てからそれらしき人を見かけないし……。しかし私の予想が外れていたことは、目の前で悲しそうに眉を寄せるニーナによって証明された。

「シルバ様のご両親は、随分前に亡くなられました……」

それはさっきアイザックス王の話をしている時よりも辛そうな表情だった。

「え……」

思わぬ言葉におどろく。シルバは一国の王といってもまだ若い。

「シルバ様のご両親は、前王アイザックス王に暗殺されたのです」

ニーナの言葉に今度こそ言葉を失った。

「シルバ様のご両親は先々代の王と王妃でした。その先々代の王がこの国を治めていた頃は王の統治の元、平等で平和な国が栄えていました」

まだ衝撃もさめぬうちに、ニーナは話を続ける。

「けれどそれに不満を持った貴族のひとり、アイザックスを中心とした反逆者たちに暗殺されたのです」

「その時あの人は……？」

なぜシルバだけが生き残ったのか。聞くのは怖かったけれど、知ってしまったからには聞かずにはいられない。

「王妃様と一緒におられました。その当時、王は反逆者の企てをいち早く察知して王妃様とシルバ様を離宮へと逃がそうとしていました。けれど、遅かったのです……」

そこでニーナの言葉が途切れる。

「王は王城で殺され、王妃様とシルバ様は離宮へ向かう途中で襲われました」

という事はシルバのお母様はシルバの目の前で殺されたの？　どんなに壮絶だっただろうか。想像するだけで胸が苦しくなる。

「なぜあの人だけ、生き残ることが出来たの？」

息苦しいほどに言葉に詰まりながら、やっと出てきたのはそれだけだった。

「なぜかは分かりませんが、生き残った王の家臣が駆け付けた時には、王妃様のご遺体と暗殺者たちの亡骸《なきがら》の中心に全身返り血を浴びたシルバ様が立っていた……と」

ニーナから聞かされたその話に、心からの震えに襲われる。父を王城に残して母とふたりだけで逃げてどんなに辛かっただろうか。しかもそんなお父様の気持ちも虚しくお母様も目の前で……。

「エレナ様……」

静かにニーナから声を掛けられる。顔を上げると視界がぼやけてニーナがよく見えない。そこでやっと涙を流しているのだと気づく。自覚すると湛《こら》えていた涙が堰を切ったように流れ始めた。

「エレナ様は、お優しいのですね」

涙を流し続ける私に、ニーナも涙ぐみながらそう言う。

「けれど、シルバ様はお強いですから」

「でも……そんなの辛すぎる……」

お父様の死に目には会えず、目の前でお母様を殺されるなんて……。まだ私は両親がこの世にいるというだけでも幸せなのかもしれない。シルバはもう永遠に会えないのだから。

しかし、そんな思いに止《とど》めを刺すようなニーナの言葉が浴びせられる。

「けれど、過去はもう戻ってきません」

力強くそう言う琥珀色の瞳は両親に捨てられた過去を持つとは思えないほどに強い光を湛えていた。

「だからこそ今、シルバ様はこの国を再興しようとなさっているのです。どんなに悔やんでも過去を変えられない事はシルバ様が一番ご存じだと思います」

ニーナやシルバが見据えているのは、ひたすら未来だけだった。私はまだ過去を捨てられない。だからこそシルバの衝撃的な過去に同調した心が悲鳴を上げ、涙が溢れた。

これは同情……？　未来を見据えて国の再興を試みているシルバにしてみれば、こんな小娘に同情されたくないと思っているだろうが、もう今までのようにシルバを冷酷で冷徹なだけの王だと思えない。

「そのために、私が必要なの？」

涙を流したままの私にニーナは困ったように笑ったが、否定はしなかった。

「国を再興するという事は、シルバ様が揺るがない地位を守り続ける事でもあります。そのためには、反逆者たちに王位を奪われるわけにはいかないのです」

ニーナの真剣な顔つきからは、主であるシルバを真に尊敬しているのがひしひしと伝わる。

「だからどうか、シルバ様のお力になってください」

心の底から切実に、けれど申し訳なさそうな声色で話すニーナ。それはきっと私が能力を使うのを躊躇っているのを知っているから。それでもなおシルバの力になって欲しいというのは、ニーナ自身もこの国の再興を強く望んでいるからだろう。

けれどニーナ……私の答えなんて決まっているの。

「力を使えと言えば使うわ。私には選ぶ権利などないから……」

「エレナ様……」

ニーナの顔が悲しそうに歪む。

「シルバ様は言葉には出されませんけど、きっとエレナ様に感謝しているはずです」

「けれど私は避けられている……」

自分でも落ち込んでいるのが分かる。俯いていると、ニーナの明るい声が降ってきた。

「今は、イースト地区の再興でお忙しいからですわ」

「そう……かしら……」

だってこの後宮に来てから、シルバはこの部屋に寄りつかない。本当に忙しいとしても意図的に忙しくしている感が否めない。それにあの突き放すような視線。元々他人を遠ざける鋭い紅の瞳にひと睨みされれば、誰だって避けられていると感じるはずだ。

シルバ本人に理由を聞く勇気もなければ、あの瞳が怖くて視線を合わせる事も出来ない私はただ待つしかない。シルバが視線を合わせてくれるその時を。

三章　闇の組織の暗躍

真夜中の訪問者

「はぁ……」

あれから更に一週間がすぎた。ニーナとの能力チェックで自分の限界が大体分かった。けれど、それを試す場がない。

そう……。やはりシルバに避けられているのである。能力を使わせるために連れてきた本人に避けられていたのでは、それを使う場もないのは当たり前の事。シルバから避けられて今日で十日目。もう公務で忙しいという理由は通用しなかった。

「はぁ……」

何度目か分からない溜息が部屋に響く。

「エレナ様……」

一週間前あんなにも励ましてくれたニーナも、すでにかける言葉を失くしてしまったようだ。ニーナが黙るのも無理はない。シルバは一週間で一度も後宮に顔を出さなかった。やっぱり私を避ける理由は、公務なんかじゃない。私自身なんだ……。

僅かだが、確かに胸に刺さる痛みを感じる。私たちが城下に行った日から避けられた。城下に行った日、私は何か取り返しのつかない事をしてしまったのだろうか。お金で買われた身分で城下へ行った事が気に障ったのだろうか。それとも何も言わずに行ってしまった事に対して？

いくら考えても答えは出てこない。もう……私の体調は戻ったのに。

そこでハッと息を飲んで我に返った。

わたし……何を……。頭の中に浮かびあがった考えに困惑する。

思ってしまったのだ。体調は戻ったからもう力を使える。私はいつでも貴方の命に従う準備が出来ているのにと。これではまるで自ら能力を使う事を望んでいるみたいだ。私はシルバに能力を使う事を強いられていたんじゃなかったの？

胸の曇りが晴れない。分からないからこそ苦しい。

胸を押さえてキュッと服を握りしめていると……。

「エレナ様？　どこか、体の調子が悪いのですか？」

就寝の準備をするニーナが、心配そうにこちらを伺っている。

「い、いいえ、大丈夫」

心配するニーナに慌てて答える。また体調が思わしくないとシルバに知れたらと思うと、咄嗟に否定していた。そして無意識に「ねぇ、ニーナ」と口を開く。

「あの人は、ちゃんと寝ているの？　体調を崩していない？」

口を開く度に、胸のもやもやが増幅する。自然と眉が寄り、胸が苦しいのはなぜだろう。

そんな私の表情にニーナも声を落として答える。

「シルバ様はいつも通り、ご公務をこなしていますわ……」

――ズキンッ。

ニーナの言葉は胸のもやもやを残したまま、苦しいほどの痛みをもたらした。シルバはいつも通りに公務をこなしているという。周囲への接し方も体調も、なんの変化もない……と。ただひとつおかしいのは私に対してだけ。なぜ私には何も言ってくれないの？

突き付けられた現実に、訳の分からない感情がごちゃごちゃと入り乱れる。

「そう……なの。それならよかったわ」

必死に言葉を絞り出して答える。ニーナは何か言いたげな表情をしていたが、それを押し込め作業に戻った。

ソファに座り、ニーナがベッドメイクをするのをただぼーっと見つめた。誰も使うことのないベッドをニーナは毎日整える。それをいつも見ながら、今日はシルバが帰ってくるだろうかと思うのだ。

ふと窓辺に近づいたニーナに声を掛ける。

「カーテンは、開けておいて」

「今日は満月ですから、明るいですよ？」

不思議そうな顔を向けるニーナ。

「月が見たいの」

窓の外の月を見ながら、ゆっくりと呟く。ニーナもつられるようにして外を見上げて、微笑む。

「分かりました」

厚手のカーテンに掛けていた手を離し、こちらに歩いてくる。

もう夜も更けた。王城の使用人も、眠りについているころだ。こんなに遅い時間まで起きているのは、私が眠れなかったから。もやもやと晴れない心が拍車を掛けて、考えれば考えるほど目が冴えてきたのだ。

そんな眠りにつけない私にニーナは「お付き合いします」と言って話し相手になってくれた。ニーナと話をしていると楽しく、一時はシルバの事を忘れられるけれど、いつまでもニーナを引き止めるわけにはいかない。

思えばこんなに夜更かしをしたのは初めてかもしれない。優しいニーナに甘えてしまったわ。

「ニーナはもう休んで」

「眠れそうですか？」

心配そうな琥珀色の瞳がこちらを伺う。

「ええ、なんだか眠気が襲ってきたわ」

ふぁ……と欠伸《あくび》をするような動きをすると、ニーナは安心したような表情になる。

「ではまた明日の朝食で」

ニッコリといつもと同じ明るい笑顔で後宮を後にするニーナ。それを手を振りながら笑顔で送り出した。

嘘をついてごめんなさい……。本当は眠くなんかないの。ひとりになるとまた考えてしまうから。

そして考えても考えても答えは出ない。それが胸のもやもやとしている原因。無限ループのようにぐるぐると廻るそれは、私の意思に反して頭を流れる。

「寝なきゃ……」

言い聞かせるように呟き、ニーナが用意してくれた毛布を持って、ソファに横になる。

ソファで寝るのは日課となってしまった。ベッドメイクしてくれるニーナには申し訳ないが、後宮に設えてあるベッドは大きすぎて落ち着かない。それにソファといっても体を伸ばして眠れる程に大きくてふかふかしているし、私にとっては立派なベッドだ。

毛布を体に巻き付けソファに深く沈み込むと、心地よいクッションが眠気をもたらす。

これで眠れるかも……。

そう思って目を閉じた時だった。

——カタン。

部屋から微かな物音が聞こえた。ニーナが何か忘れ物をしたのだろうか。そう思って閉じた目を再び開けると、ソファの前に、黒いマントを羽織った見知らぬ男が立っていた。

宙で止まった手は、間違いなく私の方へ向いている。

「チッ……起きていたのか」

面倒くさそうにそう言った男の声が耳に届き、目を見開いた。この状況は危険だと察知し、助けを呼ぶために口を開く。

「ニー……んんっ!!」

助けを呼ぶ声は、男の手に寄って遮られた。簡単に私を押さえつけた男は素早く短剣を抜く。

「おっと。叫ぶなよ」

喉元に突き付けられた短剣の硬質な感触に体が硬直する。

「窓を開けっ放しとは、王宮の警備も薄いな」

男は鼻まで覆い隠していた布を降ろし、ニヤリと笑う。その頬には痛々しいほど大きな傷があった。

コワイ……。

月に照らされキラリと光る短剣を目の端に捕らえ、恐怖に震える。

「いいか？　今から言う俺の質問に正直に答えろ。答えなければこの場で殺す」

私をソファに押しつけ、短剣を突き付けたまま低い声で言い放つ男。〝殺す〟という言葉に震えながらもコクコクと首を縦に振った。それに満足した男はニヤリと笑う。

「お前はエレナ・マルベルか？」

男の言葉に一瞬躊躇った後、コクンと頷く。なぜ私の名前を知っているの？

「国王が妾を作ったと噂していたが、お前だったのか」

それはまるで、男が私を知っているような口ぶりだった。十年間監禁されていた私のけれど知り合いなど限られているし、男の顔に見覚えもない。

「では次の質問だ」

困惑する私を置いて、男は再び話し始める。

「お前がこの王城に連れてこられたのは、お前の能力を利用するためだな？」

男の言葉に心臓が嫌な音を立てて鳴った。私の名前だけじゃなく能力の事まで知っているなんて一体この人は何者なの？

そこでハッと息を飲み、今まで恐怖でパニックになりかけていた頭が冷静になる。

もしかして……。頭の中にひとつの答えが浮かぶ。この国の王位を狙う者。シルバの敵。

〝反逆者〟。

私の事をどうやって知ったかはともかく、私を利用して反逆者を洗い出そうというシルバの思惑に気づいたのかもしれない。

「どうなんだ？」

肯定も否定もしない私に苛々する男は先を促す。それに首を横に振って答えた。

知られるわけにはいかない。肯定したら反逆者たちにシルバの思惑が露見してしまう。

「本当だな？」

念を押す男の言葉に、首を縦に振る。

この人の目的はシルバじゃなく私。私が余計な事を喋らなければ、シルバに害は及ばない。

「陛下は、お前の価値を分かっていないようだ」

対する男はクツクツと笑ってご機嫌だ。

次は何？　何を聞かれても私は喋らない。次に男が口にした言葉に、大きな衝撃を受けた。

「俺のボスから、お前を連れてこいと言われてな。俺と一緒に来てもらうぞ」

わたし……この王城から連れ去られようとしている？

また……なの……？　マルベルの屋敷からウォルターに売られた時のように。賭博場からシルバに連れ去られた時のように。私の意思とは関係なく、私の身の振り方は決められる。

そして私はいつもそれに従ってきた。いつしか諦めていたのかもしれない。所詮お金で取引されるものなんだと。これが私の運命なんだと。けれど、今は違う。ここに……王城にいたいと思った。

弱々しく首を横に振る。行きたくない。そういう意味を込めて。

「この状況で逆らうのか？　いい度胸だ。だがお前の意思は関係ない」

そう言って男は短剣を突き付けたまま、口元を押さえていた手を離す。

「っはぁ……」

途端に口から入って来た空気が肺を満たす。夜の空気だからか少し冷たかった。

「助けを呼ぶなどという変な気は起こすなよ。怪しい動きをしたら……分かっているな？」

男の問いにキッと瞳を鋭くさせる。しかしそんな虚勢は一瞬の事だった。両手首をいとも簡単に取られ、ソファから無理やり立たされる。

「いや……っ」

無理やり引き上げられた痛みに眉を寄せるが、男は息をつく暇もなく窓の方へ歩き出そうとする。

カラカラの喉から絞り出すようにして、小さな声を上げる。そして精一杯の力でその場に踏みとどまろうとした。

「行きたく……ない……」

ここにいたい。ここから離れたくない。いつしか温かで優しくて心地良い場所となった後宮。ここが私の居場所なの……。

「お前、自分の立場が分かっているのか？」

両手で逆方向へ引っ張る力に男が振り返り、低い声で唸る。ビクッと震え全身から力が抜けていくような恐怖が襲う。

「お前は、俺に従うしかないんだ」

そう言って、喉元に短剣の側面を当てられる。その鉄の冷たさに鳥肌が立ち、恐怖に拍車がかかる。何も出来ない無力さを感じ、頬にひと筋の涙が流れた。

「ふっ……っく…」

死にたくない。そんな事前は思わなかったのに……。この世から消えたとしても、誰も困らない。意味のない存在なら消えてしまいたいとさえ思った。なのに今は死にたくないと思っている自分がいる。ここには私の存在に意味を与えてくれた人たちがいて……初めて自分の存在が愛しいと思えた。だから、この男の言いなりになって連れ去られるのは嫌だけれど。この王城から離れるのは嫌だけれど。私はここで死にたくない……。

覚悟を決めて腕の力を緩める。眉を寄せ零れ落ちた涙は頬を濡らしていた。

「やっと従う気になったか」

ダラリと全身から力が抜け、俯く。その拍子に床に涙がこぼれおちる。今度こそ男の行くままに従って歩き出す。その時だった……。

――バンッ。

今まで後宮に足を運ばなかった人が。十日も私を避け続けた人がいつものように荒々しく扉を開けて後宮へ入って来た。

「何をしている」

地を這うような低い声に、後宮の時間が止まった。

なんでここに……？

思わぬ人の登場に声を上げる事も忘れる。闇に溶ける漆黒の髪。燃えるような紅の瞳。いつも口元に浮かぶ獰猛な笑みは今はなく、ただひたすらにこちらを睨んでいた。

なんでここにいるの……？　シルバ。

散々逸らされていた視線は痛いほどに私に向けられ。冷たいと感じていた瞳はその瞳の色を思わせるかのように激情を湛えていた。声が出ない代わりに涙が溢れた。途端、シルバの瞳がスッと細められる。

「何をしている……と聞いている」

再び低く唸る声が後宮に響く。思わず肩をビクッと震わせる。シルバの声は聞く者をおののかせる威圧感がある。それは隣にいた男も例外ではないようだ。先程まで傍若無人な態度を取っていた男はゴクリと生唾を飲み、冷や汗をかいている。

「ソレは俺のものだ」

激情のままにシルバが唸り一歩踏み出す。すると男は弾かれたようにビクッと体を揺らし、チッと焦ったように舌打ちする。そして片手で後ろから拘束され、喉元に短剣が当てられる。

「それ以上近づくな。この女がどうなっても知らないぞ」

僅かに震える声で男が叫ぶ。男はシルバの登場に余程焦っていたのだろう。それまで突き付けるだけだった短剣が初めて首筋の皮膚を薄く切った。その痛みに思わず小さな声を上げる。

瞬間、シルバの歩みが止まる。

「何が目的だ……」

「私はただ、この女を頂戴したいだけですよ」

引きつった笑みを浮かべながら、シルバに視線を合わせる男。

「その女は俺のものだと言っているだろう」

「このアーク王国の国王であらせられる陛下が、なぜこの女に執着するんだ？」

男は段々と余裕を取り戻してきたようで、饒舌《じょうぜつ》になる。

「貴方なら、国中の美女をはべらせる事が出来るだろうに……」

ニヤリと笑う男を目の端にとらえ、心臓が急激に冷えていくのが分かる。

もしかしてこの男はシルバの思惑に感づいている？　駄目……。それだけは避けなければいけない。

「それは……」

「それは、私を大金で買ったからです」

男の問いかけに答えるように口を開いたシルバを遮り、割り込む。

「銀色の瞳に銀色の髪を持つ私を珍しがって……。私を大金で買ったものだから、手放すのも惜しいと考えているんです」

さっきはひと言も言えなかったのに、シルバが疑われるかもと思った瞬間スルスルと話す自分に驚く。

「お前には聞いていない。俺は陛下に聞いているんだ」

男から返って来たのは冷たい視線だった。黙っていろ……と短剣を更に近づける。皮膚を切った時の痛みを思い出し、それ以上何も言えなくなる。

お願い……何も言わないで……。そう思いを込めてシルバを見つめれば、一層凄味を増した紅の瞳の鋭い視線が向けられる。

「お前こそ、なぜエレナを連れ去る。目的はなんだ」

シルバが男の問いを上手く避けてくれたことにほっとしながらも、男を見上げる。

「俺のボスが会いたがっている……とだけ言っておこう」

「お前のボスは闇にまぎれて人さらいをしなければならぬほど、後ろめたい身分のようだな」

シルバはフッと男を蔑む笑いを零しながら、皮肉を込めた言い方をする。

「まぁ、そういう事だ」

今や完全に自分が有利だと思っているのか、男は先程のようにうろたえてはいない。

「そのボスにこの女を献上しなければ、俺が始末されるからな。これで失礼することにする」

「きゃッ……！」

短剣を喉元に突き付けられたまま、男の容赦ない力で後ろへ引きずられる。思わず小さな悲鳴を上げると……。

「エレナ！」

今まで聞いたこともない焦った声で名前を呼ばれる。

助けて……と声を上げたくとも短剣に阻まれる。シルバが腰に下げていた剣に手を添え、一歩前へ出ると、男は私の首元に短剣をすべらせる。

「動くな。動けばこの女が傷物になるぞ？」

またひと筋の血が流れた。

「クソッ……！」

シルバは盛大に舌打ちをし、剣に添えていた手が白くなるほどに拳を握りしめた。

「フッ……それでいい。そこで大人しく見ていろ」

シルバが歩みを止めたことに満足しながら、男はどんどん窓の方へ後退する。

いや……っ……。

シルバが遠ざかっていく光景に心の中で声を上げる。

行きたくない……。目尻に涙が溜まり視界がぼやける。私がなんとかしなきゃ……。

窓まであと数歩というところで男の力に逆らい、踏み止まった。

瞬間、首にあてたままの短剣が皮膚を切るが、それを唇を噛みしめて耐える。その光景にこちらを黙って見つめていたシルバが目を見開く。

「何を……」

男も驚き、慌てたように短剣を遠ざける。

「この期に及んで抵抗するのか？」

男の言葉を無視して、スッと目を閉じる。

私は今、生まれて初めて自分の意思で人の心を読もうとしていた。男の心を読めばこの状況から抜け出せるかもしれない。ひとかけらの可能性でもあるならば、それに賭けたい。

「な、なんだ？」

耳に入る雑音をかき消し、男を視界に入れて集中する。すると、頭の中に男の心が流れ込んできた。男は焦っている。早く私をボスの元へと連れていかなくてはいけないという思いが支配していた。男がボスと呼んでいた人物の顔はよく見えなかったが、その人物は私を「生け捕りにして連れてこい」と男に命じていた。

〝生け捕り〟。

男とそのボスは、私が人の心を読む能力がある事を知っていた。この事実が示すのはただひとつ。この人たちも私の能力を利用する気なんだ。それを理解した時、とめどない不安が押し寄せた。私の名と能力を知っていたくらいだ。恐らくジェスについても調べはついているはず……。ジェスを人質に取られたらきっと私は抵抗できない。反逆者たちはきっとシルバと同じ事を考えている筈だ。先程見えた男の心の中、それにひと筋の希望を賭ける。

「オイ！　いい加減にしろ」

遂に荒々しい声を上げて怒鳴る男。その怒鳴り声に一瞬、賭博場にいた頃を思い出す。あの頃は毎日のようにウォルターに怒鳴られていた。私はただそれを受け入れていて、何も言わず、逆らわず、時にはジェスが助けに入ってくれるのを待っていた。

けれど今は誰も助けてくれない。いつも助けを待っているだけでは駄目だ……。

走馬灯のように駆け巡る過去に区切りをつけ、顔を上げてシルバの瞳を見据える。柔らかい月の光に照らされた紅の瞳は、いつもよりも優しく見えた。そしてシルバを見据えたまま、ふわりと微笑む。

すると一瞬訝しげな表情をしたが、勘のよいシルバは何かを察したのだろう。次の瞬間には、大きく目を見開き聞いた事がないような大きな声で叫んだ。

「エレナッ！　止めろ！」

シルバの焦ったような声が後宮に響く。しかしシルバの声が耳に入った時にはすでに体は動いていた。

持てる力の全てで男の手を振り切りシルバの方へ駆け出す。

――シュッ。

冷たい刃物が首筋を切った感覚に眉を寄せるが、足は止めない。

「クソッ……！」

男は苛立たしげに舌打ちするが、首元にあてられていた短剣は深く刺さることはなかった。

やっぱり思った通りだった……。頭の隅で冷静にそんなことを思いながらも、体は目の前のシルバに駆け寄ることで必死だった。

切られた首から血が流れ、外気にあたってピリピリする。痛くて、怖くて、身がすくむような思いを振り切るように走る。私が走り出したと同時にこちらへ向かってくるシルバに涙が込み上げる。もどかしい距離を埋めるように手を伸ばし、叫んだ。

「シルバッ……！」

名前を呼んだ瞬間、瞳に溜まっていた涙が零れ落ちる。シルバは一瞬驚いたような顔をしたが、すぐに紅の瞳を鋭くさせ、腰に携えていた短剣を抜き取る。そしてそれを迷いなくこちらへ投げた。

その短剣はすぐ横をかすめて、後ろへ飛んでいく。

――ザシュ。

「ぐはッ……！」

男の呻き声を聞きながら、私は広い胸へ飛び込んだ。

動き始めた闇

「シルバッ……！」

初めて名を呼ばれたのは、聞いているこちらの方が胸が締め付けられるほど切なく、悲痛な声だった。

月に照らされ、さらに白く輝く肌に赤い血が流れる。痛みに歪むエレナの顔に心臓をわし掴みされたような感覚を覚え、焦燥感に駆られてその場から踏み出す。

そして、剣に添えていた手を素早く短剣に伸ばし、エレナを捕らえようと追ってくる男へ投げつけた。

——ザシュ。

「ぐはッ……！」

短剣は狙い通り男の左肩へ突き刺さる。同時にエレナの腕を取り、抱き込んだ。

抵抗なく俺の腕の中に納まったエレナはピタリとくっつき、顔を埋めていた。腕の中の確かな存在に安堵すると、先程の焦燥感が嘘のように落ち着き、心音は緩やかなリズムを刻む。しかし、エレナの首筋に流れる血を目の当たりにし、ふつふつと湧き上がる怒りは収まらなかった。

「その女を寄越せ」

左肩の短剣を抜き、男が剣を構える。未だ撤退する気のない男は、エレナを抱えたままの俺に対し、自分の立場が有利だと思っているのだろう。

「欲しいのなら奪ってみろ」

　エレナを片腕に抱いたまま、腰に下げていた剣を抜く。

　男がチッと舌打ちをし、剣を振りかざし一気に間合いを詰めようとしたその時。

　――バタバタッ。

　後宮の外から複数の足音がこちらへ近づいてくる音が聞こえた。恐らくこの騒動に気づいた者が助けを呼んだのだろう。

「クソッ……ここまでか」

　その音に反応した男はギリッと歯を噛みしめ、剣を納める。

「またお前を迎えに来るからな、エレナ・マルベル！」

　男の陳腐な捨て台詞《ぜりふ》に俺の体に抱きついているエレナの体がビクッと震える。そして、後退した男は窓から飛び降り、後宮から去った。

　――バンッ。

　同時に後宮の扉を勢いよく開けて入ってくる者たち。

「シルバッ！　大丈夫ですか？」

　その先頭に立っていたウィルが、血相を変えて後宮に入ってきた。

「俺は問題ないが、エレナが怪我をしている」

「エレナ様がお怪我を!?」

　後に続いて入ってきたニーナが、悲鳴じみた声を上げる。

「あぁ、首を少し切っている」

エレナの背中に回していた片腕を解き、首にかかる銀色の髪をかき分けて首を見せる。未だ流れる赤い血を見てニーナは悲痛な表情を顔に浮かべ、ウィルはすぐさま医官を呼びに行かせた。

「ニーナ、医官が来るまでエレナの傷の応急手当てをしてやれ」

「分かりました。エレナ様、傷をお見せください」

ニーナがエレナに駆け寄り、そう呼びかけるが、何も反応がない。

「エレナさん?」

ニーナの呼びかけに応えないエレナに、ウィルが訝しげな声を上げる。エレナはピクリと体を揺らすものの、返事をしようとしない。体に回された腕は離れるどころか、さらに距離を詰めようと抱きついてきた。思わぬエレナの行動に驚くも、すぐに理由が分かった。カタカタと震える小さな体。声には出さないが、頭を埋め、時折小刻みに肩を揺らしている事から、泣いているのだという事が分かる。

短剣を首に当てられ、脅されれば、恐怖に震えるのも無理はない。視線をウィルとニーナに移すと、困ったような表情で視線を交わしている。

「エレナ様、もう大丈夫です」

「そうですよ。もう男はいませんから」

ふたりからそっと促すように声をかけられたエレナだったが、声に出して返事はせず、子供のように首を振った。ウィルとニーナが困ったような視線をこちらへ寄越す。俺にどうにかしろということか……。

救いを求めるようなふたりの視線に、心の中で深く溜息をつき、口を開く。

「エレナ、傷を診てもらえ」

途端、ウィルに睨まれる。その目は今の言い方を非難しているようだった。

「……エレナ、アイツは出て行った。戻っても来ない。だから首の傷を診てもらえ」

若干棒読みだったことに、ウィルの呆れた視線を感じるが、エレナに変化があった。

ピクリと体を揺らしたかと思えば、俯いたまま少し距離をとる。

そして、ゆっくりと顔を上げた。

顔を上げたエレナに目を見張った。ダイヤモンドのように輝く銀色の瞳は吸い込まれそうなほどに透明感を帯びていて。頬に流れる涙を思わず〝綺麗だ〟と思った。

女の涙など煩わしいだけだったはずなのになぜ……。妙に胸がざわつくのを無視し、口を開く。

「もう大丈夫だ」

涙を流すエレナを前に自然とそんな言葉が出てきた。救急箱を持ってきたニーナからガーゼを受け取り、首の傷口にあてがう。

「落ち着いたか？」

痛みで僅かに眉を寄せるエレナにそう問えば、コクンと頷く。体の震えも止まっている。

向かい側にいるウィルとニーナもほっとひと安心したようだ。

「ニーナ、手当ての続きを頼む。ウィルは俺と来い」

「はい！」

ふたりは同時に返事をし、テキパキと動き始める。俺の体に回ったエレナの腕が緩んだのを見計らい、やんわりほどく。

あの男……エレナの名を知っていた。調べる必要があるな。そう考えながらエレナをニーナに任せ、後宮を後にした。

初めての夜――

静けさを取り戻した後宮に、ニーナの声が響く。

「エレナ様、ほかにお怪我をなさっているところはございませんか？」

ひと通り手当てを終えたニーナが心配そうな瞳で問う。

「ないわ……。首だけよ」

そう言ってニーナが手当てしてくれた首に触れる。あの後すぐに医官が来たのだが、首の傷はあまり深くなかったため、消毒だけして手当てをニーナに引き継いだのだ。

「大事に至らなくてよかったです」

そう……私の首の傷は深くはなかった。それもそのはず、私が命の危険にさらされる可能性は低かったのだ。活路を開くために男の心の中を呼んだ時、見えたもの。それは、私をボスの元へと連れていかなければならいという焦りと、ボスからのある命令だった。

〝生け捕りにしろ〟

男の頭の中はボスからの命令でいっぱいだった。生け捕りという事はつまり、ボスの元へと連れていくまでは、私の命は奪わないという事だ。そして、男の心の中を占めていたボスへの恐怖から、〝生け捕り〟という条件は絶対だと思った。だからこそ行動に移すことができたのだが、やっぱり怖かったのも確かで……。今でも思い出せば体が震える。男の体を突き放し、逃げ出した時は必死だった。だからこそ咄嗟に口にしてしまったのかもしれない。

『シルバッ……！』

名前なんて一度も呼んだ事なかったのに……。

咄嗟に彼の名を呼んだ時、涙が溢れ出た。なぜだろう……シルバの名を呼んだ時に胸が苦しくなったのは。力強い腕に抱きしめられていると心が安らいで、その胸の中にずっといたいと思ったのは。ジェスやニーナ、ウィルやデュークに対して感じたことがない思いが確かにここにある。胸に手を当て考えていると、後宮の扉が静かに開く。

キィ……という静かな音を立てて、入ってきたのはシルバだった。

「シルバ様！」

ソファの前に座って手当てをしてくれていたニーナが立ち上がり、頭を下げた。控えていた侍女や、護衛の者も慌てて脇へ下がり道を開ける。

シルバは入ってくるなり私の座るソファまで足早に近づき、目の前で膝を折る。目線が同じ高さになり、紅の瞳と視線がぶつかった。その瞳に吸い込まれるように惹きつけられ、時間が止まったように見つめていると、不意にシルバの手が伸びてきた。大きな手は私の髪をかき分け、包帯が巻かれた首元にそっと触れる。

「医官はなんと言っていた」

「え……あの……」

突然発せられた言葉に反応することが出来ず、あまつさえ医官からの診断内容も忘れてしまった。おろおろする私に代わって口を開いたのは、ニーナだった。

「恐れながらシルバ様、私から診断結果を申し上げます」

シルバも私の言葉を待っていると日が暮れると思ったのか、ニーナの言葉を聞く。

「エレナ様の首の傷は皮膚の表面を切っただけでした。医官の話によると傷薬を塗って包帯を巻いておけば数日で傷は塞がるとのことです」

「そうか、ならお前たちはもう下がれ」

シルバはニーナの報告に顔色を変えずそう言って、侍女と護衛に向かって命じる。しかし、慌てた様子でニーナが口を開く。

「ですが、護衛は……」

あんな事があった後だ。侵入者のあった後宮に護衛を付けるのは当たり前。ニーナの反論は正しかった。

「必要ない」

シルバのひと言で、ニーナの進言は一刀両断された。国王であるシルバにそう言われてしまえばニーナは反論することは出来ず、「分かりました」と言って後宮を下がろうとする。

「ニ、ニーナ？」

それに焦った私は我に返り、ニーナに助けを求める視線を向ける。

一週間も会っていなかった人といきなりふたりきりにされるなんて、どうしていいのか分からない。ニーナもそれを分かっているのか、申し訳ないとばかりに頭を下げる。

「お休みなさいませ、エレナ様」

「お休みなさい……」

パタンと閉まる扉。そして、後宮には私とシルバのふたりきりになった。

ニーナたちが去って行った扉から正面に視線を戻すと、シルバがこちらをじっと見ていた。視線を合わせたら最後、その紅の瞳から目が離せない。月の光を浴びた紅の瞳は怖くないかもしれないと考えていると、シルバの口元が動く。

「傷は大丈夫か？」

「え……？」

言われた意味が分からず、思わず声を上げる。

「首の傷だ」

眉をしかめ何度も言わせるな、という目。先程のような苛立ちを含んだ瞳だったが、そんなこと今は気にならなかった。

シルバが私の傷を心配している……？　半ば信じられないような出来事だけど、ポカポカと心から温まるこの感覚が嘘じゃないと言っている。

なんだろうこの感じ。初めて感じる心地よい感覚にただその瞳を見つめ続けた。

すると、訝しげな瞳をしたシルバが口を開く。

「聞いているのか？」

「あ……はい。首はまだ少しひりひりするけど大丈夫です」

眉間のしわが深くなったシルバに、弾かれたように我に返る。

「そうか……」

シルバはひと言そう呟いて、立ち上がった。

聞く者によって、そっけなくも聞こえるその声色。けれど、どこか安堵にも似た色を含ませるその言葉に胸がキュッと締め付けられる。気のきいた言葉をくれたわけではないのに、たったひと言でこんなにも心が温かくなる。それがたとえ打算的な言葉だったとしても、ただ純粋に心配してくれた事が嬉しかったのだ。

ふと込み上げた感情に首をひねる。私はなぜ嬉しいと感じたのだろうか。いつも私に関心のないシルバが心配する素振りを見せたからだろうか。答えを求めて考えをめぐらしていると、ボスンという音が耳に入る。恐る恐る振り返れば、いつの間にかベッドまで行ったシルバが腰に下げていた剣をベッドに放り投げていた。不思議に思ってシルバの動きを目で追っていると今度は上着を脱ぎ始める。

「なっ……っ！」

なんとシルバは、目の前で着替えを始めたのだ。衣服の下から覗いた均整のとれた身体に顔が真っ赤になるのが分かる。厚い胸板にほどよく付いた筋肉、露わになる上半身に慌てて目を逸らし、シルバに背を向ける。端から見てわかるほどあからさまに取り乱した私に、シルバがフッとからかうように笑った。

「なんだ？　俺は別にそのままでもいいんだが？」

「わ、私が悪いんです！」

なんで服を脱ぐの？　この状況で服を脱ぐ必要性が理解できない。そう言えばさっき剣も放り投げていた。それが指す意味を悟り、ハッと息を飲む。

もしかして……ここで寝るの……？

思い当たった考えに心臓が早鐘を打ち始める。

「もういいぞ」

シルバの声に引かれるように再び体をベッドの方へ向ければ、夜着を着込んだシルバが立っていた。丈が長く、袖口の広いゆったりとした夜着からは均整のとれた体がチラリと見える。途端、心臓がバクバクと跳ね、真っ赤な顔がさらに熱を持つ。

なんで……？　なんで、今日なの？　シルバが今晩後宮に来た理由が、分からない。

あんな事があった後だから？　けど、この王城に護衛はたくさんいる。わざわざシルバがここにいなくても、護衛を付ければ済むのに。

頭の中はパニックを起こし、ぐるぐると考えを巡らすが、いくら考えてもシルバがここにとどまる理由が分からなかった。

「何をぼーっとしているんだ。今日はもう寝るぞ」

「は、はい」

どうしよう……。思わず返事をしたけど、後宮にふたりきりなんて気まずい。

けれど、シルバの考えなんて分からないし、私が寝る場所はこの後宮しかない。そう思いながら先程の騒動で床に落ちていた毛布を拾い上げ、定位置であるソファへ横になる。

時間が経って冷たくなったソファの上で目を閉じるが、先程男にさらわれそうになった時の感覚が思い起こされ、体が震える。体を出来るだけ小さく丸め、自分の体を抱きしめる事で恐怖をやりすごしていると、シルバの足音が耳に入る。目を閉じたまま無意識にその音を追う。

こっちに……来てる？

深い絨毯に足音が吸収されて聞き取りづらかったけれど、確かに足音はこちらへ近づいていた。案の定、すぐ後ろで足音は止まる。そして、次の瞬間……。

「きゃ……！」

私の体はソファと体の間に入ってきた逞しい腕に、軽々と抱き上げられた。突然の浮遊感に閉じていた目を開くと、目の前には鍛え上げられたシルバの胸。いつものがっちりとした正装ではないので、薄い布越しにその力強さをまざまざと感じてしまう。

何か言わなくてはと思っても、軽く混乱状態で声が出せない。その間にもシルバは歩を進め、気づいたらボスンッと柔らかいクッションの上に体が投げ出されていた。

恐る恐る目を開ければ、目の前にはシルバが腰に下げていた剣があった。美術品のような見事な装飾が施された剣は先程シルバが投げたもの。

ということは、ここはベッド……ッ!?

驚きを隠せないでいると、ギシッ……とベッドがもうひとり分の重みを受けて軋《きし》んだ。えっ……と思った時にはすでに遅く、私の体はシルバの腕の中に包まれていた。

「なっ……何をするんですかッ！」

後ろから抱きしめられている体勢に大いに焦る。自らが置かれている状況に混乱してジタバタともがいていればシルバに窘《たしな》められる。

「大人しくしろ」

私の体に回された逞しい腕に、より一層力が入った。

「でもっ……」

さっきからドキドキと心臓がうるさい。内側から響いてくるこの心音がシルバに聞こえまいかと思うといたたまれない気持ちになる。一刻も早くこの腕から逃れたくて抵抗を示すも、シルバは言葉ひとつでそれを阻む。

「黙れ。恐怖で体を震わせている奴に抵抗する権利はない」

シルバの言葉に息を飲み、もがいていた体をピタリと止めた。

「ばれていないとでも思ったか？」

溜息交じりの声が落とされる。

「また襲われたくなかったら、大人しく俺の腕の中にいろ」

そう言って、シルバはベッドの上に放り投げていた剣を掴む。

背後から伸ばされた手が目の前の剣を握った事に、緊張が走る。

そうだ……。男はまた私を迎えに来ると言っていた。その時、私は自分の身をひとりで守れる？

結論は、否だ。あの時は本当に運がよかっただけ。次は絶対に逃げられない……。

男にさらわれそうになった時の事を思い出し、体を震わせていると……。

――ガタンッ。

何かの拍子に窓が大きく揺れる。

「いや……っ」

反射的に体を翻し、目の前の胸に飛び込む。

ニーナたちの前では平気なふりをしていたけれど、実際はとても怖い。窓の方から聞こえる音に過敏になって、物音ひとつにも反応してしまう。ましてや先程男が侵入してきた窓の音など、恐怖以外のなにものでもなく。先程の騒動から一時間にも満たない今、また襲ってくる可能性は低いと分かっていても体は恐怖を訴えた。

カタカタと震えながら、窓に背を向けていると大きな手が毛布ごと私を引き寄せる。一気に縮まる距離。胸に添えた手ごと隙間なく抱きしめられる。

「ただの風だ」

冷たいともぶっきらぼうとも取れる声で、シルバは言う。

「窓の方を向きたくないのならこのまま寝ろ。心配ない、今日は朝までいる」

背中に回された手は大きくて、温かくて。男が私を拘束した時となんら変わりないやり方なのに、体は自らの意思で力を緩めた。広い胸と、大きな手に包まれる安心感に段々と意識がまどろむ。

初めてシルバとすごす夜。私はシルバの腕の中で眠りについた。

もうひとりの能力者

王城に男が侵入してから数週間後。再び私をさらいに来ると言った男が再来することはなく、日々はすぎて行った。

ただひとつ変わったのはシルバが毎夜、後宮へ帰ってくるという事。同じベッドの上で眠ることも、だんだんと抵抗はなくなった。抱きしめられて眠ったのもあの日だけだったから……。そこまで思って、顔を赤らめる。

シルバの広い胸の中。男から逃げるために自分から飛び込んだ時は混乱していて感じなかったけれど……外見や物言いからは想像できないほど温かい腕の中はとても心地よかった。抱きしめられた時に聞こえた心臓の音はトクントクンと一定のリズムで鳴っていて。当然だけど、シルバも人間なんだと思った。そう感じたら不思議とシルバの事も怖くなくなって。あんなに恐れていた紅の瞳も前ほど怖く感じなくなっていた。

「エレナ様！」

キーンと耳に響く高い声に我に返り、目を瞬かせながら目の前の膨れ顔を見つめる。

「また別世界へ行っていましたね！」

ぷくーっと頬を膨らませ、眉を吊り上げるニーナ。

「ご、ごめんなさい」

機嫌を損ねたニーナに即座に謝る。

シルバが後宮に帰ってくるようになってから、物思いにふける時間が多くなった。避けられていた時のもやもやはなくなったのに、今度は胸が締め付けられるような感覚が襲うのだ。それは決まってシルバと一緒にいる時で、それを思い出す度に難しい顔をしたり、顔を赤らめているのをいつもニーナに指摘される。

「今日もシルバ様の事ですか?」

「なっ……ち、違う!」

その通りなのに否定するのもいつもの事。

「そんなに真っ赤な顔で否定されても、説得力がないですよ」

「本当に違うんだから。それよりも、ニーナは心を呼んじゃ駄目! 読むのは私!」

顔を赤らめたままムキになって反論するも、ニーナは溜息をついて呆れ顔をする。

「分かっていますが、そのご本人が先程からぼーっと何やら考え事をしていて、私の心を読んで下さらないんですもの」

ニーナは両手をあげて、お手上げ状態というような仕草をする。

「うっ……」

言い返す言葉もない。そう、今はいつもの能力チェックの時間。ニーナが朝食に食べたいものを当てなくてはいけないのだが、別世界に思考が飛んでいたため、全く分からない。

「もう一度お願いします」

恐縮しながらそう言えば、「しょうがないですね……」とニーナ。暫くお互いの目を合わせた後、耐えきれなくなり、クスクスと笑った。

こんな風に笑う日が来るなんて思ってもみなかった。この容姿と能力を持っているせいで両親から捨てられ、売られた先では金儲けのために能力を使うだけだった日々。王城に来た当初は、侍女も護衛も私を遠巻きに見て、皆自分の心を読まれるんじゃないかと思われ、遠ざけられていた。

皆がそんな風に私を避ける中、ニーナだけは違った。屈託のない笑顔で接してくれて、私の容姿も能力も気味悪がらなかった。そんなニーナがいたからこそ、私の周りは少しずつにぎやかになったの。ニーナに背を押されて、お城で働く色んな人に勇気を振り絞って話しかけた。最初は相手にされなかったけど、諦めずに続けていると、遠巻きに見ていた侍女のみんなも話しかけてくれるようになった。

初めて話してくれた時はとても嬉しくて、心がぽかぽかと温かくなって、泣きそうになった。その時思ったの。あぁ、これが〝幸せ〟なんだなって。だから、こんな容姿と能力を持って少しだけよかったと思えた。だってこの容姿がなければ、シルバに見つけてもらえなかっただろうし。人の心が読めるという能力がなければ王城に住まう事もなかった。この能力がなかったらシルバの役に立つ事もなかった。

私だけにしかない能力で。私だけにしか出来ない事を求められている。最初は能力を使うのが嫌だったのに、今はその事実に少し嬉しいと感じてしまう自分がいる。用が済めばきっと王城を追い出されるのだろうけど、少なくとも反乱分子の件にかたがつくまではこんな風にニーナたちと笑いながら王城で暮らして幸せを感じていた。

「お前と同じ能力を持っているという女が現れた」

それはいつものように、シルバと後宮ですごしていた夜の事だった。ベッドの上で、執務室から持ち帰った書類を捲《めく》るシルバからそう告げられた。ともすれば聞き流してしまいそうなほどにスラリと言い放たれた言葉に、耳を疑いそうになる。

「え……今、なんて……?」

顔色を変えずに書類を読むシルバに、掠れた声でもう一度確認を取る。

「人の心を読むことが出来るという者が現れたと言ったんだ」

先程と同様にサラリと告げられた言葉に、息が止まりそうなほどの衝撃を受けた。

「私と同じ能力……」

「あぁ。報告によればお前と同じ能力が使えるようだが、まだ確認がとれたわけではない。明日ここに来て能力の証明をするそうだ」

聞き間違いではなかった。私と同じ能力を持つ人がほかにもいたなんて。どんな人だろう……。なんで能力を持っているんだろう。私のは後天的なものだけど、その人は生まれつきなのかな?

色々な想像が膨らむが、ひとつ引っかかる事がある。

「その方は、なぜわざわざ王城へ……?」

不思議だった。私はこの能力を誰にも知られたくなかったから。

過去を思い出して、キュッと手に力が入る。同じ能力を持っているならきっと同じような経験をしてきているはずだ。そう思えば、その人が自ら表へ出てきた理由が分からない。

すると、シルバは書類に落としていた視線をこちらに向け、口の端を持ち上げて笑った。

「その能力を使って俺のため……引いてはこの国のために力を尽くしたいそうだ」

途端、胸に鋭い痛みが走る。人の心を読む能力を持っていて、シルバのために進んで協力を望む人。それはまさにシルバが欲する人だった。

「とても素晴らしい考えをお持ちの方なんですね」

口ではそう言っておきながら、内心はとても焦っていた。

「そ、それで、どうするんですか？」

勇気を振り絞って出したその声は掠れていた。すると、こちらの気も知らないシルバは再び書類に目を落とし口を開く。

「どうするも何も本人が明日ここへ来ると言っているんだから、目の前でその能力を証明してもらうが？」

他に何があるとでも言いたげな口調。

「そうですか……」

証明してもらうって……。もしその人の能力が本物だったとしたら？　私よりも優れていて、有能な人だったら？　シルバは同じ能力を持つ私とその人のどちらを選ぶの？

私はシルバに協力的じゃないと思われている。能力にも限界があることだって分かった。私とその人、シルバがどちらを取るかなんて分かりきっている。

もしシルバが私を必要としなくなったら、私はどうするのだろう。捨てられるの？

頭をよぎった考えに、また胸が痛くなる。ううん、まだその人に能力があると決まったわけじゃない。考えるのはそれを確かめてからだ。

その夜、もうひとりの能力者を思いながらも、思考を遮るように眠りについた。

翌日――。

シルバの言う通り、私と同じ能力を持つという人は王城に来た。皆その人物を見たいとホールに集まり、王座にはシルバ、その横に控えるようにしてウィルと私が座る。王座と下座の間には薄いカーテンが張られ、その向こう側にはひれ伏す人がいた。人の心が読める能力を持っているであろうその人は若い女性だった。

「では、始めます」

ウィルの声が広間に響く。それまで身を伏せていた女性は、ウィルの声を合図にゆっくりと顔を上げる。

顔を上げた女性は、驚くほど綺麗な顔立ちをしていた。ニーナの情報によれば、名前はイザベラといい、イースト地区の伯爵家出身の人らしい。地方からわざわざこの中央へ来たのは、シルバのためにその能力を使いたいと思ったから。両親が事故で亡くなって、惜しむ者などなくなったからだという。

「エレナ、どうだ」

シルバの声に我に返り、慌てて口を開く。

「大丈夫です。あの人には反逆の意思はありません」

シルバから事前に心を読むようにと命じられていた。もし本当に能力を持っていれば、シルバやウィルの心を読まれてはいけないし、能力がないにしろ反逆の意思をもってシルバに近づく者である恐れもあったためだ。

「よろしくお願いいたします」

艶やかで、色気を含んだ女性らしい声。笑みを浮かべれば、周囲で見守る騎士たちも頬を赤らめる。シルバの反応は？　気になって王座の方を見上げると……。

「始めろ」

無表情のままひと言呟いただけ。その事に、なぜかほっとする自分がいた。

広間に集まった人々はシルバの声に緩んでいた頬を引き締め直し、姿勢を正す。

今からイザベラの能力が本物か試験する。対象は王城の騎士の中から選ばれた。シルバが自ら対象にならなかったのは、もし能力が本当だった場合、国家機密並みの情報が彼女に知られてしまう危険性を回避するためだった。

選ばれた騎士がイザベラの前に座る。すると、イザベラはスッと目を閉じ、眉間に皺を寄せた。

そして、数秒後……。

「読めました」

イザベラの艶やかな声が広間に響いた。瞳を開いたその顔には余裕の笑みが浮かんでいた。

「言ってみろ」

依然として、いつもと変わりないシルバ。

「はい」

その鋭い瞳にもたじろぐ事なく、イザベラは話し始めた。

「男性の名はキャロル・カーライル。女性のような名にコンプレックスを感じています」

イザベラの言葉に、うっ……と顔を赤くし、反応を示す男。どうやら、イザベラが言った事は当たっているようだ。そして、なおもイザベラは続ける。

「歳は二十五で、男爵家出身。四年前、サウス地区から王城に上がり、騎士団に所属。任務では、前王アイザックスの残党討伐で負傷を負いながらも、ただひとりだけ帰還」

するると、男は驚いた表情をする。これも本当の事らしい。

「その当時はキャロルがアイザックス側の人間だと疑われていたようですが、それはまったくの偽り。キャロル・カーライルは陛下に忠誠心をそそいでおり、とても信頼のおける人物かと」

最後まで自信のある表情を崩さなかったイザベラが笑みを深めながらシルバを見つめる。

「どうだ？」

対するシルバも表情を崩さず、男に問いかけた。広間が静まり返り、男の返答を待つ。

「はい、その通りです」

声高々に肯定する男の言葉。途端、おぉ……と驚く声が響き、どよめく広場。

そんな……。

皆が新しい能力者を歓迎するムードの中、私はひとり愕然とした。本当に私以外に人の心を読む能力者がいた。そして、イザベラの能力は本物だという事が証明された。

ドクンッドクン……と嫌な音を立てる心臓。

不安を抱えながらも、シルバの言葉を待っていると……。

「この女に部屋を用意しろ」

ウィルに向かってそう命じるシルバ。その言葉に周囲の家臣たちが口々に囁き始める。

『陛下はこの女を側室に迎えるつもりか？』

『しかし、それも悪くはない。能力は利用価値があるし、容姿も申し分ないからな。むしろご正室に……』

『うむ……それも悪くないやもしれん』

ズキッ……。

家臣たちから漏れ聞こえてきた会話の内容に、深く胸を抉られるような痛みが襲った。

私のようにという事は、妾というのは側室なの？　じゃぁご正室って……？

聞きなれない単語が出てきて疑問に思うも、これだけは分かっている。私の時のように部屋を用意させたという事は、シルバはイザベラを受け入れたという事だ。

「静まれ」

シルバがひと言、低い声で言い放てば、がやがやとうるさかった広間が一瞬で静かになる。

「イザベラ、今日からこの王城で生活してもらう。時が来ればお前の能力を試す機会もあるだろう」

その言葉に妖艶な笑みを深めたイザベラが微笑む。

「ありがとうございます、陛下」

そう言って、イザベラはシルバから私の方へ視線を向けた。それはとても挑発的な視線で、私に向かって「どう？」と言わんばかりに艶やかに微笑んだ。

その視線から逃げたくて、無言で立ち上がる。

「エレナ？」

シルバの訝しげな声。

「ちょっと……体調が思わしくないので、後宮に戻ります」

俯いて誰とも視線を合わせないまま呟き、シルバの返答を待たずに走り出す。

「オイッ！」という、シルバの呼びとめにも振り返ることはなかった。


――バンッ。

後宮の扉を荒々しく開ける。そして、扉の前にへなへなと座り込んだ。

「はぁはぁ……はぁ……」

走ってきて乱れた呼吸を整える。胸が苦しい……。

「はぁはぁ……っふ……っく…」

何度目かの呼吸の後、目の周りが熱くなって。視界がぼやけて。息を詰まらせる代わりに、それは零れた。

「なんで……」

頬を流れる涙に覚えなどなく。なぜ涙が流れるのか分からない。

イザベラの能力が本物だということは、喜ばしい事じゃない。イザベラがその能力でシルバの役に立てば、私はもういらない。嫌々ながらに来た、この王城。以前の私なら、代わりが出来たと喜んで解放を望んだだろう。けれど今は捨てられるのが怖い。

「ふっ……っく……」

シルバにお前などもう利用価値もないと言われるのが怖い。

あの紅の瞳に冷たい視線を向けられたらと思うと、胸に鋭い痛みが走る。もう私じゃ駄目かもしれない。私よりイザベラの方がシルバに相応しいのかもしれない。

いつからだろう、こんな感情が芽生えたのは。

いつからだろう、この国を再興しようとしている貴方の力になりたいと思ったのは。

いつからだろう……。

冷酷で、冷徹で、紅の瞳が向ける視線は、やっぱり怖くて。けれど、ふとした時に不器用な優しさを見せる貴方をこんなにも好きになったのは。

「ひっく……ふっ……」

やっと自分の想いに気づいたのに、そこには甘い展開などなく。溢れてくるのは涙ばかり。

所詮、私はお金で買われただけの人間。一応はシルバの妻だけれど、それもこの能力がなければありえない話だ。

私はシルバに捨てられるのかな？　それとも大金を積んで買ったから、手放すのは惜しいと思ってくれる？

少し前までこの王城から一刻も早く離れたいと思っていた私だけど……今はどんな形でも貴方の傍にいたいと思っている。それがたとえ利用されるために傍に置かれるのであっても。

けれど、今はイザベラの登場によって、その立場さえ危うくなっている。

「わたし……これから、どうなるの……」

呟いた言葉に、また涙がこみ上げる。

今日イザベラの能力が本物だと証明されたことで、家臣たちは皆喜びの声を上げた。それはそうよね、皆にとってはどこの誰だか分からない私よりも伯爵家という身分のあるイザベラの方がいいに決まってる。

家臣たちはイザベラを側室にと言っていた。それはつまりシルバの〝妻〟になるという事でしょう？　シルバがそう言ったわけではないけれど、ざわざわと胸騒ぎがする。私を妾にした理由も、反乱分子に疑われないためだったし。

勇気を出してシルバに聞いてみよう。これからどうするのか。イザベラを……そして、私を……。

そして、私は待った。待ち続けた。いつしか、ふたりですごす事が多くなったこの後宮で。

男が王城に侵入した夜以来、怯えていた私が眠りにつくのを確認してから眠っていたシルバ。毎日のように後宮に仕事を持ち帰り、ベッドの上で済ませていた。あの日のように抱きしめられて眠るわけではないけれど、とても安心して眠れた。いつも、何も言わずとも後宮へ帰って来てくれていたのに、この日はいくら経ってもシルバは戻ってくる気配がなかった。

日が沈み、月が高く昇りゆくほどに気持ちは焦る。そして、外が真っ暗になった頃。

──コンコンッ。

静寂し切った後宮の扉が叩かれる。

「シルバ……!?」

期待を込めた目で扉を見るが、申し訳なさそうな声で扉を開いたのはニーナだった。

「エレナ様……」

「ニーナ……？」

呟いた声には力がなく、ニーナに失礼だとは分かっていながらも気分は急降下した。よく考えてみれば分かった事だ。シルバなら後宮に入る時にノックなどしない。

「どうしたの？　こんな時間に……」

時刻はもう使用人たちが眠りにつこうかというところ。何か嫌な予感を覚えつつも、そう問えば、案の定「あの……」と言ったきり口をつぐむニーナ。

「も、もしかして、ベッドメイク？　それなら……」

「ち、違います」

明るく振舞おうとして発した言葉も、やや緊張したニーナの否定の言葉によって遮られた。

「ベッドメイクもそうですが、シルバ様からのご伝言を伝えに来ました」

視線を外しながら、小さな声でそう言うニーナ。

「シルバからの」

声が掠れる。

やだ……聞きたくない。反射的にそう思った。昔から嫌な予感だけは当たるから。

「今日は後宮には帰らない。先に寝ていろ……と」

瞬間、目の前が真っ暗になった。息を飲んだまま、吐き出す事も忘れ、呼吸が苦しくなる。鼻がツンと痛く、目に熱いものが込み上げる。

「今日は後宮の周りに護衛の者をつけております」

そう言ったニーナの向こう側には、申し訳なさそうな表情をする護衛の人たちがいた。ニーナの計らいなのか、その護衛は皆仲良くなった人たちばかりだった。

「分かり……ました。よろしくお願いします」

涙を拭い、護衛に向かって精一杯微笑んだ。護衛は口々に「はい」と言って位置につくため後宮を出て行った。

「護衛は後宮を囲んでいますから、どうぞ安心してお休みください」

「うん……」

頷いた私にニーナはほっとした顔をする。

「ではベッドメイクをしますので、少し待っていてくださいね」

そう言ってニーナはベッドのシーツを替えた。シュッ、シュッという乾いた音を立てて手際よくシーツを替えていくニーナ。もうすぐここも私とシルバだけの部屋ではなくなるのかな。シーツを替えるニーナの背を見ながら、ふと思い出した事を口にする。

「ニーナ、側室と正室ってどう違うの?」

「っ……それは……」

途端、驚いた様子でこちらを振り返って、言いづらそうに口をつぐむニーナ。あの時、イザベラの能力を目の当たりにした家臣たちが言った言葉の意味が気になってしょうがなかった。

「お願い。教えて」

「……正室とは、夫となる人の正妻の事を言います。そして、側室とは二番目の妻という事。妾は、愛人になるのです」

ニーナの言葉に息をするのも忘れるほどに驚愕した。

「あ、あの……エレナ様」

頭が真っ白で駆け寄ってきたニーナの声もぼやけて聞こえる。

「ごめんなさい……。ひとりにして……」

何か言いたそうなニーナの言葉を遮ってそう言い、焦るニーナを扉まで押しやる。ぐっと言葉に詰まったニーナは何も言わず、外へ押し出された。

「また明日の朝来ます。お休みなさい」

扉の外へ出され、振り返ったニーナはそっとそう言う。それに対して「ごめんなさい」と謝罪の言葉を述べて扉を閉めた。

――パタンッ。

再び、後宮に静寂が戻った。

「やっぱり……私捨てられるの……？」

ニーナの足音が遠ざかったのを待って呟いた言葉に、涙が零れ落ちる。勇気を出してシルバに聞いてみようと思ったのに。シルバに聞くまでもなく、思い知らされた。

〝今日は後宮には帰らない〟

きっと……イザベラさんのところに行ったんだ。ニーナが言いにくそうにしていたことが、それを物語っている。

――トンッ。

扉に背を預け、ずるずると床に座り込む。

「私……妾だものね……っ」

きっとウィルは私が傷つくと思って、この事を言わなかったんだ。けれどあの時言ってくれていた方が良かった。今それを知るにはあまりにも辛すぎるから……。

これで私が妾になったことも納得いった。公爵家出身とはいえ、私は捨てられた身。今は爵位さない。

イザベラが正妻に相応しいのも納得はする。頭では分かっているのに、それに気持ちがついていかえないただの娘だ。しかもこの容姿。家臣たちがイザベラを正妻に望むのも頷ける。私が妾なのも、

※

「ふっ……」

視界がぼやけ、瞳に涙が溜まる。それが零れ落ちるとともに、声を上げてしまいそうになった時。

「エレナ様？　物音がしましたが、如何なされましたか？」

突然、扉の向こう側から声を掛けられ、思わず手で口を抑える。そうだった……。今日はシルバの代わりに護衛が外に控えているんだった。

「な、なんでもないわ。大丈夫」

口元を押さえていた手を外し、震える声で答えれば護衛はすぐに答える。

「分かりました。何かあればすぐにお呼びください」

良かった……気づかれなかった。ほっとしながらも立ち上がり、扉から離れる。

護衛はシルバの命でつけられている。僅かな変化も報告の対象に入る彼らに気づかれるわけにはいかない。後宮にひとりになった途端、泣いたなんてシルバには知られたくないから……。もし知られれば、疎ましく思われて王城から追い出されるかもしれない。

シルバに私の気持ちを悟られないようにしなきゃ……。

グッと涙を拭き、決意を固くする。そうだ……私はまだ捨てられたわけじゃない。私は家柄もシルバに相応しい容姿も持っていないけど、この能力がある。この能力さえあれば、まだ利用価値があると思ってくれるはず。

それに、私はもう部外者ではない。王城の内情を知ってしまい、皆の前で顔も出してしまった。追い出そうと思えばいつでも追い出せるのだから、頭の良いシルバはイースト地区の再興で忙しいこの時期に私を王城から追放しないはず。

月明かりだけが照らす後宮のソファに座って、胸の前で固く手を握る。

大丈夫……大丈夫よ。

まるで言い聞かせるかのような言葉。自分で理由をあれこれとつけても、結局は不安なのだ。だから、何度も自分に暗示をかけながら、心を落ち着かせる。

シルバの傍にいられるなら妾でもいい。シルバの気持ちが私に向かなくても、ただ傍にいられるだけで。今はただ、それだけでいい……。

その夜、私はひとり後宮のソファで疲れた体を休めた。

胸のざわつき

皆が寝静まる深夜。まだ明りの灯る執務室。

クソッ……。気が散る……。

心の中で悪態をつき、筆を走らせていた手を止める。

執務室には俺のほかに誰がいるわけでもない。昼間のように入れ替わり立ち替わり家臣が入ってくるわけでもない。けれど、気が散って集中できないのだ。

頭の片隅にちらつくのは、昼間のエレナ。あの女の能力の証明が終わった直後、突然立ち上がったかと思えば、目も合わせず立ち去った。

気に入らない……。

あの事件以来、夜になれば後宮へ戻る生活を送っていた。ウィルに調査させ、男を追わせているが、依然としてつかまっていない。警護の固くなったこの王城に再び侵入する事は考えにくかったが、気は抜けない。何より襲われた本人が怯えていた。

男から逃げる時は涙を見せていたものの、その後は涙ひとつ見せず。大丈夫だと言わんばかりに見せる強がりに苛々した。

男に襲われたはずのソファで寝ようとした事もだ。怖くて震えているくせに、しきりに窓の方を気にして、目を閉じても眠れないくせに、決して口に出さない。それが気に入らなかった。

なぜこんなにもエレナの事で苛立つのか。考えれば考えるほど目の前の仕事に集中できない。

机に放りだした分厚い書類を見つめる。その書類はイースト地区再興についての報告書だった。

日頃から治安の悪いイースト地区。それがもとで今まで何度も再興が中断してきたが、遂に大きな暴動が起きた。そして、たたみかけるように起きた国境付近でのギルティス王国との衝突。

この忙しい時期にやってくれる……。暫くギルティス王国に動きはなかったのだがな。デュークからの報告書によれば、それほど大規模な衝突ではなかったらしいが……。

我が国を手中に収めようと目論んでいる国の報告書だ。見ないわけにはいかないが、やはり集中できない。

時刻を見れば、ちょうど日付が変わった頃。

クソッ……。

読みかけの報告書もそのままに、椅子から立ち上がる。

心配……？　そうじゃない。ただ、護衛が仕事をしているか見に行くだけだ。

適当な理由を付けて、執務室を出た。

そもそもあいつは寝付けているのか？　静かな廊下を歩きながら考える。

あの事件以来、エレナは必ず寝ずに俺の帰りを待っていた。そして、俺が後宮に戻ってきたのを確認してから安心したように眠りにつく。それが習慣だった。習慣とは怖いもので、たった一日後宮に帰らないだけでも気になる。

無意識に後宮への足を速めていると、廊下の先に小さな影が映る。距離を縮め、明らかになる容姿。

「陛下！」

嬉々として声を上げたのは、エレナと同じ力を持つという女。そうだった。イースト地区や国境付近だけでなく、ここにも〝問題〟があった。

「何をしている。お前には部屋を用意してやっただろう」

肩まであるブロンドの髪を揺らしながら駆け寄って来た女に冷たく言い放つ。

「陛下のお部屋へ行こうと思いまして」

妖艶に微笑み、上目遣いでそう言う女。頼りない肩ひもに、胸元の広く開いた夜着。男ならば一夜限りでも欲しいと思うほどの女だろう。

「俺の部屋は後宮だ」

後宮はエレナの部屋でもある事を、女も知っている。女は眉をピクッと動かし……。

「陛下、私はいつになったら後宮に入れるんですの？」

腕を取り甘えるような声でそう言う女。香水の匂いに俺は眉を寄せる。

「後宮に入れるつもりはない」

キツイその匂いに眉を寄せながらそう言う。

「けれど家臣たちは皆、私を陛下の妻にとおっしゃっております」

余計な事を……。それもこれも、いきなり王城に連れてきたエレナを妾にしたからか？　エレナを妾にした理由も単に、その方が動きやすいと思ったからだ。

だが、恐らくこの女は……。頭をよぎった考えを遮るように女が口を開く。

「それに、エレナ様よりも私の方が陛下の妻に相応しいと思うんです」

女の言葉にピクリと反応する。

「私には伯爵という爵位もありますし、家臣や国民たちもその方が納得するのでは？」

胸元の広く開いた胸を押しつけて話す女。

「それに、エレナ様のあの容姿。あれでは表に出すのも恥ずかし……」

「黙れ」

女の言葉を遮った声は恐ろしく低く響いた。腕に絡んでいた女の腕を振り払い、侮辱の視線を浴びせる。

「お前を正室に迎える気もなければ、妾にすらするつもりはない」

女の言葉と家臣たちの言っていた戯言《ざれごと》を真っ向から否定する。

「け、けれど……」

なおも口を開こうとする女に……。

――ダンッ。

女のすぐ横の壁が鈍い音を立てて震える。

「黙れ……と言ったのが、分からなかったか？」

顔のすぐ横をかすめた拳に、小さな悲鳴を上げ、今度こそ黙った女。図々しくも妻の座を望むとはいい度胸だ。こんな女はいくらでもいる。自分の家柄、容姿を武器にして近づき、正室の座を狙う女たち。そういう者たちは全て相手にしない。今回も、適当にあしらえば良いのだ。しかし……。

「アレをどうしようが俺の勝手だ。誰の指図を受けるつもりはない」

憤然とわき起こる怒りを握った拳に込め、女を見据える。

そう……エレナをどうしようが俺の勝手。そして、それをどうこう言う権利は家臣にも女にもない。ただそれだけだ……。

「今回は見逃してやるが、次はないと思え」

壁に打ちつけた手を離せば、ほっと息をつく女。それを一瞥して、再び歩き出す。

いけすかない女だ。だが暫くは王城にとどめて、様子を見る必要がある。

先程の女の態度を思い出し、苛々しながら歩いていると、いつの間にか後宮の近くまで来ていた。

扉の前にはふたりの護衛がいた。近づいていくと、こちらに気づき慌てて姿勢を正す護衛たち。

「シ、シルバ様！」

護衛は小さな声を上げて敬礼する。

「異常はないか？」

「は、はい。外の護衛共々、今のところ異常はありません」

一方の男が答える。そして、訝しげな表情をしたもう一方の男が口を開く。

「今日はお帰りにならない予定では？」

「あぁ、様子を見に来ただけだ」

様子を見に来た……か。冷酷無比の王が笑わせる。

「エレナは眠っているのか？」

もう時刻も時刻だ。眠っていなければおかしいのだが、いつものエレナを思うと、眠れていない可能性もある。

「恐らく、眠っていると思われます。何かあればお呼び下さるよう申し上げましたが、お呼びはありませんでしたので」

「そうか……」

そう言って、後宮の扉に手を掛ける。

――キィー……。

眠っているという事を思い出し、ゆっくりと扉を押して後宮に入った。いつもと様子の違う後宮。

窓は閉められ、分厚いカーテンで覆われて、いつもより薄暗い。普段はカーテンを開けたまま寝るが、恐らく怖かったのだろう。天窓から照らされる月明かりを借りて、ベッドの上にいるだろうエレナの姿を探すが、そこに人影はない。……とすると、あそこか。溜息をつきながら、思い当たった場所に視線を移す。

やはりな……。目線の先にはソファの上で眠るエレナがいた。姿を捉えて無意識にほっとしながらも、ソファへ近づく。

またソファで寝たのか。最近はベッドで眠っていたのに、なぜまたここなんだ？

ソファの上で体を抱え込むようにして眠るエレナに疑問がわく。ふと顔を見れば、苦しそうに眉を寄せている。改めて見てみれば、何も羽織らずに眠っているエレナ。

もしかして寒いのか？　体に触れようと膝を折った時。

エレナの目元は赤く、頬には濡れる涙の跡があった。白い肌に影を落とす長い睫毛は未だしっとりと濡れている。この様子では泣いて眠ったのだろう。目尻から涙が伝う頬に手をすべらせると。

「んっ……」

と小さく声を上げるエレナ。

なんだ……？　また〝ジェス〟か？　以前夢うつつで呟いた事を思い出し、ムッとする。

しかし、エレナの口から出たのは予想もしない言葉だった。

「シル……バ……」

一層苦しそうに眉を寄せながら、すべらせた手にすり寄るエレナ。

ドクンッ。

心臓をわし掴みにされたような感覚を覚える。そして、先程の苛立ちが嘘のようにスッと消えた。

代わりにわいたのは、やりきれない想い。俺の名を呼んで一層眉を寄せたエレナ。苦しめているのは俺か？　エレナを苦しめる存在は俺しかいないか。自嘲気味に笑いながら、涙を拭う。

「冷えているな……」

頬を拭う手から伝わって来たのは、冷えた肌の感覚。規則正しく吐き出される息は熱かった。

チッ……。だからベッドで寝ろというんだ。

冷えた体を苛々しながら抱き上げ、ベッドへ移動する。

まるで壊れ物を扱うかのように、ベッドに下ろす。そして、冷えた体を温めるために毛布を掛け、体温を分け与えるように頬に手をすべらせる。暫くして、俺の手と同じくらいの温かさを持ち始めた頬にほっとする。

なぜ泣いていたんだ……？　原因は間違いなく俺だという事は分かる。しかし、何が引き金になったのか。考えられるのはあの女の登場だろうが、エレナにとってはもうひとりの能力者が出てきた事は喜ばしいはず。脅して連れてこられたようなものだからな。

無意識に頬にあてた手で輪郭をたどっていると。

「んっ……い…ゃ……」

エレナが上げた小さな声に、咄嗟に手を引く。

起きたか……？

一瞬、起こしてしまったのではないかと焦るが、エレナは寝返りを打っただけで起きる様子はない。ほっと息をついたのもつかの間、エレナの頬には涙が伝っていた。

寝ながら泣くなど器用な奴だ。内心呆れながらも、心はざわつく。この涙にあの女が関係している事は確かだ。眉を寄せながらエレナの頬に伝った涙を拭う。

瞬間、我に返る。

俺は何をしているんだ……女にエレナを侮辱された時の苛立ちといい、今といい。

クソッ……。

あれは俺のモノを侮辱されたのが気に入らなかっただけだ。そして、これは……。

出てこない答えに、苛立ちは増す。もやもやと霞がかった頭の中を振り切り立ち上がる。要は根本の原因となっている女を追い出せばよい話。だが、今あの女を王城から出すわけにはいかない。

もやもやと心が晴れぬまま、後宮を後にした。

囁きかける者

温かい……。夢と現実の狭間で揺れる意識。その中で知覚したのは、温かい手触り。

ソファってこんなに柔らかかったかしら……。

体を包む柔らかな感覚にまた夢の世界へ引き込まれそうになるが、天窓から差し込む光がもう起きろと言わんばかりに照らす。

目を閉じていても感じるその光に導かれるように、段々と覚醒していく。

「んっ……」

ふるふるっと睫毛を震わせ、瞳を開くと、ぼやけた視界の向うに見える真っ白なシーツ。

「え……？」

ここはベッド……？

仰向けになれば、天蓋が目に入り、ベッドに寝ている事を確信する。

確か昨日の夜、最後にいたのはソファの上。なのにどうやってベッドまで移動したのか。まだ覚醒しきっていない頭で考えていると……。

──コンコンッ。

遠慮がちに小さなノックの音が聞こえる。

「エレナ様、起きていらっしゃいますか？」

ノックの音と同じくらい小さな声。

「えぇ、今起きたわ」

扉の向こう側にそう返事を返すと、そっと扉が開き、ニーナが入ってくる。

「おはようございます、エレナ様」

彼女らしいいつも通りの明るい声。

「おはよう、ニーナ」

応えた私の声は、力がなかった。昨日、押しやるようにニーナを追い出しただけに、目も合わせづらい。

「昨日はあまり眠れなかったようですね。……目が少し充血しています」

ベッドの横まで来たニーナが眉を寄せて覗き込む。

「……大丈夫、ちゃんと寝たから」

泣き疲れて……だけど。

ちゃんと笑えているだろうか。いや、目の前のニーナがまた眉を寄せているから、きっとちゃんと笑えていないのだろう。

「本当に大丈夫ですか？」

ほら、やっぱり。表に出すようでは駄目ね。心配そうに聞いてくるニーナに苦笑する。

昨日の夜、妾でもシルバの傍にいられるならいいって思ったんでしょう？　だったらニーナにも、周りにも心配をかけないようにしなきゃ。

「大丈夫よ。ちゃんと寝たから。それよりもあれをしましょう？」

明るく振る舞うように、ニーナに笑いかける。〝あれ〟と言っただけで理解したニーナは私が泣いていた事を深くは聞かず、いつものように明るい笑顔で返事をする。

「能力チェックですね！　分かりました」

ニーナがこんな風に接してくれる事で、どれだけ心温まるか。

「さぁ、行きますよ」

張りきるニーナに落ち込んでいた心も少し元気になれた。私にはまだ能力がある。この能力がある限り、イザベラと同等でいられる。これがシルバの傍にいつづける、たったひとつの方法だから。

「ニーナ？　私の準備は良いわ。いつでもどうぞ」

「え？　あれ、おかしいですね。今心の中で思ったつもりでしたけど……」

ニーナは目を丸くして驚き、頭を捻る。

おかしいなぁ……と呟きながら「ではもう一度いきますね」と言って私の瞳を見据える。

そして、時間が経つこと数秒後……。

「いかがでしたか？」

そう聞いてくるニーナに私は何も答えられなかった。

なんで……？

突如訪れた事実に愕然とする。目の前にはニーナの期待に満ちたいつもの視線。朝食に食べたいものを当ててもらいたくてウズウズしている様子。いつもの光景も、今日は微笑み返す事も出来ない。

だって……何も見えない……。

フォレストの心を読んだ時のような嫌な感覚はなかったけれど、何も見えなかった。

――ドクンッドクンッ……。

体の内側で響く心臓の音が、耳まで聞こえてきそうなほどの動揺を訴えている。

「エレナ様？」

不思議そうに私の名を呼ぶニーナにハッと我に返る。

「あっ……ごめんなさい。ぼーっとしてて」

渇いた笑みが浮かぶ。幸か不幸か、ニーナは私の様子には気づかず、頬を膨らませる。

「またですか？　では、これが最後ですからね」

そう言ってこちらを見つめながらニコニコする。きっと今ニーナの頭の中では、再度今日の朝食を思い描いているのだろう。

しかし二度目もやはり、ニーナの心を読む事は出来なかった。

どう……して……？

「どうですか？」

期待を込めたニーナの顔に慌てて考えを巡らす。能力が消えた理由を考えるのは後だ。今は何か答なければならないと思い、口を開く。

「マ、マフィン……？」

ドクドクと心臓が嫌な音を立てるのを聞きながら答えた。もちろん心が読めなかったので当てずっぽうだった。ビクビクとしながらニーナの反応を待てば、険しい顔から一転、パァッと明るい顔をするニーナ。

「正解です！　さすがエレナ様！」

うそ……当たった……？

きゃっきゃと喜ぶニーナに、ひとまずは安堵する。

「では私は朝食の準備をして参りますね」

マフィンだったらいいなぁ……と呟きながら後宮を出るニーナを呆然と見送った。

パタンッと閉まる後宮の扉。

どうしよう……。

再びひとりになった後宮で愕然とする。

能力が……消えたの……？　それとも一時的に使えないだけ？

こんな事、初めてだった。フォレストの時は力の使いすぎで倒れたけれど、それは限界を超していたからだ。朝の能力チェックで、能力が使えなくなった事は初めてだった。力の使いすぎが原因ではないならなんなのだろうか。

思い当たった考えに息を飲む。思い起こされるのはニーナからの忠告だった。

〝精神状態によって、能力に大きな影響を及ぼす〟

十歳の頃からずっと付き合ってきたこの能力だ。能力が完全に消えたわけではないと思う。けれど、再び能力が使えるようになるのはいつ？　能力が戻る可能性は？　答えなど分かるはずもない、見通しのない問題に絶望した。

そんな……。私から能力まで奪うというの……？

この能力はイザベラと唯一対等に立てる力だった。シルバの傍にいられる唯一の理由だった。

この事がシルバに知れてしまったらと思うと怖い。今度こそ私がこの王城にいる〝意味〟がなくなってしまうから。だって能力の使えない私なんて、この王城に存在する意味はないでしょう？

そんな当たり前の事が頭に浮かび、ズキッと容赦ない痛みが胸を突き刺した。

私にはこの能力だけなの。気味悪がられ、両親に捨てられるきっかけとなり、自分自身も嫌いだったけれど、今、強く願う。

「お願い……私に力を返して……っ」

力が欲しい。他には望まないから。私にシルバの傍にいられる理由をください。

「エレナ様、朝食をお持ちいたしました」

突如部屋に入って来たニーナに背を向け、零れ落ちそうになっていた涙を拭う。

危なかった……。もう少しでニーナに泣き顔を見られるところだった。

「エレナ様？」

突然顔を逸らした私に訝しげな声を上げるニーナ。

「あ、ありがとうニーナ」

無理やり笑顔を張り付けてそう答えれば、ニーナが難しい顔をする。

「なんだかさっきよりも、目の充血が酷くなっていませんか？」

「そ、そんな事ないわよ。それよりも今日の朝食は何？」

ニーナの鋭い観察力に内心焦りながらも否定し、話を逸らす。まだ腑に落ちない様子のニーナだが、運んできた朝食のメニューの説明を始めた。

しかし私には、ニーナの声はまったく耳に届いていなかった。能力が戻れるまで隠し通せる？今日の能力チェックは本当に運が良かっただけ。次は今日のように上手くはいかないだろう。けれど……少しでも長く王城にいられますように……。そう願わずにはいられなかった。


その日の午後。いつもは中庭に出て、ニーナ達侍女とお茶をしている時間なのだが。今日はひとりで後宮に閉じこもっていた。ニーナは今城下へ買い物に行っている。

シルバはイースト地区の暴動の収拾と、国境付近の視察に行くために、王城を出たそうだ。

正直、ほっとした。シルバのあの紅の瞳に見つめられると、隠している事も明るみに出てしまいそうだから。

今日中には帰ると言っていたけれど。こんなにもシルバと顔を合わせるのが怖いなんて……。

――コンッコンッ。

不意に後宮の扉が叩かれる。

……誰だろう？

ソファから立ち上がり、扉へ近づく。ニーナは先程城下へ出かけたばかりだし。護衛の人かしら？

「はい。どちらさま」

小さく呟き、自ら後宮の扉を開く。

「こんにちは、エレナ様」

「イザベラ……さん……？」

ニッコリと笑って立っていたのは、私と同じ能力を持つ女性、イザベラだった。

昨日は遠くからだったから良く見えなかったけれど、改めて近くで見ると、やはり綺麗な女性だった。肩まで伸ばしたブロンドに、象牙色の綺麗な肌。プクッとした唇は官能的で、女の色香を持っている。

「どうしたんですか？　こんなところまで……」

突如現れたイザベラに動揺する。

目を合わせづらいのは、シルバの妾である事を意識しているからだろう。

「シルバならここにはいませんよ？」

おずおずと答えるも、イザベラは笑顔で答える。

「陛下に用事があるわけではないの。私は貴方とお話がしたくてここに来たのよ」

「私と？」

思わぬ事に驚き、無意識に身構える。

「ええ、そうよ。ここじゃなんだから、入ってもいいかしら？」

そう言って苦笑しながら両脇に控えた護衛をチラッと見るイザベラ。

確かに護衛の人に話を聞かれるのも気が引けて、イザベラを後宮に迎えた。


――カチャ……カチャ。

妙な空気が流れる後宮に、紅茶の入ったカップの音が響く。

妾と正室候補が同じ部屋でお茶を飲んでいるなど、なんと滑稽な状況だろうか。扉の向こう側で見張りをしている護衛の人もイザベラを通して良いものか考えていたが、シルバが王城にとどまることを許しているため、念のため彼女の持ち物を検査してから後宮に通した。

「あの……私に話って？」

先程の事が気になり、恐る恐る口を開く。

――カチャン。

イザベラが置いたカップの音にビクッと肩を揺らす。

「これから私が伝える事は全て本当だからよく聞いてちょうだい」

何を言い出すのかと思えば、イザベラは飲みかけの紅茶をテーブルに置き、そう切り出した。

そして、イザベラは真剣な顔つきで口を開く。

「ジェスが危機にさらされているの」

イザベラの言葉に大きな衝撃を受ける。

思わず口に持っていこうとしていたカップが宙で止まる。

「貴方は何者？　なぜ、ジェスを知っているの？」

当然の疑問だった。いきなり現れたイザベラの口から、ジェスの名が出てくるなんて思わなかったから。戸惑う私にイザベラは迷うことなく答える。

「私とジェスは子供の頃からの友人なの」

「友人……？　ジェスに友人がいた話は、聞いたことがないわ」

友人という言葉に少し警戒は薄れるが、地下に監禁されていた頃、ジェスの友人の話は聞いた事がなかった。嘘をついているのかもしれない。しかしイザベラは、動揺した様子もなく答える。

「貴方は地下室に監禁されていたから知らないでしょうけど、ジェスと私は城下で良く会っていたのよ？」

ウォルターさんの目を盗んでね、と言って笑うイザベラ。

ウォルターまで知っているという事は、やっぱり嘘じゃないのかもしれない。ずっと監禁されていた私とは違って、ジェスは町へ出る事を許されていた。とすると、イザベラと知り合いだとしてもおかしくはない。けれど、それならば疑問がある。

「貴方は確かイースト地区出身で、中央区には来たばかりだと言っていませんでしたか？」

怪しむように聞けば、イザベラはケロッとした顔で話す。

「あぁ、あれは嘘よ。伯爵家出身で両親が死んでいるというのは本当だけれど、私は随分前からこの中央区にいたわ」

　ハッキリと嘘と認めてしまったイザベラ。

「伯爵家の令嬢とジェスが友人なんて、考えられません」

「私とジェスは確かに友人よ。私の両親が事故で亡くなったのは知っているでしょう?」

　突然そんな話を口にするイザベラを訝しく思いながらも頷く。

「お父様とお母様が亡くなると家はまたたく間に廃れ、いつの間にか屋敷の所有権は親族へ移っていたわ。遠くに住んでいた親族が私たちの屋敷に住み、私の居場所は段々なくなっていったの」

　昔話をするイザベラの横顔は寂しげで、嘘をついているようには思えない。

「私は屋敷を抜け出して、城下に行くことが多くなった。無一文だった私は、盗みを働いたこともあったわ。今思えばそれも、親族を困らせてやりたいと思っての反抗だったんだと思う」

　眉尻を下げて話すイザベラに他人事とは思えなくて、気づけば聞き入っていた。

「そんなことを繰り返していた頃、店先の商品を盗んだのを運悪く店主に見つかってね。必死で逃げている時ジェスに出逢ったの。ジェスは私を助けてくれて、店主から逃がしてくれた」

　確かに優しいジェスなら、困っている人を見たら助けてあげるだろう。

「私とジェスが仲良くなるのには時間がかからなかった。ジェスも奴隷のように扱われていて自分の居場所を求めていた。私と境遇が似ていたのね。ジェスにはよく助けてもらったわ。だから今度は私が力になってあげたいの」

　懐かしく昔話をしていた声から一転、再び緊張の色を滲ませるイザベラに私もゴクリと息を飲む。

「私が嘘までついてここに来た理由は、さっき言ったわよね?」

「ジェスが危機にさらされている……」

口にした途端、不安になる。ジェスの友人である事が分かったイザベラから聞いたからか。その彼女が嘘までついて知らせに来たからか。信じたくなくとも不安にかられた。

「ジェスは今、国王直属の騎士団に追われているわ。数日前、ジェスから助けを求める手紙が私の元へ届いたの」

国王直属の騎士団はシルバにしか動かせないはず。

「シルバは私が協力する限り、ジェスに手を出さないと言っていたわ」

シルバはちゃんと口に出して約束をしてくれた。そして、私はその言葉を信じて、シルバには逆らった事がなかった。なのになぜ？

「そんな……」

混乱している私に、イザベラは更なる衝撃をもたらす。

「ジェスが貴方をここから助けようと計画していた事が、陛下にばれたらしいわ」

私をここから助ける計画？　もしかして……っ！

『エレナ、君を絶対あそこから助け出すよ』

城下の宝石店でジェスに言われた事を思い出す。まさか本当に行動に出るとは思わなかった。

「それで今、ジェスはどこに？　無事なんですか？」

あの時もっと強く止めていれば良かった。後悔してももう遅いけれど……。

「イースト地区へ逃げているわ。あそこは混乱状態だから、それに紛れてね」

「シルバもイースト地区へ行ったわ」

イザベラの言葉に思わず声が大きくなる。

すかさず、イザベラが「しっ……」と口の前で指を立てるのを見て、慌てて口元を押さえた。

「……ごめんなさい」

護衛が扉一枚隔てた向こう側にいるのを忘れていた。

それよりもジェスの身が危ない。国王直属の騎士団はとても優秀だとニーナから聞いた事がある。そんな人たちから追われていたら、ジェスもあっという間に捕まってしまう。

「陛下もイースト地区へ行ったのなら、陛下直々にジェスを討ちに行ったのかもしれないわね」

「そんな…まさか……」

暴動の収集と国境付近の視察というのは嘘なの？　信じたくなくて、否定したかったけれどイザベラはなおも続ける。

「十分あり得るわ。陛下は冷酷で冷徹で、逆らう者には容赦がないお人。仮にも王の所有物である貴方を奪おうとする者は死刑でもおかしくないわ」

「死刑……。シルバがそんな事するはずない……」

うわ言のように小さく呟く。

以前ならこんな事思わなかった。出逢った頃、迷いなくウォルターに剣を向け、ジェスにも剣を振りかざそうとして。その時のシルバはまさしくイザベラが言った通りの人だった。けれど、王城で暮らし始めてシルバの意外な一面を垣間見て。冷酷で冷徹だというから、皆しぶしぶシルバに仕えているのかと思ったけれど、側近からは敬われていた。

そして、私も……。最初は怖かったけれど、不器用で、けれどふとした優しさを見せるシルバに魅かれていた。だから、私にとってはシルバが心からそんな人には思えないの。

「シルバはジェスを殺したりしないわ」

今度はしっかりとイザベラに告げる。すると、イザベラの表情が一変した。

「何も知らない癖に！」

瞳を鋭くさせ、今度はイザベラが声を荒らげた。突然激昂《げきこう》したイザベラに、ただ唖然とする。その表情は何かを恨んでいるような、憎しみを込めた色を滲ませているようだった。

唖然とする私にイザベラは我に返ったようにパッと表情を和らげる。

「あっいいえ……。私が言いたかったのは、貴方は陛下がどんな人か知らないという事」

バツの悪そうな顔でそう話すイザベラ。

「少なくとも私が知っている陛下は、人を殺すことに躊躇いはないお人」

一瞬だけ見せたあの表情は、気のせいだったのだろうか。

「私は、十年も地下に閉じこめられていた貴方よりも、陛下のことを知っているつもりよ？」

確かにシルバに連れ去られて数週間、ふたりですごす事なんてあまりなかった。シルバが後宮ですごすようになったのも最近になってからだし。

けれど、それでも私が見てきたシルバはまぎれもなくシルバでしょう？

「私は貴方をここから逃がすために来たの。ジェスを助けられるのは貴方だけよ」

優しく、諭すような声でそう言うイザベラ。

「けど……私はここから動けない。シルバの命《めい》なしにこの王城からは離れられない」

否、シルバの命を理由に私が王城から離れたくないのかもしれない。けれど、国王直属騎士団に追われているジェスの事も気がかりだった。

　私は私が見てきたシルバを信じたい。けれど、もしイザベラの言う事が本当だったら？　もし、本当にシルバがジェスを討とうとしているなら？　初めて会った賭博場で、紅の瞳をギラつかせ、獰猛な笑みを浮かべたシルバが頭にちらつく。

「あら、貴方はもうこの王城から離れられるのよ？」

　不安に苛まれているところに、イザベラが更なる追い打ちをかける。

「貴方がここに来たのは、人の心を読む能力があるからでしょう？」

　含みのある笑い方に息を飲む。まさか……私が能力を使えない事がばれた？

「だったらもう貴方は、この王城に縛られる必要はなくなったわ」

　ゴクリと唾を飲み込み、緊張の時を待つ。イザベラが妖艶に微笑みながら言った。

「だって私がいるんですもの」

「え……？」

　思っていた言葉とは違い、意表を突かれる。能力が使えなくなったのを知られていない事にほっと息をつくも、続いた言葉に衝撃を受けた。

「私の能力は認められたようだし、これからは私が陛下を支えていくわ。良きパートナーとして、そして、良き妻として」

　隣に座るイザベラに手を取られ、そう言われる。綺麗に微笑むイザベラから目が離せない。

　……パートナー？　……妻？

　イザベラの言葉がゆっくりと耳に入る。まるでそれを理解するのを恐れるようにゆっくりと。

嫌だ……知りたくない……。

頭はその意味を理解したくないと訴えていたが、残酷にもそれはすぐに突き付けられた。

「昨日、陛下から正室に迎えたいと言われたの。最初は能力を披露して貴方にジェスの事を伝えたら帰るつもりだったけど、気が変わったわ。私、陛下を本当に好きになったから、ここにとどまる事にするわ」

悠然と微笑む姿は既にこの国の王妃のようで。それがあまりにも自然で、上手く言葉が紡げない。

やっぱり昨日の夜シルバはイザベラのところに行ったんだ。そこで、シルバはイザベラに……。

その光景を頭に浮かべただけで、激しい胸の痛みが襲う。分かっていたとしても、辛い。

「貴方はもう解放されるの」

何から解放されるというのだろう？　私はもう誰にも何にも縛られていない。私は私の意思でここにいるの。解放なんて欲しくない。私が欲するのはシルバの傍。傍にいられるなら妾でもいい。

イザベラが正室になるのは予想の範囲だったじゃない。それでもシルバの傍にいる決意はあった。能力が消えるまでは……。

シルバの傍にいられるなら妾でもいいと思ったのは、能力を使ってシルバに尽くす事が出来るからだ。それがたとえ反逆者を捕らえるために利用されるのであっても、この国の再興と復興のために動くシルバの助けになりたいと思った。

けれど……今はそれも叶《かな》わない。〝能力〟という利用価値のなくなった今の私はシルバにとってなんの意味もない人間になり下がった。

そんな私をシルバはまだこの王城に置いてくれる？　答えは、否だ。だったら私が今すべきことはひとつ。

「ジェスを助けに行ってくれるでしょう？」

「分かり……ました……」

答えは最初から決まっていたようなものだ。

まだ痛む胸の疼きは治まらないけれど。貴方と離れ離れになる辛さを知りたくはないけれど。シルバにはイザベラさんがいる。ジェスには私しかいないから……私が助けに行かなきゃ。

「どうやってこの王城から出るんですか？」

覚悟を決めた瞳でイザベラを見据える。対するイザベラは笑みを浮かべて口を開く。

「そんなの簡単よ。今は陛下と側近の方はイースト地区へ行っているし、貴方の侍女も城下へ行っているんでしょう？　今がチャンスだわ」

確かに、シルバやニーナが帰ってくれば、私は動きづらくなる。これほど早く王城を去らなければならない事に動揺しつつも、この機を逃すわけにはいかない。

「……すぐに用意します」

そう言って、王城を抜け出す準備を始めた。

と言っても私の荷物はほとんどなかったため、準意と言っても数分あれば十分だった。準備が終わり、ひと息ついた時ふと机の上のペンに目が行く。最後にしておかなければならない事があった。

もしかしたら、もうここには戻ってこられないかもしれないから。そう思って、紙にペンを走らせる。これだけはシルバに伝えておかなければいけなかった。

ものの数秒で書き終わった手紙は、封筒に入れて机の上に置いた。

「準備が出来ました」

そう言って、私の支度を待ってくれていたイザベラの方を向く。

「では行きましょうか」

さようなら……。部屋を振り返り、懐かしむように心の中で別れを告げる。

そうして私は後宮を去った。

後宮を出てから、裏門まで来るのは案外難しくはなかった。シルバが護衛の半数を連れて行っているからか。いつも傍にいるニーナがいないからか。皆、私とイザベラが一緒に歩いているのも気にしていない様子だったし。ここまで誰にも怪しまれずに来られたのは幸いだった。

「いい？　さっき説明した通り、この裏門を抜けてから、まず城下へ向かう道に行きなさい」

裏門まで来たところで、イザベラが小さな声で私に話しかける。それにただコクンと頷く。

「貴方が逃げる手はずは整えているから、歩いていれば、むこうが気づいてくれるわ」

「私はただ歩いているだけでいいのですか？」

そんな計画で、大丈夫なのかと不安になるが、イザベラは自信ありげに頷いた。

「ええ、貴方は目立つから」

フッと笑うイザベラに納得した。この銀色の瞳と髪の事を言っているのだということに。

「分かりました」

「じゃぁ、気をつけて。ジェスを頼んだわよ」

「はい。イザベラさんも……あの……シルバをよろしくお願いします」

私が言えた台詞じゃないけれど、シルバを支えられるのはイザベラさんしかいない。

「陛下の事は私に任せて」

その言葉に、眉を寄せながら微笑み、裏門から出た。

王城の裏門を出て暫く後。イザベラの言う通り城下へ続く道を歩いているが、未だ落ち合う予定の人物は現れない。

「本当に、迎えの人はいるのかしら……」

人ひとりいない道を歩きながら、不安があふれる。

王城の正門から城下へと続く道は広く、人通りも多いが、裏門から城下へ続く道は狭く、深い森に覆われているので昼間でも薄暗い。到底人がいるとも思えず、不安になる。けれど、もう後戻りは出来ない。あそこに私の居場所はなくなったのだから。

自らを奮い立たせながらも歩を進めていると……。

――カサッ。

道の脇から聞こえた物音にビクッと体を震わせて、音が聞こえてきた方を向く。

「誰か……いるの……？」

カタカタと震える手を抑えながら、薄暗い森に向かって声をかける。

――カサッ。

再び聞こえた不穏な音に後ずさりする。草むらの音はガサガサと激しさを増し、次の瞬間バサッと音を立てて目にもとまらぬ速さで道を横切る物体。恐る恐る目を開いてみると、道の真ん中に長い耳をピンと立てた子兎《うさぎ》がちょこんと座っていた。

「うさぎ……？」

その愛らしさに思わず座り込み、手を差し出すが、子兎は耳をピンッと伸ばし、反対側の茂みに走り去った。

子兎が森へ帰って行った事を少し寂しく思ったのも束の間、目の前の自分の影に、覆いかぶさるように大きな影が重なった。立ち上がり振り返ろうとした瞬間、後ろから羽交い絞めにされ、布のようなもので鼻と口を覆われる。

「んんっ……！」

布に染み込んだ香りが鼻腔《びこう》をくすぐった途端、グラリと視界が揺らぐ。足から崩れ落ちるようにして、倒れる私を支える腕が背に回される。

「ぁ……なた……は………」

仰向きに倒れたひょうしにある人物が目に入ったが、そこで意識は途絶えた。

四章　エレナ奪還

怒りの矛先

陽も沈んだ夕刻。薄暗い背景に溶け込む黒いマントを羽織り、馬を走らせる。ちょうど、イースト地区の暴動の収拾と国境付近の視察を終えて、王城に帰るところだった。

「デューク、なぜお前までついてくる」

後ろからついてきているであろう側近に、苛立たしさを露わにして問う。

「なぜって、エレナに会いたいからだ」

サラリと言ってのけるデュークに、思わず声を荒らげる。

「自分の仕事をしろ！」

「まぁまぁ、シルバ。国境付近に異常はなかったようですし」

間に入って来たウィルが、デュークとの仲を取り持つ。

「ウィルの言う通りだ。それに今回の暴動の件で、話したい事がある」

確かに国境付近を視察した際には、ギルティスの兵が入って来た形跡はなかった。今回はアークの国境を越えて侵入してきた輩とひと騒動おこしたようだが、民間人同士の衝突は所詮小競り合いに過ぎない。これ以上なんの報告もないだろうに、デュークは「俺も行く」と言って俺たちと王城に向かっていた。理由を聞いてみれば「エレナに会いたい」という至極不純な動機だった。

そんな理由で帰るなどとふざけたことをぬかすデュークに、苛立ちが募る。ふと、城下から帰って来た時のふたりを思い出す。挑発的な視線を寄越すデュークと俺の前では見せない笑みを浮かべるエレナ。

チッ……。

残像のように頭の片隅に巣食っている記憶が忘れられず、苛立つ。それはデュークとエレナに対してか。その苛立ちの理由が分からない俺自身に対してかは分からなかった。

「勝手にしろ」

「言われなくとも勝手にするさ。王城に着いたら、ゆっくり話したい事もあるしな」

笑みを浮かべていたデュークが、側近としての顔つきになる。

「僕もシルバにご報告しなければならない事があります」

ウィルもか……。このタイミングという事は、今回の暴動収拾と視察に関係のある事だろうな。

「王城で聞く。早く帰るぞ」

そう言って馬を走らせる速度を上げる。

「しかし、なぜこんなに急いで王城に帰る必要があるんだ?」

ニヤニヤと意地の悪い笑みを浮かべながら聞いてくるデューク。

先程、真剣な顔つきになったかと思えばこれだ。本当に可愛げもない奴だな。

「お前には関係のない事だ」

普段ならばイースト地区だと数日間王城を空ける事が多い。しかし、今日中に帰ると決めた理由は……。

チラリと頭の端に映った昨日のエレナを振り払う。依然として、ニヤニヤと意地の悪い笑みを深める側近を振り切るようにして王城へ急いだ。

——バンッ。

荒々しくエントランスへ続く重い扉を開ける。あれから休まずに馬を走らせ、なんとか日が変わる前に王城へ戻ってこられた。いつもなら出迎えがくるのだが、今日は城内がやけにうるさかった。

「今日は、やけに騒々しいな」

使用人たちがバタバタと走りまわっているのを目にとめたデュークが呟く。

「宴でもあるのか？」

「いいえ、今日は何もないはずです」

ウィルが訝しげな声で呟く。不意に訳の分からない不安が襲った。何か……嫌な予感がする。

「シルバ!?」

ウィルの呼びとめにも応えず、気づいた時には後宮へ向かっていた。フード付きのマントの重みすら煩《わずら》わしく、はぎ取って足早に歩いているると前方から誰かが走って来た。

「陛下！」

後宮に繋がる廊下の向いから、走ってきた護衛が声を上げる。その表情は俺を捉えた瞬間、あわあわと青ざめ、色を失くしていった。

「なんだこの騒ぎは。何があった」

手短に言えば、思いのほか低く唸った声。それを聞いた護衛は体を震わせ、恐れおののいている。

「あ、あの………」

口をパクパクさせ、出てくるのはこの言葉にならない言葉だけ。俺には知られたくないという事か……。その態度にますます苛立ちが募る。

「早く言え！」

一喝するように声を荒らげれば、ピンッと直立するように体を固める護衛。

「は、はい！　エ、エレナ様が、王城のどこにも見当たらないのです」

聞くと同時に、怒号を覚悟し目をつむる護衛の横をすり抜け、走り出した。

エレナが見当たらないだと？　そんなはずはない。あれはここにいるしかないのだ。王城にいないはずがない。そう思いながらも、拭えない不安を抱えたまま、後宮へ向かう足は早まる。

――バンッ。

後宮の扉を壊れそうなくらいに荒々しく開く。昨夜と同じく、閉め切られたカーテン。天窓から差し込む月明かりだけが後宮を包む。

――シャッ。

部屋の奥まで行き、あらん限りの力でカーテンを開く。そして、月の光に照らされ明るくなった後宮を見渡す。しかし、いつもここで俺の帰りを待つ者はいなかった。

「シルバッ！」

静寂し切った後宮に騒々しくウィルが入ってくる。その後ろには、デュークや護衛の姿もあった。

「これはどういう事だ？」

恐ろしいくらいに低く響く声。

「エレナさんが、王城からいなくなったと……」

「そんな事は見れば分かる。俺が聞きたいのは、なぜエレナが王城からいなくなったかだ」

余裕のない気持ちを爆発させ、叫ぶ。普段俺の怒鳴り声には慣れているはずのウィルも、たじろいだ。すると、後ろに控えていた護衛が冷や汗をかきながら頭を深々と下げた。

「お、おそれながら、エレナ様は自ら出て行ったのではないかと思われます」

エレナが自ら出て行っただと？

護衛の言い分に頭に冷水を浴びせられたようだった。

「その根拠はなんだ」

声を抑えてそう言った俺に、護衛は恐る恐る頭を上げる。

「後宮に何者かが侵入した形跡はありませんでしたし、最後にエレナ様をお見かけしたのはこの後宮を出て行かれるところでした」

「お前はエレナをひとりにして、後宮から出したのか？」

地を這うような低い声を男に向ける。エレナのために護衛を置いたにもかかわらず、その護衛がエレナをひとりで部屋から出してどうする。

護衛は怒りを露わにする俺に慌てて「い、いいえ……」と否定した。

「イザベラ様がついておいでされたので」

「ッ……イザベラだと？」

護衛から出た名に、冷静になりつつあった頭が再び焦りを生み出す。

「そのイザベラとか言う女……怪しいな」

デュークが後宮の扉に背を預けたまま呟く。言われなくとも分かっている……。

「イザベラは今、どこにいる」

「自室にいらっしゃいます。イザベラ様が王城を出て行かれようとしたので、陛下のご命令通りその身柄を拘束いたしました。今は見張りをつけさせています」

護衛の言葉を最後まで聞かないうちに、あの女に与えた部屋へ向かった。

——バンッ。

部屋の前で見張りをしていた者に声もかけず、無言で扉を開ける。

「あら、陛下、遊びに来て下さったの？」

イザベラが陽気な声で座っていたソファから立ち上がり、こちらへ寄って来た。

この女……。

「エレナをどこにやった」

白々しく笑い駆け寄ってきたイザベラの手を払う。すると、イザベラは目をパチパチさせ、素知らぬふりをする。

「エレナ様ですか？　私は存じ上げませんが……」

「とぼけるな。後宮の護衛が、お前とエレナが出ていくのを見ている」

「確かにあの時私とエレナ様は中庭でお茶をしようと一緒に後宮を出ましたが、私は侍女にお菓子を貰いに行こうと思って途中で別れたんです。約束の時間に中庭に行ったらエレナ様の姿がなく、私も焦りました」

　イザベラの口から出てくる作り話に、よくもまぁこれほどの嘘がつけるものだと感心さえした。しかし、それ以上に苛立ちの方が圧倒的に勝っていた。

「俺も嘗《な》められたものだ。そんな作り話、信じるとでも思ったか？」

「私が申し上げた事に、偽りはありませんわ。私は陛下の味方でございますよ？」

　グッと距離を詰めて、潤んだ瞳で見上げるイザベラ。

「味方とは笑わせる。ならばなぜ能力を偽ってこの王城に来た」

「……偽ってだなんて聞こえが悪いですわ、陛下。私はちゃんと能力を証明したじゃありませんか」

　イザベラは一瞬答えに詰まったが、先程と同じような口調で答える。

　これくらいでは表情も崩さないか。しかし、次は言い逃れ出来ないだろう。

「全て、あのキャロル・カーライルという男と組んでの事だろう？」

　イザベラがピクリと反応し、僅かに動揺が顔に出た。

「お前は持ってもいない能力を証明するために、共犯者を抱き込んだ。それがあの男、キャロル・カーライルだ。そうだな？　ウィル」

「はい、カーライルに取り調べをしたところ、認めました」

　今度は完全にイザベラの表情が崩れた。このまま一気に崩す。続けろ……という視線をウィルに送れば、ウィルが頷き口を開く。

「彼を詰問したところ、前王アイザックスの残党討伐で負傷を負いながらも、ただひとりだけ帰還したので、周囲から疑いの眼差しを受けていた事がずっと辛かったと言っていました。貴方と組んでシルバの信頼を得て疑いを晴らしたかったという事を綺麗に吐いてくれましたよ」

それは、イザベラの能力を試す試験から、薄々感じていた事。ウィルに調べさせて正解だった。

キャロル・カーライル、馬鹿な男だ。こんな事で、俺の信頼が得られるだと？　どうせ心が読めるというイザベラを利用して、自分を売り込もうとしたのだろう。

「どうだ？　これでも否定するのか？」

証拠も取れた、裏も取れた。言い逃れは出来ないはずだ。

鋭い視線でイザベラを見ていれば、俯いていたイザベラは肩を震わせ始める。……今度は泣き落としか？

顔を上げたイザベラの表情には、微塵も悲しみの表情などなかった。

「あはははは、あー可笑《おか》しい」

腹を抱え、耐えきれないというような笑い方をするイザベラ。昨日、王座の前で品のある風格を見せた女とはまるで別人だった。

ひとしきり腹の底から笑ったイザベラはピタリと笑うのを止め、ゾクリとするほど妖艶な笑みを見せた。

「今更気づいてももう遅いわ。貴方の大切なお姫様は、もうここへは帰ってこない」

真っ直ぐに見据えられた紫色の瞳が、面白そうに煌めく。それは敵陣の真ん中にいる者の瞳ではなかった。何処か愉しんでいるような、覚悟を決めていたような瞳だった。

「エレナをどこへやった。お前の共犯者は誰だ」

この女がまだここにいるという事は、エレナを先に逃がしたという事。となると、当然共犯者がいるはずだ。

「言うわけないじゃない」

フッ……と口角を上げ、そう吐き捨てるイザベラ。

まぁ、そうなるだろうな。吹っ切れた笑いを零す、この女の口を割らせるのは難しい。

……だが、今日は抑えられない。

――ガシッ。

イザベラの腕を、加減の効かない力で掴み上げる。途端、痛みに眉を寄せるイザベラ。

「シルバッ！」

焦ったウィルの声が聞こえるが、関係ない。

「もう一度チャンスをやる。……エレナをどこへやった」

低く、地を這うような声で唸る。

「……貴方も大切な人を亡くす苦しみにもがけばいいのよ！」

空気が冷たくなったことを感じ取り、一瞬ひるんだものの、イザベラは最後までエレナの居場所を吐かなかった。

クソッ……。

焦りと苛立ちで顔が歪む。一国の王が感情を表に出してはならないことなど忘れていた。

「この女を、地下牢へ閉じ込めておけ！」

チッ……と舌打ちをした後、後ろに控えていた護衛にそう告げ、部屋を出る。

エレナの居場所を言わないというならばやる事はひとつだけだ。

普段の冷静さなど、微塵《みじん》もなかった。考えるよりも前に、足が動く。

「シルバッ!?」

「どこに行くんだ？」

ウィルの焦った声とデュークの落ち着き払った声。まったく声色の違うふたりが呼びとめながら後ろをついてくる。

「決まっている、エレナを連れ戻す」

後ろも振り返らずに答える。言葉ではそう言いながらも、頭の中では葛藤が渦巻いていた。

連れ戻す？　なぜだ？　イザベラの能力が使えない事が分かったからか？　エレナの能力がほかに渡ったら面倒な事になるからか？　違う。俺は……。

「待ってください、シルバ！」

「うるさいッ！」

ウィルの呼び止めにも応えず、声を荒らげる。

――ガシッ。

突如、腕を掴まれたかと思えば、進路方向へ立ちふさがるようにデュークが前へ出る。

「離せッ！」

掴まれた腕を力任せに振り切るが、その力は殊の外強かった。

「落ちつけ、シルバッ！」

今日、初めてデュークが声を荒らげた。そしてゆっくりと口を開く。

「冷静になるんだ。もう外も完全に日が落ちた。こんな中、あてもなく探したってエレナは見つからないぞ」

いつもは意地の悪い厭味しか言わないくせに、こんな時にだけ〝大人〟を見せる。

「あてなど、あの女が口を割らぬ限りないではないか！」

落ち着いているデュークがやけに苛立たしい。しかし、デュークは依然として余裕の笑みを浮かべてニヤリと笑った。

「まぁ待て。俺にあてがある」

デュークの言葉に、再び歩き出そうとした足が止まる。

あてだと？　同じ時間帯に王城へ帰り、同じタイミングでエレナがいなくなった事を知ったデュークになぜあてがあるんだ。ふざけるのもいい加減にしろと、文句を言うために開きかけた口はウィルによって遮られる。

「僕も、協力できるかもしれません」

デュークならともかく、ウィルまで……。

「……言ってみろ」

渋々歩みを止め、デュークとウィルの方を向く。すると、ウィルはふっと安心したように微笑む。

「ここじゃなんなので、執務室に行きましょう」

ここならマズイ話なのだろうな……。

デュークとウィルのあてに期待を持ちながら、執務室に向かった。

――パタンッ。

最後に執務室に入って来たウィルが、そっと扉を閉める。

「それで?」

一番奥にある自分の机に寄りかかるようにして、扉の方を振り返る。

「お前らの言うあてとはなんなんだ?」

エレナを探しに行かなければという衝動をなんとか抑えつけながら、落ち着いた声で問う。すると、長椅子に座って優雅に足を組んだデュークが「まずは俺からだな……」と言って口を開く。

「今回イースト地区での暴動があっただろう?」

いきなり何を言い出すかと思えば、エレナの話ではなく、暴動の話だった。ピクリと動いた眉に、デュークから「最後まで聞けよ」と視線だけで釘を刺される。

「この暴動が起きた時、俺が最初に現場に駆け付けた。なぜか分かるか?」

「お前が一番近くにいたからだろ」

イースト地区とデュークの任地は近い。なので、イースト地区で暴動が起きれば、まず初めに現地に着くのはデュークの部隊だ。

「まぁ、そうなんだが。俺がその現場付近にいたのは、俺が追っていたある人物がそこにいたからだ」

それがどうした、と思っていたがその言葉を聞いて我に返った。

「まさか……」

デュークに調査させていた件など、ひとつしかない。今やっと、デュークの言わんとする事を理解した。

「あぁ、そうだ。以前、俺がお前に命じられて泳がせていた反逆者どもだ。暴動自体は奴らが引き起こしたわけではないが、民間人どもをたきつけたのは奴らだった。あの様子では一度や二度の事ではなかった」

デュークの報告で、見えなかった糸が繋がった。

「イースト地区復興の邪魔をしたのも、奴らだったか」

幾度となく、小さな暴動が続いたイースト地区。その引き金となっていたのは、反逆者どもだった。

「しかし、それとエレナが消えた事と、どうかかわりがあるんだ」

王城から遠く離れたイースト地区の暴動。それは、エレナが消えた事とまるで接点のない話だった。

「ここからは、僕ですね」

「あぁ、頼むウィル」

事前に話し合っていたかのような、ウィルとデュークのやり取りに置いてけぼりを食らったような気分だった。呆気にとられていると、今度はウィルが話し始める。

「僕はこの数週間、デュークとは別件で闇の組織〝ブレイム〟の調査を引き続きしていました。下っ端に監視をつけ、仲介人を経て、やっと幹部らしき人物たちまでつきとめたのです」

まるでエレナの話にたどり着く気配もない話に、頭を抱えた。しかし、ウィルは構わず話し続ける。

「監視の報告によると、その幹部だと睨んでいた者達は週に一度、決まってある屋敷に行っていたそうです」

〝ある屋敷〟という言葉にハッとし、ウィルを見上げる。

「その屋敷とは？」

ウィルの目を見据えたまま、ゆっくりと問う。

「フォレストの屋敷です」

「やはり奴は黒だったか」

宴の時のフォレストを思い出し、あの嫌な笑みを思い浮かべる。逆らいはしないが、従う気のない表情と口調。そして……エレナが唯一心を読めなかった人間。

「ブレイムの頭は恐らく……いいえ、間違いなくフォレストでしょう」

確信のある言い方をするウィル。

「そして、フォレストは前王アイザックスの家臣でもあります」

ウィルの瞳が鋭くなる。そいう事だったのか……。ウィルの言わんとする事が分かった。

「ブレイムの目的は、反逆を企てるための資金を集める事だったんだな？」

「はい。ウォルターを始め、多くの配下にお金を稼がせ、納めさせていたようです」

それで、賭博場で荒稼ぎしていたのか。

……待てよ。

漸く冷静になった頭が警鐘を鳴らす。ウォルターはフォレストの部下であり、そのウォルターはエレナの買い主。大金を積んでもウォルターがエレナを手放そうとしなかったのはなぜだ？　宴の時フォレストがエレナに興味を示したのはなぜだ？

「僕からの報告はまだあります」

思考を遮るように、ウィルが口を開く。

「この幹部達の動向を探っていると、驚くべき事が判明しました。ある監視に追わせていた幹部が国境付近の衝突で、ギルティス王国側に加担していたというんです」

ウィルの報告に驚く間もなく、今度はデュークが話し始める。

「ついでに言うが、俺が見張っていた奴とウィルが監視をつけていたブレイムとか言う組織の幹部は、真夜中に密会するほど仲の良い関係のようだ」

イースト地区での暴動。そして、その裏で起きた国境付近の衝突。どちらにも、フォレストの部下が関わっていた。

「これでハッキリした。今回のこの暴動と国境付近でのギルティスとの衝突。どちらも小さな騒動で終わった理由……」

それはまるで押せば引くように……。すぐに現場に赴《おもむ》かなければならないほど大きくもなく。けれど、収拾に向かわざるを得ないような暴動。

「全てはエレナを攫うための、陽動《ようどう》だったということか」

「あぁ、そういう事だ」

俺たちがイースト地区へ向かったのを見計らうように消えたエレナ。陽動にまんまと引っ掛かったとしか言いようがない。

「だとしてもだ。なぜあの女がエレナを逃がしたんだ？」

「それは、恐らくイザベラさんが反逆者のひとりだからだと思います」

デュークの疑問にすかさずウィルが答える。今度はなんの驚きもなかった。しかし、疑問は残る。

「大体は予想していたが、イザベラが反乱分子だという事がなぜ分かった」

有能な側近は恐らくそこまで調べているだろう。すると、案の定迷いなく口を開くウィル。

「イザベラさんのご両親は前王アイザックスの家臣でした。その頃は侯爵家として権力をふるわれていましたが、今は伯爵家に降格。調べてみたところ、件の幹部たちも皆降格処分を受けた家ばかりでした」

「今回の件は、それを恨んでの事か」

権力を振りかざすしか能のない奴らが、笑わせる。その爵位も、平民を酷使して税をせしめ、散々アイザックスに媚を売った結果だろう。本来なら爵位剥奪に相当するにもかかわらず、降格処分で済ませてやっただけでも感謝をしてもらいたいものだが。恨みを買ったうえにコレか。

「飼い犬に一杯喰わされたな」

ククッとデュークがこの場に相応しくない笑みを浮かべる。冷やかすデュークにウィルが睨みを利かせながら口を開く。

「恐らくエレナさんは……」

「フォレストのところだろうな」

先程まで声を荒らげていたのが不思議なくらいに、冷静に呟く。

「そしてフォレストの目的は、エレナの能力だ」

薄々確信は得ていたのだろう。ウィルとデュークは顔色ひとつ変えず聞いている。

「恐らく向こうも、俺たちと同じ考えだったのだろう」

フォレストはブレイムの配下のウォルターを通じてエレナの事を知り、手に入れようとした。エレナの能力を利用して、反逆を目論むために……。

「奪い返すんだろ？」

デュークがあの挑発的な視線を寄越す。

「当たり前だ。あれは俺のものだからな」

そう言えば、フッと笑みを浮かべるデューク。

「では、明日はフォレスト家にお邪魔するとするか」

「いや、奴はもう屋敷にはいないだろう」

イザベラが口を割った時の事を考えて、足の着く場所からは逃亡しているはずだ。

「屋敷にいないなら、どこへ逃げるんです？」

ウィルは恐る恐る聞く。もう、答えなど分かっているだろうに。そう……奴らが逃げ場を求める場所はひとつ。

「ギルティス王国だ」

苦虫を潰したような表情をするウィル。それと対照的に新たな獲物を見つけたような笑みを浮かべるデューク。

「明日の早朝、イースト地区にあるギルティス王国との国境線へ向かう」

執務室の机に預けていた体を起こし、立ち上がる。

「国境線を越えられる前に、奴らを捕らえるぞ」

「捕らえるだけか？」

デュークがニヤリと獰猛な笑みを見せる。

「もちろん、俺に刃向った礼はさせてもらうさ」

つくづく、こう言う時だけデュークとは気が合うらしい。

まだ見ぬ獲物を思い浮かべながら笑っていれば……。

「言っておきますが、捕らえるだけですからね！」

不穏な空気を察知したウィルが、すかさず横やりを入れる。

「分かっている。では、出発は明日の早朝だ。それまで休め」

敵も日が沈んでいるうちは動けないはず。焦る必要はない。

「俺は兵士たちに明日の件を連絡した後に、休ませてもらう」

「僕も少し調べ物をしたら休みます」

執務室を出てそれぞれの部屋へ戻って行くウィルとデューク。

俺も後宮への道を歩こうとすると、デュークから「オイ」と呼びとめられる。振り返ってみればデュークがいつもの笑みを見せて口を開く。

「ひとりで先に行くなよ？」

「分かっている」

ニヤリと笑って冷やかすデュークに、今はもう落ち着き払った声で答える。

デュークの前で一瞬でも気を抜くと、最後までこうだ。しかし、デュークの助言で冷静になれたのも確か。いつもは人をからかってばかりだが、案外人の事をしっかりと見ている。

チッ……いけすかない奴だ……。

そう思いながらも、後宮へ足は向かう。暫く歩くと扉が見え、その前に小さな人影が佇んでいた。

「シルバ様！」

後宮の前で待っていた人物が、こちらに気づく。

「ニーナか」

小走りで駆け寄って来たのはニーナだった。

「どうした、こんな時間に」

声をかければ、ニーナは勢いよく頭を下げた。

「シルバ様……。すみませんでした！　私がエレナ様についていなかったばっかりに……こんな事に……」

自分を責めるようにそう言うニーナ。言わんとする事は分かるが、今回の事態はニーナに防げるような事ではなかった。

「気にするな。あれはこの事態を予測できなかった俺の失態だ」

ニーナの仕事はエレナの身の回りの世話。エレナを守る事ではない。だから、エレナがさらわれたのは俺の責任だ。

「エレナは必ず連れて帰る」

「お願いします。エレナ様もきっとシルバ様が迎えに来てくれるのを待っています」

ニーナの言葉に「あぁ」と短く答えた。

エレナは本当に俺の助けを待っているのだろうか。一瞬そんな弱気な考えが頭をよぎり、思考を振り切るように口を開いた。

「もう遅い。お前も休め」

ニーナの横を通りすぎ、後宮へ入ろうとした時。

「あっ！　お待ちください。お渡ししなければいけないものがあるんです！」

慌てて差し出したのは、薄っぺらい封筒。

「これは？」

「イザベラ様が持っていたものです。護衛に捕まった時にこれを持っていたので、多分、これを回収にお戻りになって、逃げられなかったのではないのかと言っていました」

あの女が危険を顧みず取りに戻ったという事は、それ相応の重要なものか。見てみる価値はあるな。

「ご苦労だった。下がれ」

「失礼致しました」

ニーナから封筒を受け取り、自室へ帰っていくニーナを見送った。

――パタンッ。

誰もいない後宮に足を踏み入れる。月明かりが照らす、静かな後宮。

『お帰りなさい』

いつもそう言って迎える存在は今はいない。

ベッドに座れば、明らかな違和感を覚える。今までひとりですごしてきたにもかかわらず、今日はベッドが広く感じた。

チッ……。

一瞬浮かんだ、エレナの姿になぜか苛々する。そして、右手に持った封筒に目をやる。

あの女、なぜこれを取りに戻ったんだ？　訝しく思いながら封筒を開けると、そこには綺麗に二つ折りにされた紙が入っていた。

紙を開き、書かれていた内容に息を飲む。

〝シルバへ
　お金は必ず返します
　　エレナ〟

それは、エレナからの手紙だった。

そういう事か。あの女はこの手紙にエレナが自分の行方を書いたのだと思って、回収しようとしたのだ。そして、戻って来た時に護衛に捕らえられたという事か。

哀れな女だ。この手紙には、イザベラの恐れていた事は何ひとつ書かれていなかったというのに。

エレナは最後の最後まで、自分が買われた事に対する義理立てしか考えていなかった。

金は返す？　……ふざけるな！

グシャッと力任せに、手紙を握りつぶす。

いつ俺が金を返してほしいと言った。

いつ俺がお前を解放してやると言った。

金などいらない。お前はまだ俺のものだ、エレナ……。俺から離れる事は許さない。

込み上げる憤りを感じながら、夜は更けて行った。

再会と裏切り

『女は大丈夫なのか？』

誰の声……？　真っ暗な中、声だけが頭の中で響く。

『薬で眠らせているだけだ』

あぁ……だから、真っ暗なのね……。

『もし女に何かあれば、俺たちがやられるんだからな！』

『大丈夫だと言っているだろ』

ここはどこ……？　あの人たちは……？

小さな声で小競り合う声を聞きながら、頭の端で記憶をたどる。

私は確か……ジェスを助けに行くために王城を出て。城下までの道を歩いていたら……。

不意にパチッと目を開く。目に入るのは蝋燭の灯りだけで照らされた小さな小屋のような部屋。その中心にあるテーブルを囲む男たち。途端に頭の中で警鐘を鳴らす。ここにいては危険だ……と。

しかし、腕と足にはきつく縛られた縄が食い込み、動けない。その縄から逃げるように、身をよじっているると男たちのひとりが私に気づいた。

「やっと起きたか」

私に声をかけた男を見上げて驚愕する。男の左目から口元にかけて弧を描くようについた傷には、見覚えがあった。

「……あな……た……」

目の前に立つ男を見上げ、掠れた声で呟く。

「もう一度、お前をさらいに行くと言っただろ？」

不敵に笑った男は以前、私を後宮から無理やりさらおうとした男だった。意識を失う前に見た人物はやはりあの男だったのだ。薬のせいか、頭痛と眩暈《めまい》に襲われながら、必死で男を睨む。

「そんなに睨まれても、お前をあの王城へ返す気はないぞ」

男がニヤリと嫌らしい笑みを浮かべる。

「女が目覚めたのか？」

そう言って寄って来たのは、テーブルを囲んでいた者たち。

「コイツ、本当にエレナ・マルベルか？」

この人たちも私を知っているの？　耳に入った自分の名に動揺を隠せない。

「証拠を見せてやる」

そう言って私が羽織っていたマントを引きはがす。途端、マントから零れ落ちる銀色の髪に、周囲から驚きの声があがる。そして、男が私の顎を掴み、上へ向かせて皆が見やすいように固定させた。

「銀色の髪と銀色の瞳……という事は本物か」

髪の毛と瞳の色だけで、素性が分かってしまう自分を、こんなにも恨めしく思ったのは久しぶりだ。

「わたしを…どうするつもり？」

震える声を抑えながら、男たちを見上げる。

「俺たちのボスに会ってもらう」

ボスって……。そういえば、前に男が私をさらおうとした時にも、そんな事を言っていた。

疑問は浮かぶけれど、悠長に考えている暇はなさそうだ。私を王城からさらおうとした男のボスなど、いい人なわけがない。きっと嫌だと言っても男たちは私をそのボスの前へつき出す。その前にどうにかして逃げなきゃ。イースト地区でジェスが助けを待っているのだから。

決意を新たに、ここからどう抜け出すか考えていた時だった。

――キィー。

部屋の扉が静かに開けられる。次いで、ぞろぞろと入って来た者たちの先頭に立っている人物に息を飲んで驚愕した。

「お久しぶりですな、エレナ様」

粘着質な笑みを浮かべ、こちらを向くのは、一度しか会った事のない人。けれど、強烈なまでに印象に残っていた人だった。

「フォレスト……」

掠れた声で、その人の名を呟く。すぐ後ろには、息子のロメオもいた。

「なぜ、貴方がここに？」

黒いマントとフードを羽織った者たちの中心に立つ人物を、呆然と見上げる。怪しい人たちの中心に国王の家臣がいるなど、とても違和感を覚える光景だった。

「私がいてはいけませんかな？」

ニヤリと笑うその表情は、宴の時の粘着質な笑みを思い出させる。

「だって、この人たちは人さらいを……」

黒いマントに顔を隠すようなフードを被る男たちは、どう見ても一般市民には見えないし、その中心にフォレストがいるのも不自然だった。これではまるで……。

「……まさか……」

頭のどこかで感じていた不安がよぎり、思わず口にする。息を飲んで黙り込んだ私にフォレストはニヤリと笑った。

「そのまさかですよ、エレナ様」

ゆっくりと、しかし、重低音で耳に届く声はハッキリと聞こえた。

「貴方が、この人たちのボスなの？」

「いかにも」

それは、なんとなく予感していた事だった。宴の夜からこの人には〝何か〟あると思っていたから。

「貴方達は、一体何者なの？」

ひっそりと息をひそめるように、小さな部屋に集う黒い集団。嫌な予感しかしなかった。そして、フォレストは私の不安を煽《あお》るような笑みを浮かべ、口を開く。

「前王アイザックス様の忠実なる部下……と言えばお分かりになりますか？」

それは、宴の夜にも聞いた。けれど、その時と今では、意味合いが違った。この状況と今の言葉。それが指し示す答えはひとつしかない。

「反逆者……」

ゴクリと緊張に息を飲みながら呟いた言葉に、フォレストが心外だとばかりに顔を歪める。

「そんな聞こえの悪い。私たちはあの男から王位を取り戻すだけですよ。本来ならば、次の代の国王は私だったのですから」

目の前の嫌らしい笑みを浮かべた男は、隠すそぶりもなく認めた。

私はよりにもよって、反逆者たちにさらわれてしまったの？

「私こそ、このアーク王国の国王に相応しい人間なのです」

フォレストは自分自身に心酔した様子で喋り続ける。

「けれど、今の国王はシルバだわ」

自分の口から出たとは思えない言葉に自分自身驚いた。ましてや、両手足を縛られているこの状況でよく言えたと思う。けれど、気づいた時には口を開いていたのだ。

「ええ、残念ながらその通りです」

後先考えず出た言葉に焦ったが、フォレストの怒りは買わずにすんだようだ。

「現国王はシルバ様ですが、私はあの男から王位を奪いますよ。そのためにエレナ様、貴方の能力が必要です」

「私の…能力……？」

〝能力〟という言葉にピクッと反応する。

途端、頭の中で警鐘が鳴り響く。

フォレストが知っている筈がない。否、どうか私の嫌な予感が当たりませんようにという願いでもあった。しかし、そんな願いも虚しくフォレストは悠然と言い放つ。

「貴方の〝人の心を読む〟力です」

なぜそれを……と口にしようとした時だった。

――キィー。

静かに開く扉。次いで入って来た人物に、開きかけた口が言葉をなくした。コツコツ……と、革靴が地面を鳴らす音を聞きながら、ゆっくりとこちらへ来るその人を目で追う。

「久しぶりだね、エレナ」

不自然なくらいにニッコリと笑う目の前の人物。一緒にいた頃とは違う綺麗な服に身を包み、スカイブルーの瞳がこちらを見据える。その顔は忘れるはずのない人のもの……。

「ジェ…ス……」

ポツリとその人の名を呟く。小屋に現れたのは、私が王城を抜け出したきっかけとなった人。私の大切な友人だった。けれど、私が名前を呼んだ時に返された笑みは、知らない人のものだった。

「なぜここに？　イースト地区にいるんじゃ……」

ジェスは私を助け出す計画がばれて、国王直属の騎士団に追われているはず。それがなぜ、こんなところにいるのだろうか。違和感だらけのこの状況に思考がついて行けない。

しかし、そんな私の混乱などは置いてけぼりにされ、ジェスは目を細めて笑う。

その笑みに、ゾクッと恐怖に似た感覚が体に走る。そして、ジェスは信じられない事を口走った。

「あぁ、あれは嘘だよ。君をおびき寄せるためのね」

「うそ……？　おびき…よせる……？」

うわ言のように、ジェスの言った事を呟く。

「イザベラが上手くやってくれたようで、安心したよ」

目の前には口の端を持ち上げて、ニヤリと笑うジェス。イザベラの名前が出た事に驚くが、それ以上に目の前のジェスに驚いていた。こんなジェス……知らない……。

「ジェス……何を言ってるの？」

「気やすく俺の名を呼ぶなッ！」

ジェスの口から出たとは思えないほど、荒々しい声に体がビクッと震える。普段の朗らかな声に慣れていたせいか、驚きに体が跳ねた。それでも、たったひとりの友人を信じたくて口を開く。

「私たち……友達でしょう……？」

優しい笑顔を向けてくれていたジェスに想いを馳せながら問うが、帰って来たのは侮辱を込めた視線だった。

「友達？　ハッ、笑わせるな。俺はお前の監視役だ」

口の端を吊り上げ、見た事もない表情で笑うジェス。一人称も〝僕〟ではなく〝俺〟。ジェスに双子の兄弟がいるのではないかというくらい、私の知っているジェスとはまったく別人だった。

「私が彼に命じて、貴方の監視についてもらっていたのですよ」

「なぜ監視なんて……」

私はずっとジェスを通じて、フォレストに監視されていたというの？

いつから……？　目的は……？

「私はずっと前から貴方を見守っていました。貴方がウォルターに買い取られた時からずっと。まぁ、私がウォルターに貴方を買うための資金を出したのですから、実際には私が買い主ですがね」

「貴方が私を買った……？」

フォレストの狂気じみた瞳に怯みながらそう聞くと、フォレストは「えぇ」と答える。

「十年前、人の心が読めるという少女が売り出されるという噓か本当か分からないような噂を聞いてね。私の目的のために是非手に入れたいと思ったのだが、貴族である私が表だって動けば注目されますからね。その点ウォルターはただのごろつき。貴方を買っても誰も不思議に思わないでしょう？　あの賭博場も、貴方の能力の実験をするために私が用意した物なんですよ」

「賭博場の賭けに、私の能力を使わせたのも貴方の指示だったの？」

そう問えば、えぇそうです……と頷くフォレスト。

「貴方の能力は本物か、実際に使い物になるかなどを試していました」

「ジェスを監視役につけたのは？」

監視役ならウォルターひとりで十分なはず。私にはほかに行くあてもなかったし、あの賭博場に監禁されていたのだから。

「能力を安定させるためです」

能力の安定？　フォレストの言っている意味が分からなかった。「説明しましょう」と、フォレストが口を開く。

「貴方は幼くて覚えていないでしょうが、実験をしているうちに精神状態によって能力に乱れがある事がわかりました。監禁状態だという事もあって、あの賭博場ですごすにはストレスがありすぎる。だから、貴方に〝友人〟という心のよりどころを用意したのですよ」

まるで〝いい案だったでしょう〟と言わんばかりの笑み。

「俺はお前のために用意された〝偽の〟友達だったわけだ」

ジェスの言葉に、鈍器で殴られたような衝撃を受ける。なんの躊躇いもなく、絆を断ち切るジェス。

「そんなっ……」

今まで起きたどんなことよりも、ショックだった。ジェスが本当の友人ではなかったなんて……。今までどんなに嫌な事があっても、ジェスが優しく微笑んでくれるだけで元気になれた。私の支えになってくれた、たったひとりの友達だった。ジェスだけは私の味方だったでしょう？

「私を王城から助け出すって言ってくれたのは嘘なの？」

「当たり前だ。俺はただ、お前を引きつけておくための芝居をしただけだ」

冷たく言い放つジェスに、ズキッと胸が痛む。

城下へ行った時、あの宝石店で助け出すと言ってくれたのは、私の事を心配して言ってくれたんじゃないの？　私が友達だったからじゃないの？

ドクンドクンと、心臓が嫌な音を立てる。

「私に優しくしてくれたのも、嘘？」

ウォルターに怒られた時は、いつも助けてくれて。外に出られない私のために、城下の話をしてくれたり。まるで家族のような存在だと思っていたのは、私だけだったの？

目の前のジェスがもう私の知っているジェスではない事は明らかだったけど、次の瞬間には、あの人懐っこい笑みで、冗談だよ……と言ってくれそうな気がして。けれど、目の前のジェスは最後まで私の知らないジェスだった。

「お前の能力が使い物にならないのでは、フォレスト様の計画に支障が出るからな」

〝使い物〟

その言葉がどんな侮辱の言葉よりも、深く突き刺さった。

「しかし、フォレスト様の命とは言え、あんな薄汚い所で、ウォルターなんかの下につかなくてはならないなど我慢ならなかったよ」

ひとり、上機嫌で話し続けるジェス。私の監視役から解放されて、清々している……といった様子だ。

「俺の演技はどうだった？　まぁその様子じゃ、少しもバレていなかったようだが」

フッと笑うジェスに、ズキズキと胸の痛みが増す。だんだんと涙腺が緩み、今にも涙が溢れてきそうだった。

「今日でこの演技も終わりだ。友達ごっこはなかなか楽しかったよ、エレナ」

これが最後の決め手となった。

もう、私の知っているジェスは帰ってこないのね。

「ジェス……」

私はジェスの名を呟き、涙を零した。力なくうなだれて突っ伏した地面は、冷たかった……。

「話は終わりましたかな？」

私が黙ったところで、間に割って入るフォレスト。

「今の話の通り、私は十年間も貴方の成長を見守って来ました。その理由はもうお分かりですね？」

フォレストはこちらに答えを求め問うが、私は涙を流したまま、地面に横たわっていた。

「私がアーク王国の国王になるために、協力してもらいますよ？　エレナ様……」

私が、協力？　フッ……と小さな笑みが零れる。

「それは出来ません、フォレスト」

涙で濡れた瞳でフォレストを見上げる。

「この期に及んで反抗するのは、賢くありませんね」

反抗するわけじゃない……。だってこの人数相手に、私ひとりで逃げ出せる力なんてないから。ましてや、ここがどこかも分からない。万が一逃げ出せたとしても、王城へは帰れないだろう。しかし、今はそういう事を言っているんじゃない。

「私は能力を失いました」

事実をありのままに伝えるとフォレストは一瞬目を見張ったが、その表情はすぐに戻る。

「私に協力するのが嫌だからといって、そんな嘘をついてはいけませんな」

そう言って笑うフォレストは、私の言った事をまるで信じていない様子だ。

「本当です。試してみましょうか？」

もしかしたら、能力が戻っているかもしれないと自分でも淡い期待を抱きながら、フォレストを見つめ集中する。案の定、フォレストの心を読むことは出来なかった。

「真っ暗なイメージばかり流れてきて、何も見えません」

やっぱりそんなに都合良く戻って来るわけないわよね……。

淡い期待だったにも関わらず、思いのほか落ち込んでいると、フォレストが思いもよらぬ事を口にする。

「それは当り前です。私の心は読む事は出来ませんよ？」

心を読む事が出来ない……？

「試すのなら、ほかの者で試していただかなければ」

「それは……どういう意味ですか？」

ニヤリと笑うフォレストに恐る恐る問う。

「私は閉心術を会得していますので、貴方の能力は効かないのです」

「へいしん…じゅつ……？」

聞いた事もない言葉に疑問符が浮かぶ。

「心を閉ざす術の事ですよ。言葉の通り、自分の心を閉ざし、相手に自分の思惑を読まれないようにするための方法です」

そんな事が可能なの……？

けれど、身に覚えがあった。それは、あの宴の夜。宴に来たフォレストの心を読もうとしたけれど。見えるのは真っ暗な闇だけで、一向に心を読む事が出来なかった。

「十年間、貴方の成長を見守るとともに、これを会得するのに随分と苦労しました」

どうやら、本当にフォレストの心は読めないようだ。私がまだ十歳の頃は、そんなに能力も強くなかった。なんとなく、能力を使って、楽しんでいただけの子供時代。歳を重ねるとともにその能力は強くなって来て、知識もつく。フォレストはそれを恐れ、阻止するために私を監禁して監視させたのだろう。そして、成長した私を制御するために自分も閉心術を会得した。しかし……。

「十年間かけて会得されたところ申し訳ございませんが、私は本当に能力を失いました」

視線を合わせ、しつこくそう言う私に、さすがのフォレストも眉をしかめ、押し黙る。

「よかろう。それではこの者の心を読んでみるがいい」

そう言って私の前に差し出されたのは、私をここまで連れてきた男。

「この者が今から、ここから王城への帰り方を頭に浮かべる。どうです？　貴方も知りたいでしょう？」

コクリ……と頷く。

ジェスを求めて出た王城だったけれど、こんな形で裏切られ、ジェスを助ける理由を失くした。裏切られた今でも、私はジェスの事を嫌いになれないけれど。ジェスが私を必要としていないのなら、私は退くしかない。

そして、私が帰る場所はただひとつ。帰りたい……。シルバの元へ。

「では、始めましょう」

フォレストの合図とともに、男がこちらに視線を合わせる。その視線を受け止め、男の心を読む事に集中した。けれど、やはり見えてくるのは真っ暗なイメージばかりだった。

……ッ……もう一度……。

この小屋にいる皆が私に視線を注いでいた。

緊張しているだけよ……。次はきっと出来るわ。私は帰るの。王城へ。シルバの元へ……。

そう強く願うが、結果は先程と同じ。それでも諦めきれなくて、何度も繰り返す。短い間に何度も能力を使うことのリスクなど忘れていた。その時、私を動かしていたのは〝帰りたい〟という思いのみだったから。

そんな事は関係なく、体にかかる負担は否応なくやって来る。呼吸が乱れ始め、体力はじわじわと奪われていく。ハァハァ…と荒い呼吸をする度に視界が揺らぐ。

「ハァ…ハァ………ふっ…っく…なんでっ……なんで見えないの……」

眉を寄せ、ぼろぼろと涙が零れる。焦る気持ちとは裏腹に、一向に見えない男の心に私の不安は一気に増幅した。能力が戻って、フォレストに利用されるのは嫌だけれど、能力が戻らないまま戻っても、あそこに私の居場所はない。

「お願い……私は能力がないと、駄目なの……」

もはやひとり言に近い私の呟きに、皆が息を飲んで押し黙った。

「っ……本当に見えないのか？」

縛られたまま丸くなって涙を流し続ける私に、ようやく事態に気づいたフォレストが焦った声色でそう言う。私はフォレストの問いに応える事なく、地面に横たわったままピクリとも動かず、涙を流した。その様子に周囲はざわめく。

「クソッ……ふざけるな！」

それまで落ち着いた雰囲気を崩さなかったフォレストが、初めて激昂する。カツカツと足早にこちらに近づいたかと思えば、思いっきり髪を掴まれ、頭を持ち上げられる。

「つっ……」

グィッと上へ持ちあげられた痛みに、眉を寄せて、小さな悲鳴を上げる。

「父上！」

フォレストの向こう側から、焦ったロメオの声が聞こえた。しかし、激昂したフォレストは止まる事はなかった。私の頭を自分の目線の高さまで持ってきたところで、怒りに染まった瞳と視線がぶつかった。そして、フォレストはものすごい剣幕で口を開く。

「こちらはこの日のためだけに、お前を十年間養ってきたんだぞ。それが、能力を失くしただと？

どこまで私をコケにすれば気が済むんだ！」

――バンッ。

容赦ない力で思いっきり投げ飛ばされた。

すかさず、ロメオが駆け寄ってくる。

「エレナ様っ……」

「これから、どうするんですか？」

ジェスはその場から一歩も動かず、こちらを一瞥する。投げ飛ばされて、背中を打った痛みより心の方が痛い。

「コイツはもう、使い物になりませんよ？」

その言葉にピクリと反応する。

もしかしてこのまま私の事は諦めてくれる？　能力が使えないのなら、フォレストにとって、私を傍に置く必要はないはずだし。解放してもらえれば、王城の場所が分からなくてもなんとかなる。だからどうか、私をここに捨てて行って。

そう願いながら、私の運命を握る人物を見上げる。その人物、フォレストは眉をしかめた後、口を開く。

「この女は連れて行く。何かの役には立つだろう」

「そんなっ……」

フォレストの言葉に絶望感が襲う。

「十年間手間暇かけて養ってやったんだ。国王軍が追ってきた時の人質にでもなってもらおう」

「私は人質として役には立てないと思います。もう能力もないですから……」

自分で言っていて悲しくなる。けどシルバが私を追ってきてくれるなんて考えられない。シルバが必要なのは利用能力を持っている者だけ。だから、万が一、シルバが私を追ってきてくれたとしても人質にはならない。

「いいや、お前は十分人質になる」

何を根拠にそんな事を言うのかと思ったが、断言するフォレストに圧倒されて口を噤《つぐ》んだ。

「まぁ……お前が人質としての価値もなければ、最悪、私の盾にでもなってもらう。明け方にはギルティス王国へ出発する。お前もついて来てもらうぞ？」

拒否は許さないとでもいいたげな視線に、キッと睨むことで応えた。フォレストは私の決死の睨みを一瞥して、背を向ける。

「この女を離れの小屋へ入れておけ。逃亡計画を聞かれては困るからな」

そう言ってフォレストは手下を従えて部屋から出て行った。

バタンッと扉が乱暴に閉まった後、私を支えていたロメオが退き、男が近づいてくる。

いや……ッ……私は行きたくない……。

小屋に入れられれば最後、もう逃げられない気がする。

――シャッ。

男が足の縄だけ切り「立て」と短く私を促す。

何かここから脱出する方法はないの？　地面に横たわったまま、必死に周りを見渡す。いつまでたっても立とうとしない私に頭上からチッ…と舌打ちをする音が降る。

「ほら、さっさと立て！」

両手を縛った縄を持ち上げられ、無理やり立たされる。刹那、視界の端に、あるモノが映った。男に腕を引かれながら、それを見つめる。悠長に考える暇もなく、気づいた時には行動に移していた。

「きゃっ……」

――ドンッ。

よろけた振りをして、男の方へ倒れ込む。

「オイッ……！」

不意に倒れ込んだからか、男は私の体を支え切れずに後ろへ倒れた。男の胸の中へ倒れ込み、こちらに注目する皆に悟られぬよう、縛られたままの手でサッと目的のモノを手に取る。それをギュッと握ったところで、男が起き上がる。すると、すごい剣幕で手を振り上げ、そのままの勢いで私の頬を叩いた。バチンッと乾いた音と頬に当たった衝撃に小さな声を上げ、倒れ込んだ。男に叩かれた左頬がひりひりと痛む。久しぶりの感覚に手が震え始め、ウォルターに暴力をふるわれた過去が蘇る。

「いつまでそうしているつもりだ？　さっさと起きろ」

男はうずくまった私の横腹を蹴る。手加減はされたものの、重くて鈍い痛みがお腹にじわじわと伝わった。

「おいおい勘弁してくれよ。これくらいで立てないなんて言わないよな？　小屋まで運んでいくのはごめんだぞ」

苛立ちを含ませた男の声に震える体を抑えてゆっくり起き上がる。周りの男たちは、まるで見世物を見ているようにニヤニヤと笑っていた。こういう時、泣いてはいけないんだと教えてもらった事がある。男たちは私が怯えれば怯えるほど悦び、それが見たくてもっと暴力を振るうんだと言っていた。

込み上げる涙を抑え、歯を食いしばりながら起きあがり、ふらふらとした足取りで歩く。

「しっかり歩け！」

男は私の髪を乱暴に掴み、さっきよりも強い力で手を引っ張られた。縛られた両腕ごと引っ張られたため、転げないようについて行くのがやっとだった。

早足で男の足について行くと、前方には無表情で立っているジェスが目に入った。私は涙の滲んだ目でジェスを見上げ、微笑む。ジェスは一瞬スカイブルーの瞳を軽く見開いた後、眉を寄せフイッと視線を逸らした。ズキッと胸が痛むのが分かる。

ねぇジェス……。私ちゃんと耐えたよ、泣かなかったよ。教えてくれたのは、ジェスだった事、忘れちゃったの？

そんな想いも、今のジェスには届かない。もうここには私の味方なんていないんだ。私がなんとかしなきゃ……。

そう思いながら手の中のものを握りしめ、離れの小屋に移動した。

外に出て分かったが、今まで私たちがいたのは森に囲まれた廃屋だった。時刻は分からないが陽は既に落ち、とっぷりと闇に包まれている。廃屋から小屋までは数十メートルしか離れておらず、あっという間に着いた。

「きゃっ……！」

離れの小屋に着いたところで、男から思いっきり背を押される。両手が縛られていたため、上手く受身がとれず、そのまま地面に倒れ込んだ。元は馬小屋か何かだったのか、干草が敷いてあり、硬い地面に体を打ちつけずにすんだ。

「朝までここに入ってろ」

縛られたままの手で起き上がり、入口を振り返る。

「逃げようなどと考えない事だ……と言っても、無理だろうがな」

男はニッと笑いながら、入口の扉を勢いよく閉めた。

――バタンッ。

扉の外で何やら話声が聞こえ、男の足音が遠ざかって行く。耳をそばだてていると、どうやらこの小屋の見張りについての話をしているようだ。

これを男から奪ったのはいいけど、これからどうしよう……。

そう思いながら、手の中のものを見つめる。見張りをつけられてしまっては、扉から逃げようがないし、小屋には扉のほかには天窓しかない。

あそこから出るのは無理だな、と思いながら月明かりが射す天窓を見上げる。その天窓が後宮の天窓と重なり、懐かしい気持ちが込み上げる。

シルバはもう王城に帰ったかしら。今日中には王城に帰ると言っていたから、もう王城に帰っているはず。シルバは急に私がいなくなって怒っているかな。それとも清々してる？　イザベラさんがいる今、邪魔者は私の方だもんね。

そこでふと我に返り、根本的な問題に気づく。もしここから逃げ出せたとしても、シルバは私を受け入れてくれるのだろうか。一旦、王城から逃げ出した私をまた受け入れてくれるのだろうか。

ううん、心配するのはここから出てからだ。まずはここから逃げなければならない。

痛む胸を無視して、周りを見渡す。ほかに何か良い手があるかもしれないと思って、小屋の中を調べ始めた。

数十分後……。

「っ……何もない」

散々探し回ったが、小屋には脱出に使えそうなものはなかった。あるのは干草と馬を囲っていたであろう丸太やロープだけで、縄を切る刃物などは一切置いていない。

「頼みの綱はこれだけ……」

部屋の中央に座り込み、男から奪ったモノを見つめていると、この小屋に近づく何者かの足音が聞こえる。その足音に慌てて扉の方へ近寄る。耳をそばだてれば、小屋を見張っている男のひとりが口を開く。

「これはロメオ様」

部下のひとりが嬉々とした声で呼びかけるのが扉越しに聞こえた。

「こんなところへなんの御用で?」

もう一方の部下も声をかける。へらへらとした笑みを浮かべているのは顔を見なくても分かった。フォレストの息子には、媚《こび》を売っておこうという魂胆だろう。

「エレナ様に会いに来た。お前たちは暫く席をはずしていろ」

ロメオが私に会いに？　何か嫌な予感がした。

「しかし……」

席をはずせという言葉に、渋る部下たち。たとえフォレストの息子でも、フォレストの命令に刃向う事に抵抗があるのだろう。

「私を通せば、今度お前たちの昇進を父上に申し出てやるぞ？」

「本当ですか!?」

ロメオのひと声で、いともたやすく態度を変える部下たち。

「あぁ。分かったのなら、さっさと動け」

「分かりました」

ロメオの言葉に迷いのない声を上げる部下たち。そして、部下たちがこの小屋から遠ざかっていく足音を聞いて、咄嗟に扉から離れて部屋の中央に戻る。

――キィー……。

部屋の中央に腰をおろしたのと同時に、扉が静かに開く。

「エレナ様……」

扉を開くなり私の名を呼ぶロメオ。ロメオは宴の夜に会った時のように、じとっとした視線を寄越す。

――バタンッ。

後ろ手で扉を閉め、口元に浮かんだ笑みにゾクッという震えが体に走った。コツコツ……と一歩ずつ近づいてくる足音。

怖い……。

ニタッと粘着質な笑みを浮かべるロメオに、身がすくむような恐怖を感じた。

一歩ずつ近づいてくるロメオから逃げるように、座ったまま後ろに後ずさる。しかし、ここは狭い小屋。すぐに壁まで追いやられ、トンッ……と背中が壁に当たる。これ以上後ずさることが出来ず身をすくませていると、追いついたロメオがすぐ目の前まで来て腰を下ろす。

「エレナ様……」

喉の渇きを訴えるような掠れた声。その声に初めてロメオの心を読んだ時の事を思い出す。私に向けられる激しく、狂おしいまでの〝狂愛〟。

スッと私の頬にそえられた手に、ビクッと体を震わせる。

「もう、話し合いは終わったんですか？」

何か喋らなければ……という意識が働き、咄嗟に口を開く。

「いいえ、父上たちはまだやっていますよ。あんな話し合い、何が楽しいんだか」

ロメオは口元に笑みを湛えながらそう言う。ゆっくりと私の頬を撫でる指に嫌悪感を抱く。

「ロメオ様も、お戻りになられた方が良いのでは？」

引きつる笑顔を見せながら提案してみるが、ロメオは首を横に振る。

「僕がいなくとも、話し合いは進みます」

私の提案を全く聞き入れる気はないらしい。

肌に感じるロメオの汗をにじませた手が頬から肩、腕に降りていく。その間もゾクゾクという嫌な感覚は消えず、拒否するように体を硬直させる。ロメオの手が私の拘束された手まで降りてきたところで、その手は止まる。そして、眉を寄せながら口を開く。

「可哀想に……こんなに手首が腫れて。今外して差し上げます」

ロメオは赤く腫れていた私の手首を撫で、腰に添えていた短剣で両手を拘束していた太い縄を切った。

「いいんですか？　こんな事をして……」

両手両足を縛っていた縄がなくなり、ロープで擦れた手首をさする。ロメオは何を考えているのだろうか。仮にも人質となっている者の拘束を解くなど、信じられなかった。

しかし、ロメオは私の言葉を鼻で笑って答える。

「いくら私でも、貴方ひとりくらいならなんとかなりますよ」

ロメオは短剣を鞘に納めながらそう言う。肉付きも良く、身なりも立派、いかにも温室育ちな風貌をしているロメオでもやはり男だ。私が抗ったとしても、敵わないと分かっているのだろう。

「私に抗おうなどと考えない事ですね。それよりも……」

あの粘着質な笑みを浮かべ、頬に添えていた手を離して腕を広げて抱きついてくるロメオ。

「ッ……いやっ……」

ロメオの腕から逃れようともがくが、肉厚の体も相まって伸し掛かる重圧は大きく、振り切れない。それればかりか、私がもがけばもがくほどロメオの力は強くなる。

「ずっと貴方をお慕いしておりました。賭博場で貴方を見かけた時からずっと……」

耳元で囁かれる熱っぽい声。耳にかかるロメオの息がやけに生々しい。

「僕は貴方だけを想って、貴方だけを見てきた」

情熱的だが一方的な言葉も、今は恐怖以外のなにものでもない。

「今まで寂しかったですね。ずっとあの賭博場に閉じ込めてすみません。あの男に連れ去られた時は心配でなりませんでした」

言葉では私を心配して労わってくれていても、それはただの一方的な想いだ。

「その容姿では酷い目にあったでしょう。貴方を愛せるのは私だけです」

ロメオはそう言って、私の体を抱きしめる力を強めた。

「愛しています、エレナ様」

そう耳元で囁き、首筋に唇を這わせる。

「ひゃっ……い、いやっ……！」

首筋に当たった唇の感触に体中がおののく。湿っぽい唇で首筋をなぞる感覚が、酷く気持ち悪い。

「いや……っ！　やめて……！」

体を抑えられたまま、ロメオの腕の中で暴れる。けれど、やはり力でかなうはずもなく、ロメオの拘束から逃れようともがいていた手を掴まれ、乱暴に地面に縫いとめられた。

上から抑えられる体勢になり、もがく事もかなわなくなった。背中から伝わる地面がやけに冷たい。

「こんな事……やめてください……」

声が震える。気丈に振る舞っても、体は正直だ。これから自分の身に起こるだろう事を思うと、カタカタと小刻みに震える体を抑えられない。

「私は貴方を愛する事は出来ません」

涙でおおわれた瞳でロメオをキッと睨みながらそう訴える。

「なぜです……エレナ様。なぜ私を拒むのですか？」

「つっ……」

ロメオの拘束は強まり、縄で腫れていた手首が悲鳴を上げる。そしてその拘束はロメオが興奮するほどに強まっていく。

「私はこんなにも貴方を愛しているというのに、なぜ貴方は私を愛してくれないのです」

眉を寄せて、狂おしいまでの愛をぶつけてくるロメオ。

「もしかして、貴方にはもう想う人がいるというのですか？」

ロメオに問われ、頭に浮かんだのはひとりしかいない。闇よりも深い漆黒の髪、燃えるような紅い瞳。

シルバ……。

今はここにいない人を想って、目を細める。取り乱した私の様子に何かを感じ取ったロメオは、暫く考える素振りを見せ、ハッと目を見開く。

「っ……！　もしかして、あの男の事が……」

眉をひそめ、一瞬にしてその表情に憎悪の色を込めるロメオ。あの男……それだけの言葉で十分だった。私とロメオが思い浮べた人は、きっと同じ人。

「なぜですエレナ様……。あの男は父上と同じく貴方を利用しようとした男ですよ？」

「確かにシルバは私を利用するためにお金で買いました。けれど、私はシルバを愛してしまったんです」

真っ直ぐロメオを見据えて言う。

シルバへの想いをハッキリ口にしたのは、初めてだった。口にした事で更に愛しさは募り、シルバに会いたいという気持ちが溢れた。

シルバを想って涙ぐむ私を見てロメオは絶望を顔に滲ませ、歯を食いしばる。

「あの男になど渡してたまるものかっ！　貴方は私のものだっ！」

ロメオは今までの穏やかな喋り方とは一変して、激昂する。憎悪をたたえた激情をぶつけるように、私に覆いかぶさるロメオ。上から押さえつけられ、再び首筋に唇を寄せられる。

「いっ……嫌っ……」

唇の感触に体全体で抵抗したが、首筋、鎖骨にやって来る口づけは止まない。

「いやぁ……やめて……シルバ…ぁ……」

弱々しく否定の言葉を上げながら、ボロボロと零れ落ちる涙。無意識のうちに、この場にいない愛しい人の名を呼んでいた。

「あの男の名など呼ぶな」

ロメオが首筋に埋めていた顔を上げる。そして、涙を拭うように這わされる手。

ヤメテ……。

私を抱きしめる腕、耳元で囁かれる湿った声、体に這わされる手の動き。ロメオの全てを体が拒絶した。

「私が忘れさせて差し上げますよ」

ゆっくりと頬を這っていた手が、後頭部にすべり、頭を固定される。そして、ゆっくりと降りてくるロメオの顔。瞬時に何をされるか理解した。

「っ……いや、嫌ぁぁ……やめてっ！」

解放された片方の手で、ロメオの背中を叩く。……が、体格の良すぎるロメオの体にはさほどダメージを与えられていない。諦めず抵抗を繰り返す私にロメオは動きを止めて口を開く。

「いずれ〝良く〟なります」

欲を湛えた笑みにゾッとする。

段々と近づくロメオの顔に涙が溢れてくる。私はこのままロメオの思うがままになるの？　こんな……好きでもない人と……。

そんなの嫌……。

キュッと口を固く結び、思いっきり顔を逸らす。しかし、それを不服に思ったロメオが今度は両手で顔を固定する。

今度こそ完全に逃げ場を失った。

「観念してください。エレナ様」

混乱する頭で必死にこの場を切り抜ける方法を考える。そして、ふとあるものの存在を思い出す。それは、この離れの小屋に来る時に男から奪ったもの。それはまだ右手にしっかりと握られていた。ロメオの両手が私の頭を固定しているので右手は自由がきく。もう……迷っている暇はない。次のチャンスもいつ巡って来るかも分からない。意を決して、右手に持った小瓶の中身をロメオの顔めがけてかける。

――パシャッ。

「ッ……何を……」

小瓶の中身は、見事ロメオの顔に命中した。

緊張の瞬間だった。しかし、私の不安をよそに、小瓶の中身をロメオに投げつけた効果はすぐに表れた。

「ッ……なんだ…これは……」

グッと眉を寄せ何かに耐えるように眉を寄せるロメオ。何度も目を瞬かせ、頭を振る。段々と目がトロンとまどろみ、ロメオはハッと目を見開く。

「まさかッ……エレ…ナ……様……」

——ドンッ。

その言葉を最後に、ロメオは私にむかって倒れ込んだ。気を失ったロメオの体を押しのけ、なんとかロメオの下から脱出する。ハァハァ……と、息を整えながら、地面にうつぶせ、気を失うロメオを見る。

「本当に効いた……?」

半信半疑で横たわるロメオを除けば、気持ち良さそうに寝息を立てて寝ていた。

空になった小瓶をまじまじと見る。やっぱりこの小瓶の中身は睡眠薬だった。小屋で男が近づいた時に僅かに香った匂いに、それがここに連れてこられる時に嗅がされた匂いと同じだという事が分かった。

あの時、男から拝借していて良かった。でなければ今頃私は……。想像しながらも体はカタカタと震える。足もすくんで力が入らないが、いつまでもここにはいられない。ロメオが追いやった部下たちが戻って来るまでにここを出なきゃ。

この状況から脱出する事だけを思い、乱れた衣服を整え、立ち上がる。そして、うつぶせで横たわるロメオの腰に携えてあった短剣を持って小屋を出た。

外に出ると、ヒュッと冷たい風が頬を撫でる。夜の森はとても寒く、見張りの男たちは廃屋の方へ暖を取りに行っているようだ。廃屋の窓の死角に入るように木々の間を移動し、小屋の裏手に回る。当たり前だが森は灯りひとつなく、真っ暗。この中をあてもなく歩くのは危険だ。

確かフォレストは、ギルティス王国へ連れて行くと言っていた。そして、そのギルティス王国はイースト地区と接する国。ということは、今はアーク王国の東部にいることになる。

ならば、迷う事はない。西へ向かえばいいのだ。星空を見上げ、星々の位置の導くままに、進むべき方向を定め、駆け出した。

しかし、数十分後……。

「っ……はっ…ぁ…」

走っていた足を止め、近くの木にもたれかかる。息切れだけではなく、軽い眩暈もする。この症状は先程のロメオと同じだった。ロメオに睡眠薬をかけた時、私も少し嗅いでしまったようだ。このままでは数キロと離れていない場所で眠ってしまい、私が逃げた事に気づいて追いかけてくるフォレストの部下に見つかってしまう。

ここで意識を失うわけにはいかない……。私は帰るんだから。そう強く言い聞かせ、ロメオから奪ってきた短剣を腕にあてがった。

国境線の攻防

　エレナが王城から消えた翌日の朝。国王直属の騎士団を加えた国王軍がイースト地区に接するギルティス王国との国境へ向かうべく馬を走らせていた。馬を走らせながらも、後ろに続く数十人の兵たちを一瞥し、心の中で舌打ちをする。それが無意識のうちに表に出ていたのか、左横で馬を走らせていたウィルが近づく。

「シルバ、どうしたんですか？」

「こんなにも軍を引き連れる必要があったか？」

　苛々しながら答えれば、ウィルは「すみません」とひと言添えてから口を開く。

「ギルティス王国との国境といっても広いですし、広範囲に布陣を引くのを考えての事です」

　こうものろのろと馬を走らせていては日が暮れる。引き連れる軍が多ければ多い程、速度は落ちる。しかし、ウィルの言う事にも一理ある。ギルティス王国との国境はイースト地区全体に及ぶ。フォレストがイースト地区のどこからギルティス王国へ逃亡を図るかが予測できないため、これほど多くの軍を従えて行かなければならなかった。

「フォレストがどこからギルティスに逃亡するか予想できないのか」

　焦燥感からそう口に出せば、同じく横で馬を走らせていたデュークが口を開く。

「ギルティス王国との国境付近は、狩りで使う小屋が広範囲で多くあるからな。フォレストたちが泊まった場所の特定はできないだろう」

イースト地区にあるギルティスとの国境付近は狩りには絶好の場所で、休憩所に使われる小屋が多くある。エレナがさらわれた時間からして、フォレストたちもイースト地区の何処かの小屋で一晩をすごしたのは確実。

「フォレストが以前に使った事のある小屋はないのか?」

「それらしき当てはありません。そもそもフォレストは狩りをしませんからね」

手掛かりはなしか……。そうなると、可能性はひとつ。

「国境を超えるとすれば、警備の行き届かない場所だろうな」

「警備の薄い場所ということは、土地構造が複雑なところということですね」

恐らくフォレストは警備の甘い場所を狙うだろう。すると、フォレストが逃亡を図ろうとしているルートがおのずと見えてくる。

「イースト地区北東部」

そう呟けば、賛同するように頷くウィルとデューク。考えている事は同じだろう。

アーク王国とギルティス王国は東部を側面として、北から南まで接している。そして、小屋があり、かつ土地構造が複雑なのは北東部しか考えられなかった。

あそこは切り立った崖や狩りの際に利用する目印も何もない場所だ。追っ手をまきたいと思うのなら北東部を狙うはずだが、これも俺の憶測でしかない。あてが外れればギルティスへの逃亡を許してしまう事になり、この広い森の中、仕切り直して、あてもなく探すのは無理がある。

行ってみるしかないか……。そう考え、北東部に進路変更した時、デュークが思い出したように口を開く。

「そういえば、俺が奴らの密会を目撃したのもイースト地区の北東方面だったな」

「ッ……それを早く言え！」

これで確信した。フォレストは北東方面からギルティスに向かう気だ。

「すまなかった……って、オイッ！　シルバッ！」

デュークの言葉を聞くや否や、馬の脇腹を強く蹴る。途端、馬が一気に加速する。後ろからデュークの制止の声が聞こえるが、速度を落とす事はしない。

「お前たちは後から来い！」

「ひとりで行くなど危険です！」

慌てて追いかけてきたウィルが、珍しく声を荒らげる。

確かに一国の王である俺が単身で行動することは危険だ。しかし……。

「お前たちを待っていては、奴らに国境を越えられる」

そして、国境を越えらてしまえば、エレナを取り戻すのはより難しくなる。どうしても国境を越えさせるわけにはいかなかった。ましてや、向こうの方が早くに中央区を出ている。こちらの動きに気づかれていないとしても、奴らが国境を越えるまでに間に合うか間に合わないかぐらいだろう。

そう思うと焦る気持ちに拍車がかかる。

エレナは必ず連れ戻す。それに……エレナが泣いている。そんな気がした。銀色の瞳に涙を溜めて、細い肩を震わせながら……。

不意にあの日の夜を思い出す。エレナの涙を初めて見たあの夜、心臓をわし掴みにされたかのように、胸が苦しくなり、目の前の存在を抱きしめたい衝動にかられた。

〝人の心を読む〟能力を持っているのに上手く立ち回る事が出来ず、世の中を上手く渡れないエレナ。今回の事だってそうだ。イザベラの言う事を鵜呑みにするなど、どこまで馬鹿正直なのだろう。その日初めて会った者の言葉を信じる奴があるか。

否、エレナは信じてしまうのだ。あの容姿とあの能力、そして十年間の監禁。親にまで捨てられ、人と接することのなかった十年。それはエレナに孤独を与えた。だからこそ、自分に接してくれる者は皆いい人だと思いこんでいる。

純真無垢で汚れを知らないエレナ。そんなエレナを見ていると、苛立たしくて、もどかしくて。けれど、目を離さずにはいられなかった。

今も恐怖に涙を流している姿を思い浮かべれば、ざわざわと胸のざわめきが治まらない。女の涙など煩わしいだけだという事を忘れるくらいに焦燥感を駆り立てられていた。

「シルバッ……待ってください！」

ハッ……とウィルの声に我に返る。後ろを振り向けば、既に開いている距離。まだ後を追いかけてきているようだが追いかけられるのも時間の問題だ。

「追いつき次第、ギルティスとの国境に布陣を敷いておけ。いいな？」

そう言い残して、再び前方を見る。万が一ほかのルートからの逃亡を図られれば、エレナを取り戻す可能性がゼロに等しくなる。だから出来るだけ軍を一カ所に集中させるのは避けたかった。

「待て、シルバ……クソッ……！」

暫く後ろにデュークがついて来ていたが、それさえ振り切って、イースト地区北東部を目指して、馬を加速させた。

イースト地区北東方面に馬を走らせて暫く経ったが、それらしき姿は見えない。

クソッ……予想が外れたか？

イースト地区北東部を目指すも、一向にフォレストたち反逆者の通った跡もない。もしかして、既に国境を越えたのか？　……いや、それはないな。

ここまで単身で来たため、だいぶ時間が短縮できた。もしもこのルートでギルティスへ向かっているのだとしたら既に追いついているはず。こちらではなかったのなら厄介だな。一旦戻ってほかのルートを探るか？

そう思っていた時だった。目の前からこちらへ近づいてくる人影が目に入る。全身をすっぽり覆うほどのローブと顔を隠すように覆われたフードを被って、ゆっくりと……というより、今にも倒れそうなほどふらつきながら、その者は歩いていた。ひとり歩いてくる様子からフォレストの一味ではなさそうだが、このような場所に馬も従えず歩いているとは怪しい。

「オイッ！　そこの者」

馬上から全身ローブに包まれた怪しい人物に声をかければ、ビクッと体を震わせる。しかし、なかなかこちらを見上げようとしない。

怪しいな……。

もう一度、声をかけようとした刹那……。その者はくるりと体を翻し、反対方向に走り出した。

「ッ……!?　オイ、待て！」

突然走り出した者を追って馬を走らせる。しかし、慌てる必要はなかった。走る、といってもそのスピードは遅く、馬を下りて走っても追いつく程の速度だ。フラフラと走る進行方向に、馬を走らせ先回りする。そして、目の前で馬から降りた。そして、じりじりと後退するその者の腕を掴み、捻り上げる。

「つッ……」

聞こえてきた小さな悲鳴は、明らかに女のもの。なぜこんな山奥に女ひとりで歩いているのだろうか……。

――バサッ。

そんな疑問も被っていたフードを取った瞬間、吹き飛んだ。はぎ取ったフードから零れ落ちたのは、朝焼けに照らされ、眩しいくらいに輝く銀色の髪。首元に見えた肌は透き通るように白い。そして、ダイヤモンドをはめ込んだかのように銀色の色彩を持つであろう瞳は今はギュッとつぶられた瞼に隠されている。目をつぶって何かに耐えるようにしている彼女を見て、拘束していた手が緩まる。

「エレ……ナ……？」

ポツリと呟くと、弾かれたようにパッと瞳を開いたエレナ。やっと見えた瞳はやはり銀色の瞳。零れ落ちそうなほど目を見開き、こちらを見つめる瞳はただただ驚愕していた。

あれ程欲して、探し求めた者。次に会った時には、色々と文句を言ってやるつもりだった。イザベラの口車に乗せられて、のこのこと敵陣営に自ら飛び込んだこと。王城から逃げ出す事は許さないと言ったにもかかわらず、突然消えたこと。

しかし、いざエレナを目の前にすると、そんな言葉はひとつも浮かんでこなかった。無意識に口にしたのは、安堵の声で呼ぶ彼女の名だった。

「エレナ」

拘束していた手を離し、エレナの白い頬にすべらせれば、見開いていた目を細め、銀色の瞳がじわじわと潤み始める。見ているこちらが切なくなる程に眉を寄せ、銀色の瞳に涙を溜めていく。溢れんばかりに涙を湛えた瞳を瞬かせエレナはか細く鳴くように俺の名を呼んだ。

「シル…バ……ッ」

小さく呟いた言葉とともに、溜まっていく涙が頬に溢れ伝う。溢れる涙を目にした瞬間、エレナの腕を引く自分を止める事は出来なかった。震える柔らかな体をあらん限りの力で抱き込めば、抵抗なく腕の中におさまるエレナ。最初は身を固くしていたが、すぐに抵抗は緩まり、みるみるうちにエレナの体から力が抜けた。

「ふっ……っく…シル…バッ……」

エレナはボロボロと涙を零しながら、俺の名を呼ぶ。必死にしがみつくエレナを包み込む。

エレナの涙を見るのはこれで二度目だ。そういえば一度目もこんな風に震えていたな。ちょうど今みたいに俺の衣服を掴んで離さず、小さく肩を震わせて涙を流していた。もう二度とあのような事はご免だと思ったにもかかわらず、またこのような事態を招いてしまった。

押し寄せる後悔をよそに、胸の内を占めたのは間違いなく安堵の気持ちだった。数分前まであんなにも苛々と気が立っていたというのに……エレナが俺の腕の中にある事で胸の内は穏やかに静まった。

「もう大丈夫だ」

気づけばそんな言葉を口にしていた。するとエレナの涙は更に酷くなり、俺はその震える背を包み込むように抱きしめた。

泣くだけ泣かせた後、落ち着きを取り戻したエレナから、王城から出た時に男からさらわれた事。さらったのは以前後宮に忍び込んだ男で、反逆者であり、それをまとめていた頭というのがフォレストだった事。そして、フォレストのみならず、ジェスまでもが裏切りを働いた事を聞いた。

フォレストはともかくジェスまでが反逆者の一味だったとはな……。薄々はそうではないかとは思っていたが。

ジェスを慕っていたエレナは相当な衝撃だったはずだ。あれほど気にかけていた存在のジェスに裏切られたなど、エレナにとってはショックだっただろう。

「よくその状況で逃げ出せたな」

周りはフォレストの部下だらけの状況。そんな中、両手足を拘束されたエレナがなぜこうして逃げてこられたかが不思議だった。

「……私はすぐに別の小屋に移されたんです。それで……」

一旦言葉を切るエレナ。眉を寄せ、何かに耐えるようにしてグッと言葉を詰まらせる。

「別の小屋に移された後、ロメオさんが小屋に入って来て、ふたりきりにされました」

「……フォレストの息子が?」

エレナがコクリと小さく頷く。忘れるはずもない、宴の夜。フォレストの息子はエレナに熱い視線を送っていた。

「それで?」

ギリッと唇を噛みしめながら、続くエレナの言葉を促す。

「それで……ロメオさんに押し倒されて……」

やはりな……。再びカタカタと肩を震わせながら口を開くエレナ。

「けど手の縄を解いてくれていたから、わたし……必死に抵抗して……っ。私をさらった男の人から奪った睡眠薬をロメオさんにかけて逃げ出してきました……」

「そうだったのか」

エレナにそんな行動力があったのには少し驚いた。

「フォレストはお前を探しているはずだ。王城に戻るぞ」

今はデュークやウィルと合流すべきだろう。そう思って、ひらりと馬に跨《またが》り、眼下のエレナに声をかけたのだが、エレナはその場から動こうとしない。伏し目がちにばつの悪そうな顔をするエレナは、オロオロと所在なさげに視線を揺らめかせる。

「どうした、早くしろ」

「は……い……」

馬上からエレナに向かって手を差し出せば、エレナはようやく右手を出した。そして、羽のように軽いエレナの体を引き上げ、俺の前に置く。

「落ちたくなかったら、掴まっていろ」

エレナが俺の服を掴んだのを確認してから、馬を走らせた。

追っ手はどれ程で追いつくだろうか……。エレナの話によると夜通し歩き続けたようだが、明かりもない真夜中、しかも女の足ではフォレストたちがいた小屋からそれ程離れていないだろう。追いつかれるのも時間の問題だな。

――トンッ。

不意にこちらへ重みがかかる。見下ろせば、エレナの頭が寄りかかっていた。

眠いのか……？　夜通し歩けば睡眠も欲するだろう。見るからに体力もなさそうだしな。

体から力が抜け、馬上から落ちそうになるエレナの体を元の位置へ戻そうとした時だった。ローブから零れ落ちた右腕を掴んだ瞬間、息を飲んだ。

熱い……。エレナの体温が異常に高かった。

馬を止め、エレナの顔を上に向かせれば、明らかに熱を持っている頬。元々肌が白いため、赤くなった頬は熱があるという事を訴えていた。

「エレナ！」

焦る気持ちが、声の強さになって表れる。呼びかけに応じて、うっすらと目を開くエレナ。トロンとした瞳は明らかに平常ではない。

「熱があるのか？」

その問いかけに、エレナは弱々しく首を振って否定する。こんなにも辛そうな顔をして、熱がないわけないだろ。

「嘘をつくな。辛いなら、辛いと言え」

熱がある事を確かめるため、首元へ手を伸ばそうとした時。エレナはギュッとローブを抱え込み、俺の手から逃げた。それは、ローブの下に見られたくないものでもあるかのような仕草だった。何か嫌な予感がして、エレナの右腕ごと掴んでローブをはがした。

――バサッ。

「ぁ……！」

小さく声を上げるエレナ。途端、目に入ったものに、息を飲む。

「ッ……なんだこれは……」

エレナが着ていた服は、血で赤く染まっていた。ザッとエレナの体に視線を這わせ、血の出所を探す。すると、左腕に何か鋭利なもので切りつけられた跡があった。

「これは、どうした」

左腕を掴みながら、エレナに問う。すると、もう言い逃れは出来ないと思ったのか、エレナは口を開く。

「ロメオさんにかけた睡眠薬を、私も少し嗅いでしまったみたいで……。逃げている時に眠ってしまいそうだったから、短剣で切ったんです……」

目を逸らしながら、そう呟くエレナ。その腰には左腕を切ったであろう短剣が添えられていた。見つけた時フラフラと歩いていたのは疲労からだと思っていた。馬に乗る時になかなか手を差し出さなかったのは、左腕を隠したかったからか。

クソッ……なぜ早く気づかなかった。心の中で舌打ちをしながら、馬を降りる。

「シルバ……？」

訝しげな声で馬から降りた俺を呼ぶエレナ。

「来い。手当てをする」

馬上のエレナに手を伸ばし、降りてくるよう促す。しかし、エレナは馬上から動こうとしなかった。

「こ、これくらい大丈夫。それより先を急がなきゃ……」

胸の前にグッと手を引き、降りないという意思を見せるエレナ。追っ手が来る事を恐れているのだろうが、何が大丈夫だ。追っ手の心配よりも自分の体の心配をしろというのだ。

「傷が化膿すると、熱が上がる。そうすれば移動するのも難しくなる」

傷は深くないものの、時間が経っている。このまま放っておけば、確実に悪化してしまうだろう。既に熱が出て、辛そうにしているというのに、このまま馬で移動するのはエレナの体に負担がかかりすぎる。

「け、けど……」

「エレナ」

渋るエレナの名を呼び、有無を言わせない視線を送る。

「来るんだ」

それが決定的な言葉となり、エレナはしぶしぶ手を差し出す。それさえも、もどかしく感じ、ゆっくりと伸びてくるエレナの右手を自分から取りに行く。

――グイッ。

「きゃっ……！」

小さく悲鳴を上げるエレナをしっかりと受け止め、横抱きにしたまま道の脇へ入っていく。

なぜか小さく「ごめんなさい……」と呟くエレナを抱きながら……。

五章
過去との対峙《たいじ》

大切な人

道を外れた森の中。シルバと合流してから小さな泉のほとりへ来ていた。馬をつなぎ、木陰に下ろされる。

「服を裂くぞ？」

シルバの言葉に緊張しながらコクリと頷く。

——ビリッビリッ。

器用に血のついた服を割いていくシルバ。それをただ茫然と見つめる。

これは……夢……？　シルバが本当に追って来てくれたなんて。

シルバと再会した時、息が止まりそうだった。

だって……来るわけないって。私なんかのために、一国の王であるシルバが動くはずないって。

私が自分の力で帰らなければ、また貴方に会う事は出来ないって思っていたから。

そう思ったら、溢れる涙を止められなくて。抱きしめてくれる腕の中があまりにも温かくて。背中に回された手に、涙を抑える事が出来なかった。

これは私自身が見せた、都合のいい夢なのではないかと不安になる。否、都合の良い夢なのだ。シルバが私を追って来てくれたのは、能力者としての私が必要だから。そしてイザベラさんが敵だと分かった今、再び私を〝能力者〟として引き戻そうとしているのだ。

そう。シルバは私が必要なんじゃない……。〝人の心を読む〟能力を持った私が必要なのだ。けれど、私にはもう能力はないの。貴方のために何ひとつ役に立てる事はないの。私は貴方の傍にいられる、たったひとつの資格を失ったのだから。

だからこそ、貴方が手を差し伸べてくれた時、私は迷った。その手を取っていいものかと。けれど、私に手を差し出してくれたその瞬間。小さく芽生えた欲に抗う事は出来なかった。

どんな形でも貴方の傍にいたい。気づいた時には、手を取っていた。苦しいくらいに胸を締め付ける後ろめたさを感じながら……。

「少し痛むが、我慢しろ」

シルバの声にハッと我に返る。私がひとり、ぼーっと考えている間にも、シルバは手際良く手当てを進めていた。シルバの手には濡れた布が握られている。

「だいじょ…ぶ…です……」

荒い呼吸でシルバの言葉に応えれば、眉を寄せて苦しそうな表情をするシルバ。思ったよりも熱が上がってきているみたい……。それは、きっとシルバの顔を見て、張り詰めていた糸が切れたみたいに緊張が解けたからだろう。今まで気にならなかった熱も、今はドクドクと鳴る心臓の音まで聞こえるほどに感じていた。シルバが血のこびり付く私の左腕にそっと手を添えた時。

痛む左腕も、熱で苦しい呼吸も、その瞬間だけは忘れられた。険しい顔をしながらも、手当をするシルバに目を奪われる。傷の周りの血を丁寧に拭い終わった後、濡れた布が傷に触れる。

「つっ……！」

ビリッと走った痛みに小さく声を上げれば、途端に止まるシルバの手。我慢しろと言ったのに、手はちゃんと止めてくれる。

「痛むか？」

一瞬……痛みも忘れるほど驚いた。そして、眉を寄せて、労るような言葉をかけるシルバに、困惑した。けれど、胸はキュッと甘い痛みで締め付けられる。

能力を失った私の事なんて助ける価値もないのに。私がもう貴方にとってなんの価値もない人間になってしまった事実を、貴方は知らない。そして私は能力を失った事を伝えたくなかった。

貴方に嘘をついてでも傍にいたいと思う、卑怯な私を許してください。

誰に向けるでもない、しいて言うならば、全てを見通している神へ許しを求めた。

「痛むのなら乾いた布でもいい、血を拭って塞がないと傷口から菌が入るぞ」

「痛く……ないです…っ……」

否定の言葉とともに流れ落ちる涙。痛むのは傷ではなく、心だから。

「ふっ。ごめ……っ……なさい……。でも…本当に痛くない……の……っ」

シルバの目には、左腕の傷の痛みで泣いている私が映っているだろう。これ以上迷惑をかけたくなくて伝えた言葉も、ボロボロと零れる涙のせいで説得力に欠ける。

追っ手がいつ来るかもわからないのに、私のせいで足止めされている。さらに傷の手当てまでしてもらっている。それがとても嬉しくて、とても辛くて、とても申し訳ない。そんな、いろんな感情が一気に押し寄せた。

溢れる涙を拭こうと、右手を上げようとした時だった。

シルバの大きな手が私の頬を包む。涙を拭うために上げられた右手は途中で止まった。

「泣くな……」

眉を寄せ、苦しそうな表情をするシルバが口にした言葉に目を見開く。

「お前に泣かれると、俺はどうしていいのか分からない……」

そっと涙を拭う手がとても温かくて、涙が溢れた。

大きくて、温かな手。熱を分け与えてくれるかのように優しく触れる。その手には覚えがあった。

宴の夜、私が意識を失っている時に感じたあの手。あれはシルバの手だったのね……。

シルバが私を救ってくれた。深い闇に囚われそうになっていた私を。

「ふっ…っく……」

気づいてしまったらさらに溢れてくる涙。シルバは〝泣くな〟と言っているのに。煩わしいと思われていたとしても、この涙は簡単に止まってくれない。

「ごめ…っ…なさ……っ」

――グイッ。

怪我をしていない方の右腕を引かれ、シルバの胸の中へ飛び込む。続く謝罪の言葉はふわりと包まれた腕の中で消えた。

「シルバ……？」

驚きの声を上げ、上を向こうとすれば……。

「涙がおさまるまで、こうしていろ」

後ろ髪に片方の手を差し入れられ、頭をシルバの胸へ押しつけられる。そして、もう一方の手で背中を撫でられる。

ドキドキと早鐘を打つ心臓がうるさい。

今日のシルバは本当にどうしたというのだろうか……。

そう思いながらも、その腕を払う事は出来なかった。トクンットクンッと一定のリズムを刻むシルバの心音。それを聞いていると、いつしか涙も治まっていた。

「落ち着いたか？」

シルバの問いにコクンとひとつ頷く。

後宮から連れ去られそうになった時もこんな風に背中を撫でられて……いつだって貴方は私を助けてくれていた。それなのに、私はシルバに何もしてあげられない。それがたまらなく苦しくて、もどかしい。漠然とした不安が怖くて、いつまでもこの温かい腕の中にいたいと思ったけれど。シルバは否応なく距離を取る。

「続けるぞ？」

その問いに再び頷く。私が承諾したのを確認して、シルバは再び傷の手当てに戻った。再び濡れた布が傷口にあてられる。

「つっ……」

先程同様、濡れた布は傷にしみたが、今度は声を上げないよう我慢した。その間もシルバは手際良く傷の手当てを済ませる。

――キュッ。

ありあわせの布で傷口を塞げば、手当ては終了。シルバの手際の良さに驚いたのと、あっという間に終わってしまったひと時を寂しく思った。

「シルバ……」

短剣をしまっていたシルバに声をかけると、シルバがこちらへ振り向く。自分から呼びかけたくせに、紅の瞳と目が合ったことに、心臓が跳ねる。鋭く光る紅の瞳に先程の意思も揺らぎそうになるが、シルバが手当てをしてくれた左腕を大切に胸に抱え、意を決して口を開く。

「あの……ありがとうございました」

感謝の言葉を口にすると、目の前の紅の瞳が見開かれる。しかし、それも一瞬の事で、すぐにいつもの鋭さを持った瞳に戻った。

「気にするな。それよりも……」

――フワッ。

自分が羽織っていたマントを脱ぎ、私の体に巻きつけるシルバ。そして、次の瞬間には体がふわりと浮く。

「まだ睡眠薬が体に残っているのだろう？　王城に戻るまで、眠っていろ」

そう言って、シルバは私を抱えて馬をつないでいる場所まで歩き出す。

夜通し歩き、体はもうくたくた。鉛のように重い体は睡眠を欲していた。

けれど……眠れるわけがない……。

シルバがこんなにも近くにいて。いつかは能力を失った事を知られてしまうだろう。そうなれば、どんなに隠したって、もうこんな時間は二度と訪れないかもしれないから。王城に帰れば、私は王城から追い出される。だから……シルバが優しく接してくれる今この瞬間を心に刻んでおきたい。

あの馬までの距離がもっとあればいいのに。この時間が永遠に続けばいいのに。そんな、どうしようもない考えに囚われる。そして、馬まであと数歩というところで、シルバの足が止まる。不思議に思ってシルバを見上げれば、先程とは打って変って険しい表情をしていた。眼光鋭く紅の瞳が見つめるのは、森の中。どうしたのだろうか……。シルバの視線の先を追うように森に視線を移すと、シルバが森に向かって叫ぶ。

「隠れていないで出てこい！」

暫くしてガサガサと木の葉を揺らす音を立てて、木々の影から出てきた者たちに息を飲んで驚いた。出て来たのは黒いマントを羽織って、フードを深くかぶった者たちで、私とシルバはあっという間に囲まれた。背後は泉。逃げ場はなかった。

シルバは私をゆっくりと地面に下ろし、その者たちを見据える。

「お前たち……何者だ？」

「貴方の忠実なる家臣ですよ」

森の中から愉しそうに答えた声に反応したシルバが、その方向に睨むような視線を向ける。

「お久しぶりでございます、シルバ様」

「フォレスト……」

フォレストの登場にシルバは驚いた風もなく、ただじっとその動向を目で追う。隣には当然のごとくロメオとジェスがいる。フォレストはシルバの横に立つ私に視線を向けると、フッと笑い口を開く。

「エレナ様。いけませんな……。我が息子を誑《たぶら》かしてお逃げになるとは」

「まさか、一服盛られるとは思いませんでした」

ロメオのニヤリと笑う表情に、ビクッと体が震え逃げ腰になる。襲われた時の記憶が蘇り、逃げるようにして後ずさりすれば、シルバの強い腕に引き寄せられる。たどり着いたシルバの胸の中から顔を見上げると、笑みを浮かべたシルバがフォレストを見据えていた。

「親子そろって、女ひとりに逃げられるとは笑い者だな」

圧倒的に不利な立場にいるというのに、シルバは嘲笑をフォレスト親子に向ける。それを受けとったフォレストたちは、ピクリと表情を歪ませた。

「私はもう、その女には用はないのですがね」

——ドキッ。

心臓が嫌な音を立てる。フォレストは私が能力を使えなくなった事を知っている。〝もう用はない〟という言葉に隠された意味を、シルバに悟られるのではないかと思うと怖い。まだ、シルバには知られたくない。

「ロメオがどうしてもというので探しに来たのですが、思わぬ収穫がありました」

願いが通じたのか、話は別の方向に変えられたようで、安堵する。

「まさかアーク王国の国王であらせられるシルバ様が、おひとりでこのようなところにおられるとは……」

恰好の獲物を見つけたかのようにニヤニヤと笑うフォレスト。対するシルバもこの状況に怯む素振りはまったく見せず、口元に獰猛な笑みを浮かべた。

「ほう……それは奇遇だな。俺も中央区から遠く離れたこのイースト地区でお前に会えるとは思わなかったぞ」

もうお互いの目的や策略はばれているだろうに、まるでこの掛け合いを楽しむかのように話すふたり。

「そんなに兵士を引き連れてどこへ行く。旅行にしては少々護衛が多すぎやしないか？」

口では面白そうに、しかし、鋭く睨むような視線がフォレストを貫く。

「少し遠出をするだけですよ。すぐに戻ってきます」

「ギルティスの兵士を連れてか？」

上機嫌に話していたフォレストの笑い声がピタリと止まる。フォレストは暫くの沈黙の後、ククッと腹の底からわき出るような笑みを零した。

「そこまでお気づきでしたか……さすがはシルバ様です」

自分の企みが明るみに出たというのに、愉快に笑うフォレスト。それはきっとこの圧倒的に優位な状況が後押ししているのだろう。しかし、それはシルバも変わらなかった。

「自分の立場が危うくなると、すぐに逃げ出すのは相変わらずだな。その逃げ足の速さだけは称賛に値する」

相手を見下すかのような態度と物言に、フォレストの片眉がピクリと動いた。シルバはそれを知ってか知らずか、続けざまにフォレストに向かって煽《あお》るように言う。

「前王アイザックスの討伐の時も、側近のお前は一番に尻尾を巻いて逃げ出していたな」

私の知らない過去の話。シルバがアイザックス王からこの国を奪った時、私は監禁されていた。

「今度は部下のイザベラやブレイムの配下を置いて、国外逃亡か？」

「フッ……イザベラなど捨て駒ですよ。ブレイムも所詮、金を集めるためだけの組織。なんの未練もない」

シルバの挑発にまだ冷静な姿勢で臨むフォレスト。今まで己のしてきた所業をひとつひとつ認め始める。ブレイムという組織は初めて聞く。けれど確実に表向きの組織でない事は分かった。

「用が済んだら捨てる。お前の考えそうなことだ」

吐き捨てるような物言いに、シルバが、フォレストに対して、心からの嫌悪を感じている様子が伺える。しかし、フォレストは一寸たりとも気にしていない様子。まるで、それがどうしたと言わんばかりの顔つきだ。

「金も集めた。必要な部下も連れている。……あとは、エレナ様だけなのですが」

粘着質な視線がこちらへ向く。

「ロメオがエレナ様を是非妻に迎えたいと言ってましてね」

もうあんな思いはしたくない。ロメオが触れた感覚が今でも残っている。抑えつける力。耳元で囁かれる声。ねっとりと体を這う舌。思い起こしただけでゾクッと震えに襲われる。ロメオの妻になるというならいっそ……。一瞬、負の感情に囚われそうになったが、それは引き寄せられる力でかき消えた。

「生憎エレナにそんな気はないらしい」

相手を見下すかのような笑みを口元に浮かべるシルバ。そして、フォレストとロメオに見せつけるかのように私を抱き寄せる。

「エレナは俺のものだ」

シルバの言葉に心臓が跳ねバクバクと暴れ出す。今までコレやアレと言われてモノみたいに扱われていたのに……なんで今になって名前を呼ぶの？　誤解してしまう。違うのに。シルバは本気で言っているんじゃない。これはフォレストのペースを乱すための演技よ。勘違いしちゃ駄目……。

「この状況で、よくそんな事が言えるものだ」

案の定怪しくなるフォレストの表情。シルバの作戦は成功したようだ。

「いつもいつもお前は俺をその見下した目で見ていた。先々代の王の息子にもかかわらず、生かしてやっていたのは誰だ？」

フォレストは顔を真っ赤にして、悔しさを込めた視線をシルバに向ける。対するシルバは落ち着いた様子で口を開いた。

「俺がいつ生かして欲しいと言った？　いつお前らに命乞いをした？　当時、幼い俺を懐柔しようと躍起になっていたが、子供ひとりに敵わぬとは昔から支配者としての素質がなかったとみえる」

「黙れッ！」

フォレストの怒鳴り声に、その場にいたシルバ以外のすべての者がざわつく。フォレストは私に怒鳴った時よりも怒りに震えているようだった。

「フッ……やっと本性を現わしたか」

表面には見せないけれど、こちらも静かな怒りを湛えたシルバが笑みを浮かべる。

煽りすぎではないかと思ったが、シルバにとってフォレストは両親の仇《かたき》みたいなもの。その本人を目の前にすれば、怒りを抑えることなんて出来ないのだろう。

「ここには俺とお前の部下しかいない。言いたい事を言ってみろ」

どこまでも上からモノを言うシルバに、フォレストの何かが音を立てて切れた。

「お前さえ……お前さえいなければ、私が次期国王の座に着けたのだ！」

怒りで震え、完全に取り乱すフォレスト。

「なんのために私がアイザックス王についていたと思っている！　国王になるためだ！」

忠誠心の欠片もない。主への冒瀆《ぼうとく》。それを躊躇いなく言葉にする者に国王は務まるのだろうか？

「アイザックス王へ、どれだけ金を献上しどれだけ尽くしたことか……」

この人の価値観は、お金と王位だけ。お金で買った王位など、脆くて、薄い。きっとここにいる人たちもお金で雇われている。私はフォレストの過去は知らないけれど、そんな事は今の会話から容易に想像できた。

「主に媚を売ることでしか己の地位を築けないお前が国王だと？　笑わせるな！」

シルバがこんなにも怒りを露わにするのは初めてかもしれない。

「お前が支配する国など先には〝滅び〟しかない。ギルティスに助けを求めている時点でお前に国王としての度量がない事は明らか」

紅の瞳と険しく寄せている眉のせいで、いつも怒っている印象のシルバだったけれど、思い起こしてみれば〝本気〟で怒っている姿はあまり見ていないような気がする。いつも私が怒っていると誤解していただけ。それは、シルバの不器用な優しさを知ったから分かることかもしれない。

それに比べて、今のシルバは明らかに怒りを露わにしている。いつものように笑みを浮かべるでもなく、皮肉を口にするわけでもない。フォレストに向ける瞳は真っ直ぐで、その言葉には国王としての威厳があった。

「そもそもお前は、国王として何をする？　民を想い、平等で平和な国を築くか？　否、お前がそんな国を築けるわけがない。アイザックスへの賄賂に使った金はどこから出た？　俺に謀反を起こすためにどこから金を巻き上げた？」

一気にまくしたてるように話すシルバ。

「黙れ……」

わなわなと震えるフォレストは静かに口を開く。しかし、シルバはフォレストの様子に気づいているのかいないのか、気にした様子もなく続ける。

「国王とは国民の目線に立って物を考え、政を行い、常に正しく国を治める者でなければならない。汚い金でしか人を支配できず、国民を苦しめ、自分に協力的な貴族だけを優遇する者に国王は務まらない」

シルバの言葉は私の胸を打ち、心を震わせた。

ニーナたちがシルバを慕う気持ちが今ははっきりと理解できた。私たちは皆、貧困や絶望の中から導いてくれる光を求めている。私たちにとって、シルバはその光なんだ。誰よりも強く、誰よりも高い志を持って私たちを導いてくれる光。シルバが若くしてこの大国を治め、人々に慕われているのは、シルバが誰よりも国民の事を考え、国の未来を思っているからだった。

「フォレスト、お前にこの国の王は務まらない」

シルバがフォレストに向けて告げた言葉には挑発的なものはなく、憐れみに似た感情が含まれていた。シルバの言葉に圧倒されていたフォレストはハッと我に返りあらん限りの力で叫ぶ。

「黙れッ！」

大きな声で叫んだフォレストは、怒りを抑えるように肩で息をする。

「シルバ様……貴方はこの状況を理解していないようだ」

顔を真っ赤にして、こめかみに青筋を立てながらフォレストはゆっくり話す。私たちの目の前には囲むようにして連なるフォレストの部下たち。そして背後には泉。この状況は誰がどう見ても私たちに不利だ。

「十分理解しているつもりだが？」

そう言って、シルバは私を自分の背後へ移動させる。

「この人数に勝てるとでも思っているのか？」

そうよ……いくらシルバでもひとりでこんな人数相手に敵うわけない。シルバの大きな背中を見つめながら不安で心臓が押しつぶされそうになる。

シルバが傷つくのは見たくない。これ以上、フォレストを煽るような事はやめて。そう願ってシルバの服をキュッ…と握るも……。

「見たところ、ごろつきの寄せ集めだろう。素人がいくら集まろうと負ける気はしないな」

スッと剣を抜きその切っ先をフォレストに向けるシルバ。シルバの動きにフォレストの部下たちは慌てて剣に手を添えた。

「その態度も今のうちだ」

そう言ってフォレストは右手を上げる。その合図に応えるようにして剣を抜く部下たち。朝の静かな泉に張り詰めた緊張が走る。

駄目……このままじゃシルバが……。最悪の結末が頭をよぎる。いくらシルバでも、この人数を相手にするには無理がある。この状況を打開するにはどうすればいいかは分かっていた。

「待ってください！」

突然声を上げた私に、そこにいる者全ての視線が集まる。シルバも私の方を振り返り、驚いた表情をしている。

「私が貴方たちと一緒に行けば、もうこの国には関わらないでくれますか？」

これがシルバのために出来るたったひとつの事だった。幸い私にはもう人の心を読む能力がなく、フォレストたちにも証明している。フォレストとともにギルティスへ行ったとしても、アークを脅かすような事はない。

「いいでしょう。エレナ様が私たちとともにギルティス王国へ行くというのなら、アークにもその男にも手出ししません。ロメオ、それでいいな？」

「ええ、私はエレナ様が手に入ればそれでいいです」

フォレストは快諾し、ロメオはニヤリとあの嫌な笑みを浮かべ答える。

「ではエレナ様、こちらへ」

フォレストの言葉に意を決して一歩踏み出した時だった。シルバの横をすり抜けて行こうとしたその時。

「待て」

明らかに怒りを湛えたシルバの声が私を呼び止める。引き止められるように掴まれた右腕が力強く、それだけで涙が溢れそうだった。

「アークにはシルバが必要だから。こうするのが一番いいんです」

勘違いをしてしまいそうだけど、シルバは私の力が敵国のものになってしまう事を案じているだけ。それなら今は込み上げる涙を抑えて伝えるしかない。俯いていた顔を上げ、シルバの方を振り返って微笑む。

「私がギルティスへ行っても、シルバには迷惑をかけません。私を信じて？」

シルバは一瞬目を見開き、そしてギリッと奥歯を噛みしめるように顔を歪ませた。

「……お前はどうなる」

「え……？」

ひとり言のように小さく響くシルバの声に、思わず声を上げる。

「お前はそれでいいのか？」

まさか私の意思を聞かれると思っておらず、シルバの瞳を見つめたまま立ち尽くす。

「だって……そうするのが一番……」

「どうするのが一番いいと聞いているわけではない。俺はお前の気持ちを聞いているんだ」

真っ直ぐ鋭い紅の瞳に見つめられ、心臓がドクンと音を立てて鳴る。

私の気持ちを聞いてくれるの？　この淡い想いを口にしてもいいの？

「っ……わたし……」

　声が掠れ、ひと筋の涙が頬を伝う。

　フォレストの方へ向かおうとしていた足は地面に張り付いたように動かず、シルバに掴まれた右腕はダラリと力が抜けていた。

「それがお前の想いだな？」

　シルバの問いにボロボロと涙を流しながら頷いた。途端、グイッと右腕が引かれ、力の抜けていた私は再びシルバの背後に戻された。そしてシルバはフォレストに向かって口を開く。

「そういう事だ、フォレスト。エレナは連れて帰る」

「シルバ…でもっ……」

　シルバの前に出ようとするも、右手を掴まれたままで動けない。その力は強く、まったく揺るがない。

「お前は黙っていろ。もう連れて帰ると決めた」

　その言葉に、抵抗しようともがいていた体がピタリと止まる。

「それに、あの男は王位を狙っているんだ。俺がひとりのこのチャンスを逃すわけがない。そうだろう？」

　シルバの問いに、ククッというフォレストの含み笑いが耳に入る。

「純粋なエレナ様は騙せると思ったんですけどね」

　私はフォレストの言葉にショックを受けて黙り込んだ。フォレストに交換条件を持ちかけた私が間違いだったのだろうか。私は交渉材料としてさえシルバの役には立てないんだ。

「エレナを手に入れるチャンスだったが、残念だったな」

「いいえ、結果は同じですよ。貴方を倒してエレナ様を奪えばいい」

お互いに火花を散らし合う両者。緊迫する雰囲気を肌で感じた部下たちは緊張した様子で剣を構えた。

「エレナ、離れていろ」

シルバは前を見据えたまま、後ろ手で私を自分から遠ざける。離れていく背に漠然とした不安が押し寄せ、咄嗟にシルバの服を掴んだ。嫌な予感がする。このまま離れてしまえば、シルバと一生離れ離れになるような……。シルバは驚いた様子でこちらを振り返るが、すぐに前を見据えて剣を構える。

「大丈夫だ、奴らはお前に手出しはしない」

そうじゃない。私が心配しているのは自分の身じゃない。貴方なの……。そう言いかけた言葉はシルバの言葉によって遮られる。

「いいから、離れていろ」

本当はシルバの傍から離れたくはなかった。けれど、きっと私がこのままここにいれば、シルバは私をかばいながら剣を交えることになる。そうなれば当然、私が足手まといになる事は目に見えている。何も出来ない無力さを感じながら、後ろへと下がるしかなかった。

シルバの服を握っていた手を離し、数メートル離れた泉のそばギリギリのところで止まる。改めて見てもシルバは圧倒的に不利だった。正面にはフォレスト、ロメオ、ジェスが立ち、フォレストの部下がそれを囲むようにして立っていた。それぞれが、ジリッと地面を踏みしめ、シルバとの間合いを取りながら剣を構える。対するシルバはその場から一歩も動く事なく、フォレストだけを見据えていた。

無茶をしないで……。

シルバの背を見つめながら、願う。そして、その時は来た。

「かかれッ！」

フォレストのひと声で一斉にシルバの方へ向かってくる部下たち。剣を振り上げシルバに襲いかかる光景は腰が引けるほど怖かった。シルバが傷つくところを見たくなくて、目を逸らしたい衝動にかられたが、不安が拭いきれず、シルバから目を離せなかった。

――キーンッ……ガンッ。

剣と剣が激しくぶつかり合う光景を必死に目で追う。

シルバはというと無駄のない綺麗な動き。卓越した剣さばき。驚異的な反射神経で、向かってくる敵をひとりひとり着実に倒していく。しかし、相手が大人数となるとピンチもあり、ひとりの剣がシルバの頭上に降り上げられる。思わずギュッと目を瞑ったが、空を切って地面に突き刺さる音が耳に入った。シルバはサッと剣をかわし、男の脇腹に剣を突き刺していた。

――ドクンッ…ドクンッ。

一瞬たりとも目が離せない戦いに、心臓が異常なほど鳴り響く。シルバを失うのではないかという恐怖心に胸が張り裂けそうだった。頭の中ではシルバが血を流して倒れる映像がちらつき、思わずギュッと目を閉じる。だから、気づかなかった。私に忍び寄る影があったことに……。

俯いて、ギュッと目を閉じていたら、ふとすぐ横に気配を感じた。そっと目を開くと、そこにはいつの間にかジェスが立っていた。

「ッ……ジェス！」

今は私の知っているジェスじゃない……。

ジェスは無言で私の左腕を掴み、強い力で引き寄せる。

「きゃっ……！」

怪我をしている左腕を握られた力の強さと、突然腕を引かれた衝撃に小さな声を上げる。

「エレナッ！」

フォレストの部下と交戦していたシルバが、こちらに向かって叫ぶ。そして、シルバの注意がこちらに逸れた瞬間を狙った部下たちは、それを好機とばかりに一斉に切りかかった。

「くッ……」

これには、さすがのシルバも応戦出来ず、かわそうとしたギリギリのところで、剣が頬をかすめた。漆黒の髪が何本か空に舞い、頬に血が伝う。

「っ……シルバッ！」

自分の声とは思えないほど大きく響く声。ジェスの腕でもがくように暴れながら、シルバの名を呼んだ。

「っ……暴れるな！」

ジェスの声は耳に届いていたけれど、呼びかけに応えないシルバに焦りは強まるばかり。敵は避けたシルバを追うように、続けざまに剣を振り上げてくる。

いや……やめてッ！

「シルバッ！」

お願い……避けてっ……。

その願いが届いたのか、シルバは切りかかってきた男の剣を下から振り上げ、弾き飛ばした。

「……大丈夫だ。そこでじっとしていろ。すぐ行く」

頬に流れる血を拭いながら、こちらを振り返って、短くそう言うシルバ。呼吸は乱れているが致命的な怪我がなくほっとする。

不意をつかれない限り、シルバなら大丈夫。まるで暗示のように自分に言い聞かせた。

あれ……？

ふと、目の前の光景に違和感を覚える。シルバと剣を交えている者。そして、地面に倒れている者。やっぱり、ひとり…足りない……？

全身黒ずくめで、一見すると気付かないけれど。昨日小屋にいた人数よりもひとり少なかった。

記憶を頼りに、辺りを見渡す。すると、ある一点に目が止まった。森の中、シルバの死角になっている木の陰に隠れるフォレストの部下。その隣にはロメオもいた。ロメオはニヤリとあの嫌な笑みを浮かべながら、部下に何やら指示をしている様子。あんなところで何を……。

訝しげに思って見ていれば、部下が黒いマントの下から弓を取り出した。次に矢を取り出し、矢尻をロメオの持っていた壺のようなものにつける。そして、ゆっくりと構え弓をしならせる。

「えっ……！」

ロメオたちの視線の先には、フォレストの部下と交戦するシルバの姿。

っ……まさか……！

ドクッ…ドクッ…と心臓が再び嫌な音を立てて鳴り響く。あの矢は間違いなくシルバを狙っている。そう思った瞬間、体は迷いなく動いた。腰に下げていた短剣を抜き、鞘《さや》に納めたまま思いっきりジェスの手に振りおろす。

「ツッ……あっ…オイッ！」

ガツッ…と鈍い音とともに拘束していたジェスの手が緩む。反抗されるとは思わなかったのだろうか、ジェスの拘束はそれ程強くなかった。その隙を狙いスルリとジェスの手から抜け出し、シルバの元へと一直線に走る。

「エレナッ！」

後ろから大きく叫ぶジェス。少し焦っているようにも聞こえるのは、私の気のせいだろうか……。しかし、足は止まることなくシルバの元へ向かう。

シルバはジェスの声に反応し、バッとこちらを振り返る。焦った表情に少し喜ぶ自分がいた。私の事を気にしてくれていた。私はそれだけでいい……。

チラリと視界の端に映ったロメオたちを見ると、弓を大きくしならせ、狙いを定めている。

お願いっ……間に合って……！

「エレナッ……止めろッ！」

ジェスの声が再び聞こえた。

「シルバッ！」

悲鳴にも似た声で叫ぶ私に、その場にいた者たちの視線が集まる。一瞬、皆の動きが止まったけれど、しなった弓から放たれた矢は止まらなかった。

紅の瞳を見開き、驚くシルバにふわりと抱きついた瞬間……。

――ドンッ。

「ううっ……！」

背中に感じる衝撃。勢いよく放たれた矢は私の背に突き刺さった。シンッと静まり返る。今まで剣を交えていた部下、私を拘束していたジェス、そしてフォレストまでもが驚きに目を見開いていた。そして――。

「エ…レナ……」

私の名を呼ぶ掠れた声。背中に回された手が震えていると感じたのは、私の気のせいだろうか。呼ばれるままに顔を上げれば、驚いたような、困惑しているシルバの顔。それがなんだか可笑しくて。けれど、シルバが無事な事に心から安堵する。

「よかっ……間に…あっ…て……」

――ガクッ。

言い終えた瞬間、膝から崩れ落ちた。咄嗟にシルバが支え、私を抱え引き戻す。シルバの肩口に頭を寄せれば、心なしか強い力で抱きしめられる。そして、シルバは声を絞り出すように口を開いた。

「なぜだッ……なぜこんな事をした！」

なぜ……？

ぼーっとする頭で考える。そんなの決まってる……。

「あ…なた……が……」

貴方が大切だから。私の命よりも大切な人だから……。言葉が続かなかったのは、意識が朦朧としていたからか。それとも、自分の気持ちを打ち明けるのが怖かったからか……。

最後まで伝える事なく、シルバの腕の中で意識を失った。耳元で私の名を叫ぶシルバの声を聞きながら。

蘇る過去――

『シルバッ！』

ぶつかり合う剣の音と、人々の声が入り混じる喧騒の中、それは真っ直ぐ俺に届いた。悲鳴に似た呼び声に振り向くと、目の前にエレナがいて、まるで包むように腕に抱きしめられた。そして、次の瞬間。

――ドンッ。

エレナの体越しに、大きな衝撃を受けた。自分でもらしくないと思ったが、一瞬何が起きたのか理解できなかった。敵もが唖然と目を見開き、小さく漏れた苦痛の声が耳に届くほど、シンと静まり返る。そして、深々とエレナの背に刺さった矢がまざまざと現実を訴えていた。

「エレ…ナ……」

掠れた声で名を呼び、震える手で小さな背中に手を添えれば、エレナの背に刺さった矢に行きあたる。確かに刺さっているソレに焦りは現実のものとなった。

「よかっ……間に…あっ…て……」

そう言って、ふわりと微笑むエレナにハッと息を飲む。心臓が止まるかと思った。

ニーナの前で見せる笑顔でもない。ウィルやデュークに見せる笑顔でもない。そこには今まで見た事ないエレナの笑顔があった。儚《はかな》げで、けれど大輪の花が咲くような美しさを湛えた笑顔。それを捉えた瞬間に感じたのはまぎれもない〝喜び〟そして同時に感じた〝苛立ち〟。

なぜ……。

完全に体から力の抜けたエレナを支え、強く抱きしめ、喜びよりも勝っていた苛立ちの、感じるままに口を開く。

「なぜだ……なぜこんな事をした！」

意識の混濁するエレナに声を荒らげる。エレナが俺を庇う理由などどこにもない筈だ。するとエレナは僅かに口を動かして言葉をつなぐ。

「あ…なた……が………」

続くエレナの言葉を待つが、途切れた言葉は続く事はなかった。

コトンと、体を預けるようにして頭を俺の肩口に埋めたまま、ピクリとも動かなくなった。途端、不安にかられ体を離せば、エレナは固く瞳を閉じ、綺麗な眉を寄せて苦しそうにしている。顔色は真っ青で、指先から伝わる体温はみるみるうちに低くなっていく。

「エレナッ！」

強く名を呼んでも、眉を僅かに寄せただけで、目を開こうとはしない。くにゃりと力が抜けるエレナの体を地面に下ろし、ザッとエレナの様子を見る。

俺を背中でかばったエレナに、深々と刺さっている矢。右肩の裏辺りに刺さった矢は急所から外れていたためか、出血の量も少ない。といっても矢が深く刺さっているのだ、普通なら痛みで悲鳴を上げるほどだろう。それにも関わらずエレナは痛がるそぶりも見せず、ただ眉を寄せ、ぐったりとして動かない。

吐き出される息が荒いのは腕の傷が原因ではない事は明らかだった。なんにしても、早く矢を抜かなければ傷口が塞がってしまう。しかし、そんな時間は与えられるはずもなかった。

「今だ！　奴を殺《や》れッ！」

フォレストの嬉々とした声が静寂を破る。その声に我に返ったように剣を構え直す部下たち。

「けれど、父上…エレナ様が……」

血相を変えて駆け寄ってきたロメオがフォレストにすがる。森の中から部下を引き連れて出てきたところを見ると、矢を放ったのはコイツらだろう。

「アレは捨て置け。もっといい女を用意してやる」

うるさい……。

「私は、エレナ様でなければならないのです！」

黙れ……。

耳障りな口論を聞きつつ、ゆっくりとエレナを地面に横たえる。冷たくなってゆく体に着ていたマントを巻き付けて、スッと立ち上がれば周りを囲むフォレストの部下が立ち澱《よど》む。

「う、動くなッ！」

近からず遠からず、剣を構えて一定の距離を保っていた部下たちが一歩引きながらそう叫ぶ。

そこにはエレナに矢を放ったであろう奴もいた。

「覚悟は出来ているんだろうな……」

唸るように出た言葉は恐ろしく低く響いた。周囲からゴクリと唾を飲み込む音が聞こえる。

「そ、それはこちらの台詞ですぞ、シルバ様」

先程まで余裕を見せていたフォレストも、心なしか焦っていた。

「黙れ」

溢れんばかりの激情を瞳に湛え、フォレストを睨みつける。

「お前たち……生きてこの場から逃げおおせると思うなよ」

一歩一歩、フォレストへ向けて歩き出す。

「っ……待て！」

待てと言うならば、かかってくればいい。しかし、部下たちは剣を構えているばかりで、かかってはこない。ギロリと睨めば、うっ……とたじろぐ。

そんな中、ひとりの男が狙いを定めたのは……俺の後ろで地面に横たわるエレナ。チラッと横目でエレナを視界に入れたところを逃さなかった。

「っ……うぉぉぉッ……！」

――ザシュッ。

自分を奮い立たせるために雄たけびを上げながら脇を抜けようとした男に容赦なく剣を振るう。

「ぐはっ……！」

男が苦痛の声を上げ、ドスンと鈍い音を立てながら地面に倒れる。周囲の者たちはただ茫然とその光景を見ていた。地面に倒れた仲間と俺を見て、額に汗を滲ませる者たち。驚きと恐怖の入り混じった視線が集中する。倒れて動かなくなった男から顔を上げ、剣にまとわりついた血を払う。

「次に斬られたいのはどいつだ？」

冷たく低く……そして、毅然《きぜん》と相手を見据えて言い放つ。すると、剣を構えて固まったままだった男たちが動いた。

「うぉぉぉ……っ！」

先程の男と同様、雄たけびを上げながら襲いかかって来る。それはまるで追いつめられた獲物。最後のあがきとばかりに見せる一瞬の抵抗のようなもの。滅茶苦茶に振り回される剣はまるで正確さがなく、そんな奴らがいくらかかってこようと、敵ではなかった。

——キーンッ。

——ザシュッ。

向かってくる男たちを次々に倒す。そして、最後のひとり、エレナに矢を放ったであろう男を見据える。ひっ……と小さく悲鳴を上げる男。ぜぇぜぇと吐く呼吸は陸《おか》に上がった魚のようだった。切り倒した男たちを背に、血がこびり付いた剣を男へ向ければ、あ…うっ…と言葉にならない声を上げて、剣を構えたまま後ずさる。そして、次の瞬間、バッと体を翻し、反対方向へ駆けだした。

逃がすかっ……！　お前だけは……。

素早く腰元に添えていた短剣を抜き、男の背に向かって投げた。

――ザシュッ。

男は「ぐはっ」……と断末魔の叫びを上げながら、フォレストの目の前で息絶えた。

その光景を驚愕のまなざしで見守っていたのは、ジェス。恐怖に顔を引きつらせたロメオ。そして、額に汗を滲ませて悔しそうな表情をするフォレストだけだった。

「残ったのは、お前たちだけだぞ」

口元に獰猛な笑みを浮かべて、ゆっくりとフォレストとロメオの元へ歩いて行く。

「ジェス！　私たちを守れ！」

その声にハッと我に返り走って来たジェスが俺とフォレスト親子の間に割り込んできた。

「邪魔だ……どけ」

まるで覇気のない視線でこちらを見据えるジェスを睨む。そのスカイブルーの瞳にちらつく迷い。剣の切っ先はこちらに向いていたが、まるで殺気が感じられなかった。

戦意のない者に剣は振るわない主義だが、今まで何食わぬ顔でエレナを騙し続け、平然と裏切ったこいつを目の前にして湧き立つ怒りを抑える術はない。

「いいぞ、ジェス。そのままそいつの足止めをしろ」

つい数十分前までは余裕の表情をしていたフォレストも、今は額に汗を浮かべて顔を引きつらせている。追いつめられたフォレストがとった行動は部下を盾にして逃げる事だった。ロメオを引き連れ向かったのは、馬がつながれている場所。

つくづく落ちた奴だ……。フォレストだけは逃がすものか。

フォレスト親子の後を追い、動こうとした時。

「待てッ！　ここから先は行かせない」

剣を構えたジェスが立ちふさがった。

「ならば、俺を止めるんだな」

そう言って俺は、フォレストに向かって走り出した。

真っ直ぐジェスの方向へ走りながら剣を横に構える。そして、降りかかってくるジェスの剣に自分の剣をぶつけた。

――キーン。

まるで力の入っていなかったジェスの剣はいとも簡単に弾け、空に舞った。俺の横をすり抜ける時に視界に映ったジェスは、何かを諦めたような、悔しそうな表情をしていた。それに焦ったフォレストは、怒りにまかせて怒鳴り声を上げる。

「ジェス！　何をしているッ！　私を裏切る気かッ!?」

その声に、俺の後ろにいるはずのジェスの反応はなく、再び切りつけてくる気配もない。何より、クソッ……と舌打ちをしたフォレストの表情を見ていれば、振り返って確認するまでもなかった。

フォレストとロメオはジェスがもう戦う気がないと分かるや否や、馬に向けて一目散に走って行く。途中、森の斜面に足を取られながらも、必死に走るフォレストたち。視線の先には、木につながれた馬が映る。

このままでは取り逃がす……。

考えがよぎった瞬間、体は反射的に動いた。走るフォレストたちの背を追いながら、落ちていた太い木の棒を取り、馬に足をかけようとしているフォレストめがけて思い切り投げた。空を切った音とともに棒が飛んで行く。

　――ガツッ。

　投げた棒は見事、馬の足へ直撃した。瞬間、馬は突然の衝撃に嗚き声を上げながら、前足を上げて胴体を反らせる。

「ッ…クソッ……ぐはッ！」

「父上ッ！」

　フォレストは手綱を操るが、興奮した馬を抑える事は出来ず、ドンッという鈍い音を立てて地面に振り落とされた。

「これで、逃げ場はなくなったぞ」

　ロメオがフォレストを抱き起したと同時に、剣を突きつける。背中から地面にたたきつけられたフォレストは痛みに顔を歪ませながら、こちらを仰ぎ見る。

「よくもッ……くッ……」

　怒りにまかせた言葉は喉元に押し付けた剣によって途切れた。

「よくも……なんだ？」

　冷ややかな声が口から零れる。

「俺がお前を逃がすわけがないだろう、フォレスト。国家に仇《あだ》なし、市民から金を巻き上げ……あろうことか、敵国に逃亡を図ろうとしているお前を」

　獰猛な笑みを浮かべ見下ろすのは、ずっと欲してきた反逆者という名の獲物。

「死をもって償う覚悟は出来ているか？」

地を這うような声でフォレストたちを見下ろす。喉元に当てた剣で、皮膚の表面を切る。ツーッと流れ落ちる血に一瞬で顔を真っ青にするフォレスト。ロメオはフォレストを支えたまま、怯えた表情で固まっている。

〝冷酷で冷徹な国王〟。いつしか一部の者にはそう呼ばれるようになっていた。肯定も否定もしてこなかったが……今ならば、噂通りである事を認めよう。コイツらを目の前に、怒りを抑えられないくらい、己を制御出来なかった。グッとフォレストの喉元にあてた剣に力を入れると……。

「ま、待て！」

小さく悲鳴を上げたフォレストが、後ずさりながらそう言う。

「分かった！　私が悪かった」

悪かった……？　イースト地区再興の阻害と混乱。そして、王位を奪おうと反乱を企んでいた事をたったひと言で済ませようというのか？　剣を握る手が怒りで震える。

「もう王位を奪おうなどという反乱は起こさない。ブレイムも解散する」

「それで俺がお前を許すとでも？」

必死に取り繕うフォレストを軽蔑のまなざしで見下ろす。

お前は俺のものを欲しすぎた……金と王位、そして……。

「金は返す。そうだ！　あの女の代わりも探す。だから命だけは……」

フォレストの言葉にピクッと反応する。

「エレナの代わり……だと？」

声が酷く掠れる。

「そうです。あの女は陛下には相応しくありません」

明らかに俺の顔色が変わった事に気づかないフォレスト。そればかりか不利な形勢を持ち直したいとばかりに口を開く。

「特別容姿が美しいでもなく、ニコリとも笑わない女など……。アレは強情そうな女でしょう」

ニタリと粘着質な笑みを浮かべたフォレスト。ギリッと奥歯を強く噛みしめ、怒りで顔を歪ませるが、目の前の男の口は減らない。

「私がアレよりも容姿端麗で、家柄も高貴な者をご用意致します。必ずや陛下の目に適う者を探し……」

「黙れっ！」

自分の中で何かが音を立ててキレたような気がした。

「エレナの代わりなどいない！」

フォレストの、まるで既にエレナの存在がいないものと言わんばかりの言葉に声を荒らげる。

この世に人の心を読めるのがエレナだけだからか？　大金をかけて買ったからか？　銀色の瞳と銀色の髪が珍しかったからか？　その答えを出す事でさえ苛立ちを伴い、目の前でのうのうと生きおおせている存在に、体の奥底からふつふつと怒りがわく。

「へ、陛下がご所望なら、あの女と同じ容姿の女をご用意します！」

フォレストの言葉にカッと頭に血が上る。

「お前はここで朽ち果てろ」

激情にのままに剣を振り上げ、瞳に侮辱の色をのせて見下ろせば、ガタガタと震えるフォレストとロメオ。

「死ね」

冷酷な言葉を浴びせるとともに剣を振り下ろそうとした時。

「シルバッ！」

耳に入った声にピタリと空で剣が止まる。声のする方へ視線を向ければ、数人の部下を引き連れて馬を走らせてくるデュークが視界に入った。

あっという間に距離を詰め、目の前でひらりと馬から降りるデューク。こちらへ近寄って来るデュークにはいつもの茶化すような笑みはなく、固い表情をしていた。

「邪魔をするな、デューク」

苛立たしげに吐き捨てる。常人なら震えあがるところだが、デュークは冷静に口を開く。

「お前、今何をしようとしていた」

眉間に皺を寄せ、落ち着き払った声で口を開いた。いつもはあしらうことなど造作もないが、今日は酷く苛立つ。

「うるさいっ！　お前は黙っていろ！」

漸く追いつめた獲物を前に、邪魔をされたことに苛立ちの声をあげた。そして、怯えるフォレストたちに向け、再び剣を振り上げる。

「シルバッ！　止めろ！」

今度は声を荒らげたデュークによって腕を掴まれる。

「なぜ止める……っ！」

　この時の俺は完全に我を失っていた。冷静な判断力など欠片もなく、ただ、フォレストの息の根を止める事だけが頭を支配していた。

「落ちつけ！　ブレイムの配下と反逆者の全てを洗い出すために、コイツはまだ必要だ」

「そんなもの、頭であるコイツを殺れば済む事だ」

　デュークに腕を掴まれたまま、ギラギラと殺気を放つ瞳で、目の前の獲物を睨みつける。

「待てと言っているだろうがっ！」

　もはやフォレストを殺ることしか頭にない俺を、デュークが一喝する。

「確かに頭である者を殺れば、その組織は壊滅状態になる。だが、それは統率された組織だったらの話だ」

　デュークは腰の抜けたフォレストたちを見据え、苛立たしげに眉間に皺を寄せた。

「こいつらの組織はどうだ？　こんな、小物が組織の頭だったんだぞ？　こいつひとりを殺ったって、反逆者どもは必ず再編化する。そうなれば同じ事の繰り返しだ！」

　デュークの言葉にギリッと唇を噛みしめながら、衝動に耐える。剣を掴んだ手は力を込めすぎて白くなっていた。

　そんなことは、分かっている。これは、一国の国王として許されざる行動だという事を。国に仇なした者を個人の感情だけでどうこうして良い問題ではない事を。立場が許さない事は、百も承知だった。

「今は耐えるんだ」

「だがコイツは、エレナを……っ！」

腕を掴むデュークの顔すら見ずに、目の前のフォレストを鋭く睨む。

「エレナ？」

横からデュークの訝しげな声が上がる。そして、デュークの視線が泉の方へ向いたかと思えば。

「っ……何があったんだ？」

泉のほとりで倒れているエレナを見ただろうデュークが小さく息を飲んだ後に、説明を求めた。

「俺をかばって、コイツらの部下にやられた……」

「なんだと!?」

デュークの焦燥感の混じった声に、更に苛立ちは増す。それは、目の前のフォレストたちにではなく。ましてや、デュークにでもなく、まぎれもない俺自身に対してだった。

「とにかく、エレナの治療が先だ。コイツらは王城に連れ帰る。いいな？」

有無を言わせないデュークの問いに、グッと言葉を詰まらせる。

「ギルティスがどう関わっているのかも聞き出さなければならない。このアーク王国の国王としての自覚があるならここは引くんだ」

そう言って、デュークは掴んでいた腕を離した。そして、未だ剣を構える俺に見張りをつけ、救護班とともにエレナの方へ向かった。

息の根も止めてやりたい程の男と、国王としての責務。比べるまでもないふたつを天秤にかける。体と心はこの男の息の根を止めてやりたいが、デュークの言葉がそれにストップをかけ、俺の体を動かさない。剣を構えたまま、フォレストを無言で睨んだ後。

「クソッ……！」

――ガツッ。

振り上げていた剣を、地面に振り下ろした。目の前に振り下ろされた剣に、フォレストとロメオはヒッ……と小さく悲鳴を上げた後、腰が抜けたように後ろへ倒れる。

結局、国王としての理性が勝った。一向に消えない憤りをおさえていると、地面に転がる、なんの変哲もないただの壺のような入れ物が目に入った。ロメオの横に転がっていることから、奴の所有物である事は確かだ。このような状況でなければ、それも気にならなかった。しかし、何か嫌な予感がした……。ロメオの衣服から転がり落ちたそれから、目が離せない。頭をよぎった不吉な考えに、息を飲む。

「まさか……っ」

ドクッと心臓が嫌な音を立てて鳴る。あんなにも怒りで我を忘れていたというのに、今は冷水を浴びせられたように言葉が出ない。ロメオの横に転がっているソレに、スッと手を伸ばせば、ヒッと小さな悲鳴を上げ、体を震わせるロメオ。それを無視して、僅かに震える手で壺を拾い上げる。ふわりと香ってきた匂いが届いた瞬間。

「クソッ……！」

嫌な予感は当たった。壺を拾い上げた時に香った匂い。それは毒の匂いだった。

「貴様っ……これをあの矢に仕込んだな？」

殺さんばかりの視線で、ロメオを睨む。

エレナのあの状態。矢が背中に突き刺さったにも関わらず、痛がりもせずに苦しい表情を浮かべ、動悸が激しく、吐く息が熱を持っていた。

「どうなんだッ！」

ガタガタと震えるロメオに声を張り上げる。

「エ、エレナ様に当てる気は……」

「そんなことを聞いているんじゃない！」

言い訳がましいロメオの言葉に苛立ちは最高潮に達する。

「エレナを打った矢に、これを仕込んだかと聞いているんだッ！」

朝の静けさの中、冷たい空気を振動させるように叫べば……。

――コクリ。

震えながら頷くロメオに頭にカッと血が上るのを感じ……ロメオの左頬を力の限り殴った。

「カハッ……！」

「ロメオ！」

地面に倒れるロメオに呼び掛けるフォレストを振り返る事もなく、エレナの倒れている泉へ走り出していた。

マズイ。矢が刺さってからどれほど時間が経った？　なぜもっと早くに気づかなかったのか……。

心を占めるのはそんな後悔ばかりだった。

森の斜面を一気に下り降りれば、泉のほとりではデュークと救護班がエレナを囲んでいた。

「どけッ！」

周囲で見守っていた部下たちをかき分け、エレナが倒れているところへたどり着く。視界に入ったエレナは未だ矢が刺さったまま、苦しそうに息をしていた。その表情は数分前に見た時よりも青ざめているように見えた。

「エレナの様子がおかしい」

救護班の脇に控えるデュークがこちらを捉え、珍しく焦った様子で声を上げる。

「矢に毒が仕込まれていた」

「っ……毒だと!?」

それでか……と舌打ち交じりに呟くデューク。

「まずはこの矢を抜く事が先決だ」

そう言ってエレナの体を抱き起した時。

指先から伝わったエレナの体温に言葉を失った。先程よりも、明らかに低い体温。眉を寄せ、口をキュッと結んでいる顔は青白く、元々白い肌がさらに色を失っていた。その様子はまるで……。

ドクンッドクンッ……と鳴る心臓。

あまりにもあの光景と似すぎていた。思い起こされる過去の記憶。そう、あれは両親が殺された日。俺を庇って目の前で切り殺された母。流れ出る血が地面に広がり、糸の切れた人形のように地面に投げ出された肢体。数分前まで温かかった体はとても冷たくて。一定のリズムで刻んでいた心音はしだいに弱々しくなる。固く閉じた瞳は再び開く事はなかった。

今のエレナの様子は、母の死に直面した時によく似ていて……。

——ドクンッ。

エレナが……死ぬ……？

頭をよぎった考えに、心臓が大きく跳ねた。ギュッと心臓をわし掴みされるような圧迫感で上手く呼吸が出来ない。

「エレナ……」

掠れた声で無意識に名を呼ぶ。しかし、エレナはピクリとも反応しない。

「エレナ……目を開けろ！」

焦燥感で胸が押しつぶされそうな感覚が襲った。それは、まぎれもない恐怖。

恐怖などいつ以来だろうか。両親を亡くした時は恐怖や悲しみよりも、憎しみの方が勝っていて。その時は両親を殺した反逆者どもに復讐する事しか考えていなかった。返り血を浴びるのも構わず、目の前の反逆者を殺す事しか……。

だが今は、明らかに恐怖が支配している。エレナを失うかもしれないという恐怖に。

なぜだ……？　エレナの能力が惜しいからか？　いや……違う。事の黒幕であるフォレストはもう捕まった。反逆者を暴きだした今、エレナの力はもう必要ないはずだ。

「エレナッ！」

デュークと部下たちの唖然とした様子など気にも留めず、俺はエレナの名を呼び続ける。ピクリとも反応しないエレナにこんなにも焦燥感が募る。どんどん冷たくなっていく体を震える己の手が示すのはなんだ。答えは出ているようなものだった。

最初は特殊な能力をもつ女。ウィルやデュークのように俺に物怖じせずに正面から向かってくる珍しい女だと思っていた。反逆者探しのほかにいい暇つぶしが出来た。ただそれくらいにしか思っていなかった。しかし、逃げようと思えば逃げる事が出来、能力を使いたくないと思えば使わないい事も出来た。にもかかわらず、他人のために力を使い続けるエレナに苛立ちを感じた。

なぜ、他人のためにそこまで尽くすのか。なぜそこまで純粋に人を信じる事が出来るのか。

人には必ず裏がある。先々代の国王である父をいとも簡単に裏切ったアイザックスのように。エレナを裏切ったジェスのように。

しかし、エレナはそれをしなかった。純粋で、真っ直ぐで人を疑う事を知らない。そんなエレナを見ていると、その純粋さを汚したくなった。人間の汚い部分を多く見てきた俺は、信じられなかったんだ。エレナの黒い部分を暴き出したい。純粋な顔など仮面だと、そう思っていた。

けれど、エレナはどこまでも清く、純粋だった。

イザベラを疑いもせずに信じた事。そして、ジェスに裏切られた今も恐らくジェスを微塵も恨んではいない事は、ジェスの拘束から逃れる時に使ったであろう短剣が鞘に納まったままだったという事が示している。そんなエレナを見ていると、どうしようもなく苛立ち、どうしようもなく心がかき乱されるのを感じた。

気づけば、目がエレナを追い、心を占めるのはエレナの事ばかり。エレナに想われるジェスが憎く。エレナに微笑みかけられるデュークに嫉妬した。俺はいつの間にか惹かれていたのだ。

孤独と裏切りの世界にありながら、一点の曇りなく光り輝く〝白銀の女神〟に。

皮肉にも、エレナの死に直面して、自分の想いに気づこうとしている。いや……気づくなど今更だ。心をかき乱されている時点で、気づいていたはずだ。だが、それでも自分の想いを認めなかったのは国王としての立場があったから。父と母の死をきっかけとして、大切な者を傍に置く怖さを知った。国王であった父の妃として、当然のように殺された母。父もそれを分かっていたからこそ母を逃がしたのだろうが、願いも虚しく、母の命は一瞬のうちに散った。

国王である今なら唯一の者を傍に置く怖さが分かる。エレナを正室ではなく、妾にしたのは心の奥底にそれがあったからでもある。唯一の存在をつくらず、距離を置く。それで大切な者を守れると思っていた。

だが結果はどうだ？　妾として距離を置いたつもりが、自分から近づき。エレナを守るどころか、巻き込んでいる。俺はエレナを守ることすらできないのか？

「エレナ！」

もうあの銀色の瞳が開かれる事はないのではないか。最後に見せたあの笑顔を二度と見る事が出来ないのではないか。そう思うと、息苦しいほどの焦りを感じる。

「目を開けろッ！」

「シルバ、落ち着くんだ」

デュークが俺の肩に手を置く。

「エレナは必ず助かる」

力強い言葉とともに、真っ直ぐな漆黒の瞳がこちらを見据える。その真摯な瞳に我に返った。そして、デュークの言葉にゆっくりと頷く。

エレナ……お前を必ず助ける……。

「まずはその矢を抜くぞ。救護班！」

デュークの呼びかけに反応した救護班は、慌てて携帯用の治療箱を開く。中には薄い布、包帯、消毒液の入った瓶などの必要最低限の治療用具が入っていた。

「俺がやる」

　そう言って、エレナを正面から抱き直し、頭を左肩に乗せ、左手で腰を固定する。エレナの服を首元から矢が刺さっている背中の中央まで短剣で裂くと、周りで見ていた者たちの顔が歪んだ。背中に刺さった矢は、矢尻が見えないほどに深く刺さっていた。

「痛むぞ……」

　呼び声にも反応がなかったというのに、エレナの耳元でそう囁き……エレナの背に刺さった矢に手を伸ばす。

　――ズッ。

「うっ……」というエレナの小さな呻き声とともに、矢は抜けた。痛がってうめいた小さな声に、弱々しくも確かに心音を刻むその様子に安堵する。エレナは、まだ生きている……。

　エレナを抱え直し、傷口に口を寄せて出来る限り毒の入りこんだ血を吸って吐き出した。そして、溢れ出る血を素早く抑え、消毒した後に包帯で傷を覆った。これで傷の化膿は抑えられるだろう。しかし、エレナの顔色は依然として悪いままだった。

「解毒薬はないのか？」

「我々が持っているのは最低限の治療用具だけです。しかも多くの種類の毒がありますので、毒に効く解毒薬の種類もそれだけ多くあります。それを携帯して動くのは難しいのです。王城に帰ればなんとかなるのですが……」

　デュークの問いかけに、救護班のひとりが申し訳なさそうに目を伏せた。

「王城まで戻っている時間はないいな」

苦々しくそう言うデューク。ここはギルティスとの国境に接した地区。王城へ戻るのには時間がかかる。それに、この状態のけがで王城まで耐えられるかも不安だった。

どうする？　冷静になった頭で考える。矢尻の大きさや面積から、矢に仕込んであった毒の量は微量だ。にもかかわらず、エレナのダメージは大きい。という事はあの毒は相当に強力なものだったのか。

そこまで推察したところで、ある事に気づく。

「毒を持っていたのなら、解毒薬もあるはずだ」

ひとり言のようにポツリ呟けば、デュークが賛同するように声を上げる。

「それだ！　どいつが毒を持っていたんだ？」

「ロメオだ」

デュークはロメオの名を聞くやいなや、フォレストたちの方へ駆け出した。

強力な毒を扱う時ほど、解毒薬も持ち歩くものだ。誤って自分に取りこんでしまった、もしもの時のために。特に自分の身が可愛くてしょうがないアイツらなら、解毒薬を持っている可能性も高いだろう。そうこうしているうちにデュークが帰ってきた。

「シルバ、あったぞ！」

その手には、筒状の小瓶に入った解毒薬が握られていた。

「これの持ち主は、白目をむいて伸びていたが……」

殺していないだろうな？　という疑いの目線がこちらに向く。

「殺してはいない。それよりも早く解毒剤を寄越せ」

呆れ顔のデュークから、解毒薬を奪うようにして取る。筒状の小瓶の中には薄紫色の液体が入っていた。これを本当に飲ませてよいものか一瞬悩んだが、悠長に検討している余地はなかった。肩に乗せていたエレナの頭を支えながら横抱きにする。眉を寄せて苦しそうにする表情。血色の悪くなった肌。こうして見るととても儚げに見える。

死ぬな、エレナ……。

今にも消えてなくなりそうなエレナの姿に眉を寄せた後……解毒薬を一気に口に含む。そして、弱々しい息を繰り返すエレナの唇を覆った。初めての口づけはとても冷たく、苦々しい味だった。

コクンッとエレナの喉が鳴り、解毒薬を飲んだのを確認して、唇を離す。そして、再びエレナの背中に腕を回した。

未だ冷たい体に体温を分け与えるように、強く抱きしめ、じっと待つ。周りで見守るデュークや部下たちも固唾を飲んで見守っている。すると……。

――トクンットクンッ。

弱々しかった心音が一定のリズムを刻み出した。顔を覗けば、白かった頬は僅かに赤みが差し始める。それを確認し、ほっと息をつく。張り詰めた緊張が一気に解けた瞬間だった。デュークや部下たちの表情も、思わずホッとした顔つきになる。

しかし、依然として危険な状態だということに変わりはない。容態が回復し始めているエレナの体を抱え立ち上がる。

「王城へ戻るぞ！」

「はっ！」

声をそろえて応える部下たち。王城に戻って、医師に見せるまで安心はできない。必ず助ける……。そう胸に誓いながらエレナを連れて王城へ戻った。

過去の清算

フォレストが捕らえられてから一週間が経った。深夜、しんと静まり返る執務室で報告書に、サインをする音が響く。

あれからフォレストを中心とした反逆者はほぼ捕らえられ、ブレイムの組織も壊滅に追いやった。数だけで成り立っていた組織を潰すのは他愛ない。居場所さえ分かれば後は捕らえるだけ。その居場所は今や牢獄行きとなったフォレストが喋った。国王の座につくという野望が破られた今、生気の抜け切った表情でデュークとウィルの尋問に答えているという。

そうして、フォレストの吐いた反逆者の残存員は順調に捕らえられていった。現王位についた際に貴族の降格処分を取っていたためか、奴らの抵抗は微々たるもので、結束力もなかった反逆者たちは一週間のうちにほぼ牢獄行きとなった。ブレイムの組織もまたフォレストを使って偽の情報をまき、幹部を検挙した。

ジェスとロメオはというと自分たちの犯した罪をただ淡々と喋り、認めている。特にジェスは、主であるフォレストへの忠誠心などなかったように組織の情報を話した。

——バサッ。

時計の針がてっぺんを指したのを確認して、今まで見ていた書類を机に置く。立ち上がり、執務室を出て向かったのは後宮だ。

そっと扉を開けば、シンと静まり返っている。その中でもひと際目を引くベッドにエレナは横たわっていた。なんの変化もないその光景に眉を寄せながらも、エレナの眠るベッドへ近づく。

——ギシッ。

大きくベッドが軋み、揺れるも、エレナは固く目を閉じたまま。エレナは一週間経った今も未だ目を覚ましていない。医師によれば生きているだけでも奇跡だという。ロメオがあの矢に仕込んだ毒はやはり強力だったようで……体内に入れば、普通は数十分と経たず死に至る猛毒だったらしい。

けれど、それでもエレナが命を取り留めたのは、解毒薬があったからこそ。あれがなければ、今エレナはこの世にはいなかった。それを思うと、ぞっとする。

そして、意外にもエレナの命を繋ぎ止めていたのが睡眠薬だった。医師によると睡眠薬が、毒の進行を遅らせていたらしい。腕の傷の化膿による熱も下がり、背中の傷も改めて手当てをした。すぐに血色も良くなり、回復の兆しを見せたのだが、エレナは未だ眠りから覚めない。

「こうしていると、ただ眠っているようだな」

銀色の髪をベッドに散らし、規則正しい呼吸を繰り返すエレナ。その姿は本当にただ眠りについているだけのように見え、今にも目を開き起きるのではないかと思わせる程、安らかな眠りだった。けれど、エレナは深い眠りについたまま一度も目を開く事はない。もう体から毒は抜け切ったというのに。

「クソッ……なぜだ……」

どうしようもなくもどかしく、自分の非力さに苛立つ。この一週間エレナが目を覚まさない焦燥感から、俺は仕事に没頭した。それこそ、忙しさで紛らわすように。

だが、こうしていつも帰る場所は後宮であり、エレナのところだ。昼間は忙しさで気持ちが紛れても、こうしてここに帰って来る度に頭はエレナの事で占められる。

そして、後悔する。今までの自分の愚かさを……。

後宮に侵入者が入った時からエレナが狙われていた事は分かっていたはずだ。そして、その時にエレナを手放さなければ、このような事態にはなっていなかったかもしれない。奴らの狙いがエレナの能力だと早く気づいていればこういう事にはならなかった。

あの時、イースト地区の暴動が起こった時、エレナも連れて行くべきだった。

そうすれば、きっと……。きっと、なんだ？　守り切れていたか？

あの時の俺は奴らの狙いがエレナだという事に気づいていなかった。国王の座が狙いだと思っていた俺にエレナを守り切れたか？

断言はできない。俺はこのアーク王国の国王だ。国王として民を守る義務がある。国を再興するという責務がある。そんな中、暴動の起こるイースト地区にエレナを連れていって、守り切れたという保証はない。

ならば、俺とエレナの出逢いから間違っていたのか？　俺がエレナの能力に目をつけなければ、エレナという存在を知らなければ、エレナは傷つかなかったかもしれない。

けれど……出逢ってしまった。知ってしまった、守りたいと思う愛おしさを。

もう自分の気持ちを偽るつもりはない。そして、エレナを手放す気もない。国王である俺の傍にいる事でどのような危険が待っているのかは分かっている。俺を恨む者には狙われ、命を脅かされる事もある。またこのような事態を招かないとも言えない。だがそれでもエレナを求める気持ちは変わらない。それどころか増すばかりだ。今度こそ守り抜く。だから……。

「早く目を覚ませ」

エレナの頬に手をすべらせ、願う。そして、今日もエレナの眠る静かな後宮で夜をすごした。


翌日。執務室ではいつもの光景が広がっていた。

「陛下、反逆者一派の検挙報告書をお持ちいたしました」

「あぁ、そこに置いておけ」

連日、次々と報告書を持ってくる家臣。今では入れ替わり立ち替わり訪問する家臣たちに声だけ向けていた。

——パタン。

家臣が出て行った事を確認して、机に置かれた報告書を取り上げる。この日もまた反逆者の残存員を捕らえたとの報告が相次いで入っていた。フォレストと一体となって動いていた幹部らしき者たちは早々に捕らえたのだが、組織の末端まで捕らえるのはなかなか難しい。机の上で両手を組み、頭を乗せて深い溜息をついていると、コンコンと扉を叩く音がした。

「入れ」

「失礼します」

という声に続いて現れたのは、両手に多くの資料を抱えたウィルだった。

「これ追加です……って、なんですか、その顔は！」

ウィル自分の頭よりも多く積まれた書類から顔を覗かせ、俺の顔を見るなりそう言った。

「なんだとは？」

「昨日よりも顔色が悪いです！　あれほど、夜は寝てくださいと言ったのに」

ウィルの小言に、無言の抵抗を示す。このやり取りも何度目になるだろうか、ウィルは眉をひそめて俺を睨む。

エレナを王宮に連れ帰った日から今日まで、俺はろくに眠らない日々を送っていた。後宮のベッドにはエレナひとりを寝かせているため、ウィルは俺に別室を用意させたが、一度も使っていない。今にもエレナが目を覚ますのではないかと思うと、後宮から離れられなくなるのだ。

日中ならばニーナがいるが、夜もというわけにはいかない。だからと言って、ほかの者をエレナの看病につける気にもなれず。結局は俺が毎夜後宮に足を運んでは、後宮で仕事の続きをしている。

それが、目ざといウィルにはお見通しだったようで、顔を合わせればこうしてお馴染の台詞を吐く。

「だからそんなに目つきが悪いんです。家臣たちに泣きつかれるのは僕なんですからね！」

しかも、ネチネチとした小言つきだ。

「分かっている。それで用はなんだ？」

「本当に分かっているんでしょうね？」

　ムッとするウィルに「あぁ」と短く答える。

　すると、ウィルは深い溜息をついた後、お手上げだとばかりに肩を落とす。

「エレナさんが心配なのは分かりますけど、シルバもちゃんと休んでくださいよ？　エレナさんの力は借りないと決めたんでしょう？」

「……あぁ」

　ウィルの言葉にピクッと反応を見せた後、渋々返事をする。

「なら、いいんです」

　そう言って、ニッコリと満面の笑みを作るウィル。

「それで、僕がここに来た理由ですが……」

　そう切り出したウィルは、打って変わって真面目な顔つきで話し始める。

「フォレストの処分についてです。ブレイムは組織もろとも壊滅しましたし、反逆者たちもまだ残存員はいるものの、脅威になり得る程の者たちではありません」

「そうだな」

　素っ気なく答えれば、我慢できなくなったウィルが口を開く。

「そろそろフォレストの処分を決めてもよいのでは？」

「フォレストは地下牢か？」

「いいえ。別室でデュークが尋問をしています」

　会話の流れを無視した問いに、別段気にした風もなくウィルは答える。

「そうか、ならばフォレストの元へ行こう」

そう言って、立ち上がる。

執務室を出て、ウィルに連れられるままに、尋問が行われている部屋へ向かう。フォレストを捕らえて八日目。本来ならば即日処分を下してよいほどの罪を重ねたフォレストの処分を決めなかったのは、フォレストから反逆者の情報を聞きだすためだ。しかし、ウィルの言う通りその役目も終わりつつある。

処分か……。エレナが矢に倒れた時は、すぐにでも切り殺してやりたいと思っていたが……。

「着きました」

頭に浮かんだ考えは、ウィルの言葉によって途切れる。いつの間にか尋問が行われている部屋の前に着いていた。

――キィー。

部屋の扉を押し、入ると、部屋の中央に両手両足を椅子に縛り付けられたフォレストがおり、その正面に腕を組んだデュークが立っていた。

「シルバ!?」

こちらに気づいたデュークの声に一斉に皆の視線が集まり、驚きに目を見開く。

それもそうだろう。俺がフォレストの前に顔を出すのは八日ぶり。あれ以来、フォレストはおろかジェスやロメオの前にも顔を出していなかった。フォレストとデュークがレストの顔を見ると、尋問という目的さえ忘れて殺気が湧いてくるためだった。しかし今は、皆の視線につられてこちらに視線を向けたフォレストの顔を見ても、苛立ちはすれど、殺気はわかなかった。ただ無言でフォレストとデュークがいる部屋の中央へ足を進める。拘束されたフォレストを見れば、バツが悪そうに視線を逸らす。

「尋問は順調か？」

「あぁ、ペラペラと喋ってくれるので、こちらはやりがいがない」

まるでつまらないというように両手を上げ、溜息をつくデューク。相手を挑発しているとも取れる態度は今に始まった事ではない。

「やっと、コイツの処分を決める気になったか？」

デュークが親指でフォレストを指す。

「あぁ」

「そうか。一生牢獄行きか、離島に幽閉か」

面白そうにフォレストの刑を並べていくデューク。

「それとも……」

一旦そこで区切り、フッと不気味なほどに綺麗な笑みを作り……。

「死刑」

謳《うた》うように、そう呟いた声は部屋中に響いた。ゾクリとする闇を湛えた声は、フォレストならず部下たちにまで震えをもたらす。クツクツと笑うデュークに反応したのは、渦中の本人だった。

「殺せ……」

俯いたまま耐えがたい苦痛を湛え、声を絞り出すようにしてボソッと呟くフォレスト。

「なんだと？」

「殺せ……と言っているんだ！」

案の定、感情に任せて声を荒らげるフォレスト。こちらに視線を合わせ、吐き捨てるように叫んだ言葉は数日前に俺が欲していた言葉だった。

「それがお前の望みか？」

返した言葉は酷く落ちついた声だった。

「あぁ、お前もそれを望んでいたのだろう？　好きにしろ」

もはやどうにもならない事が分かったのか、今では俺を〝お前〟呼ばわりをするフォレストは諦めたようにそう言う。

投げやりともとれるその言葉。ついこの間までこの男を殺そうとしていた自分の所業は棚に上げて、その言葉に苛立ちを感じる。

今この時も、必死に生きようともがいているエレナを想うと、我慢ならなかった。

「そうか、お前は死を望むか……」

静かに口を開く。

「ならば、お前は殺さない」

俺の言葉にザワッと空気が震える。息を飲んで驚くフォレストと、部下たちは唖然として俺を見ていた。デュークとウィルだけは表情を変えず、ただ黙って事の次第を見守っている。

「っ……なぜだっ！」

痺れを切らしたフォレストが叫ぶ。

「お前は爵位を没収後、国外追放の刑と処す」

理由を求めるフォレストを無視し、罪状を告げる。「ほう、面白い」、と口元に笑みを浮かべるデューク。厭味ともとれる笑みを向けるデュークを一瞥し、再びフォレストを見据える。

「地位も金もない……お前が蔑んだ民と同じ立場になり、生きながらえながらその罪を償え」

啞然とするフォレストにただそう告げて部屋を出た。


尋問が行われていた部屋を出て、執務室へ向かい、ウィルが持ってきた書類を抱えて向かった先は後宮だった。

――キィー。

「シルバ様？」

後宮に入るなり、驚いた声を向けられる。そちらを向けば、ちょうど花を変えていたニーナが視界に入った。いつもはこんな時間に戻ってこないので驚いたのだろう、目を丸くしている。

「ニーナ、今日はもういい。後は俺が看る」

この言葉にニーナはパァっと表情を明るくし、「はい！」と満面の笑みで答える。お役御免だというのに、笑顔で後宮から去っていくニーナに少し笑みが零れた。

ニーナも八日前に比べれば、ましになった方だ。エレナを瀕死の状態で連れ帰った時は、泣きじゃくって仕事にならなかったからな。

書類をベッドサイドの机に置き、エレナに視線を移す。皆がお前の目覚めを待っている。今日もベッドで眠り続けるエレナの頰に手をすべらせる。

「エレナ……」

こうして呼びかけるのも、日課になっていた。ダイヤモンドのような輝きを持つ瞳は今日も固く閉じられ、長い睫毛が影を落としている。

エレナ……お前はいつ目を覚ますんだ？

締め付けられる胸の内で呼びかけた。ふと、エレナの寝顔を見ながら、フォレストの事が頭に浮かぶ。

爵位剥奪。国外追放。フォレストの所業を考えれば甘い処分だ。以前の俺ならデュークの判断に同意していた。しかし……フォレストを殺したところで何も変化はない。父と母が帰って来るわけでもないし、エレナが目覚めるわけでもない。人は大切な者を失うと、悲しみ、深い闇を抱える。そして、それは時に憎悪へと変化する。俺がいい例だ。現に、エレナを殺そうとしたフォレストを同じ目にあわせてやりたいと思った。だが、それは新たな憎しみを生みかねない。あんな奴でも家族がいる。他に愛される者がいるかもしれない。そう考えると、怒りも抑える事ができた。別にフォレストの事を想う人間の気持ちをくんだ訳ではない。俺はただフォレストを殺し、その者たちが新たな憎しみを持って動き始めた時、その憎しみの矛先がエレナにまで向く事態を避けたいだけだ。

全てはエレナのため……。そう思えばフォレストに下した処分にも納得がいった。アイザックスの部下として両親の死に関与していた事。そればかりでなく、王位を奪うためにエレナを狙った事。この処分で、もう過去は清算する。

「フッ……俺も甘くなったものだ」

思わず自嘲的な笑みが浮かぶ。

冷酷で冷徹な王のふたつ名が泣くな……。俺を変えたのはお前だ、エレナ。俺にこれだけの事をさせておきながら、自分はこのままいなくなるなど許さない。必ず目を覚ますんだ。

そう、強く願ってエレナの頬から手を離す。

エレナの寝ている間にもやらなければならない事は山ほどある。そのひとつが、この書類の山。ベッドサイドの机に置かれた山の上から、束になった報告書をひとつ取る。

よくもまぁ、こんなに短期間でここまで反逆者を捕まえられたものだ。ウィルとデュークはどんな尋問の仕方をしたんだと聞きたくなる。

しかし、エレナの力を借りないと決めた今、どんな方法でも結果さえ出せばいい。この八日間、ウィルやデュークがやってきた尋問はエレナの能力があれば途端に終わる。しかも、直接相手の心を読むため嘘は通用しない。だが、エレナの能力は目立ちすぎる。そして、人の心が読めるという能力があるが故に、本人の意思とは無関係に利用される。

俺もそのひとりだったが……もうエレナの力には頼らない。ただ居てくれるだけでいい。他には何も望まない。だからこそ、フォレストの配下は俺たちだけで捉えなければならない。

残りはあと僅かなのだがな。報告書を読んだ上で反逆者たちの処分を決めねばならない。そう思いながら、手元の書類を捲り、エレナの眠るベッドの横で仕事を始めた。


『シルバ……』

俺の名を呼ぶのは誰だ？　闇の中、クリアに聞こえてくる声。そんなに悲しそうな声で呼ぶな。

『ひっく……ふっ……』

泣いているのか？

『良かった……』

泣くな……。お前の泣き声など聞きたくない……。

フッと、次の瞬間に目を開けたら、辺りは暗かった。目の前には、机の上に散らばった書類。

「チッ……眠っていたのか」

どうやら、書類を見ながら、いつの間にか眠ってしまったようだ。目がしらを押えながら、眠気をとばす。いくら口では平気だと言えど、やはり疲れは体に溜まっていたようで……いつ眠ったかさえ覚えていない。

一体どれほど寝たんだ……？　部屋の暗さから、随分と時間が経ったことは分かるが。

そう思いながら、部屋を見渡した時だった。天窓から射す月の光の下……銀世界に溶け込むようにして、彼女はいた。ベッドの上に座り、ただ黙ってこちらを見つめている。限界まで見開かれた銀色の瞳は潤み、涙を湛えていた。夢と同じだ……。

「エレ…ナ……」

酷く掠れた声で、名を呼べば、ビクッと肩を揺らすエレナ。天窓から射す月光はエレナだけを照らし、それがふたりを分かつように、光と闇を分ける。まるで、住む世界が違うのだと言われているかのように……。月の光を浴び、神秘的な色に包まれるエレナ。銀色の髪と瞳、そして白い肌と相まって、銀世界に溶け込んでしまうかのような感覚に陥る。今にも消えてしまいそうな感覚を覚えたことに、酷く焦燥感を駆り立てられた。前にも一度、こんな事があったな。誰からも汚されず、純粋無垢で、自分とは別世界で生きるエレナを前に触れてはいけないと感じた。

だが、今は違う……。

――パシッ。

月光が支配する世界に手を伸ばし、迷いなくエレナの手を取る。

もう、この手を離しはしない。力を加えれば折れてしまいそうなほど細い腕を、力いっぱい引き寄せた。

六章

女神の微笑み

エレナの目覚め

私は真っ暗な闇に、ぽつんと立っていた。

真っ暗で、闇に支配された世界。冷たくて、孤独で……。この場所には覚えがあった。けど……なぜまたここに？

闇の中を彷徨《さまよ》いながら考える。確か……シルバをかばって矢に当たって、眩暈と息苦しさに襲われて意識を失った。

ピタリと歩みを止める。

『私……死んだの？』

闇の中、ふわふわと漂う感覚にそんな考えがよぎった。

最後に記憶にあるのはシルバの焦った顔。

シルバは無事よね……？

今の自分が置かれている状況よりもシルバの事が気になる。だって、シルバはアーク王国の国王だから……。民や家臣に慕われていて。みんなから必要とされている人。あんなところでいなくなってはならない人。それに比べて私はどこに行っても無力。それが嫌で必死であがくのに、私の想いとは裏腹に、大切な人を危機にさらしてしまう……。

泉での交戦も、きっと私がいなかったらシルバは簡単に勝てていた。私をかばいながら剣を振るい、背中を向けてはいたけれど、私の事を気にかけていてくれた。それがとても嬉しくて、同時に悔しかった。だから、あの時駆け出した。自分の命が犠牲になっても貴方を守りたくて……。

後悔はない。私がいなくても世界は廻るから。ニーナや、ウィル、デュークさんは悲しんでくれるかもしれない。けど、一番欲する人に求められていないのなら、私はまた貴方のいる世界に戻る意味はないの……。

暗闇の世界にいるからだろうか、思考までもが闇に支配される。あれだけ傍にいられるだけでいいと思っていたのに。自分がお荷物だと自覚した瞬間、その意思も簡単に砕け散る。最初からあの世界には私の居場所などなかったのだと考えればいい。そう思ってより深い闇に踏み出そうとした時だった。

『……レ……ナ……』

断片的だが耳に入った声にピタリと足が止まる。

まさか……。

今まで静かだった心臓がドクンと跳ねる。そんなわけない……けれど……。

『エレナ』

っ……！　今度ははっきり聞こえた。闇を切り裂く閃光のようにはっきりと。

『エレナ……』

今度は切なくも、温かさに満ち溢れた呼び声。

まだ引き留めてくれるの……？

——サァ。

立ち止まった場所に吹く一陣の風。頬を優しく撫でるその風は深い闇を一瞬にして吹き飛ばした。

そして、ふわりと頬を包む温かい手。咄嗟に振り返るけれどそこには誰もいない。けれど、見えなくとも誰のものか分かった。私をここから助け出してくれる人なんて、貴方しかいないから……。

幼い自分が欲した両親でもなく。孤独を埋めてくれたジェスでもない。その人は……。


ゆっくり目を開く。同時に目の端から熱い涙が零れる。

結局、戻って来てしまった……。視線の先には見慣れた天蓋。今は夜なのか、天窓から射す月の光が涙で濡れた瞳にやんわりと温かい光を落とす。とても長く闇の中にいたせいか、月明かりでも眩しい。きっと、随分眠っていたのだろう、体が鉛のように重い。

なんとか腕の力だけで上半身を起こす。ふと、自分の腕を見れば、少し細くなっているようにも見える。矢が刺さった背中の痛みもないことから、だいぶ時間が経っている事が分かった。

あれからどれくらい経ったのか……。シルバは無事なのだろうか……そんな漠然とした不安がわく。そして、湧き上がる不安から、部屋を見渡した時だった。

月光のカーテンのその向こう。暗闇の中にいたその人に大きく息を飲んだ。ベッドサイドの椅子で腕を組んだまま俯くその人。闇夜に溶けてしまいそうな漆黒の髪。今は固く閉じられている瞳は燃えるような激情を湛えた紅。

「シルバ……」

小さく呟いた声が震えた。ひと言呟いただけで、グッと言葉に詰まる。そして、一瞬にして目の奥が熱くなり、ツーっと流れ落ちる涙。

無事……だった……。

「ひっく……ふっ……」

口元に手を当てながら、涙を零す。シルバを起こしてしまう、と思っても、声を抑える事が出来なかった。頭ではシルバなら大丈夫だと思っていたけど、心の底では不安が拭いきれなかったのも事実。ザッと見渡してみる限り、目立った外傷はない。

「良かった……」

目の前で規則正しく肩を上下するシルバを見て、心の底から安堵した。

あの状況を切りぬける事が出来たのね。

零れる涙を拭いながら、シルバを見つめる。そして、やっと今のこの状況に疑問を抱き始めた。

なぜシルバがここにいるのだろう……。

ふと、目に入ったのは机に高く積み上げられた書類。

ここで仕事をしていたの？　いつもは執務室にこもっていて、よっぽどの事がない限り仕事は一切後宮に持ち込まないのに。

スッと距離を詰めると、その書類の内容が明らかとなる。反逆者、残存員、検挙……。端々に散らばったワードからその書類が反逆者に関わるものだという事が分かった。

フォレストは捕まったのね。そうでなければこんなにも配下が捕まっているわけがない。それにしても、反逆者がこんなにいたなんて。

俯くシルバの顔に滲む、疲労の色。眉を寄せている姿はとても疲れているように見えた。仕事を後宮に持ち込んでまで、傍にいてくれているのは、恐らく夜間はニーナがつけないため。だけどそうだとしても嬉しかった。

息遣いが聞こえてきそうな距離に、心臓がバクバクと音を立てながらも、体は引き寄せられるようにシルバに近づく。近づく距離に比例するように、胸の高鳴りも大きくなる。

やっぱり……シルバの事が好き。

死の淵を彷徨っていた時には、諦めていたというのに、本人を目の前にすると欲が出てくる。

ベッドの淵まで来たところで、あるものが視界の端に入った。それに引かれるように目線で追うと……。

紙……？

シルバの手に散らばる白い紙。力の入らない腕で体を支えながら、その紙を拾い上げる。クルッと反転させて内容を見ると、それは机上にある書類の一部である事が分かった。

きっと寝ている間に落としてしまったんだ。そんなになるまでに、この仕事は急を要するのだろうか。主犯のフォレストが捕まったのなら、もう急ぐ必要はないはずなのに……。疲労の色をにじませた目元を胸の痛くなる想いで見ながら、机に紙を戻す。

薄っぺらい一枚の紙を机の上に置いただけなのに、静寂が支配していた後宮には、殊の外大きく響いた。咄嗟にシルバの方へ視線を移せば、僅かに眉を動かすシルバ。睫毛を揺らす動作は今まさに目を開こうとするかのようだった。慌ててベッドの中央まで体を引き戻す。

ど、どうしよう……！

どうしようも、こうしようも、逃げる場などこの後宮にはなく、逃げるための体力もないのだが、気持ちの準備が出来ていない私は慌てる。

しかし、シルバの眠りは覚醒へ向かったようで、シルバは小さく唸った後に目を開く。視線を泳がせ、キョロキョロとしていた目はシルバにピタリと固定された。

闇夜と同色でありながら、艶やかさをもった漆黒の髪。暗闇で煌めく紅の瞳。目が……離せない。まるで吸い込まれるように、シルバから視線を外せない。

「チッ……眠っていたのか」

苛立たげに呟かれた言葉。耳に届く、低いテノールの声にドキッと胸が高鳴った。しかし、シルバは私に気づいている様子もなく、何度か目を瞬かせた後、目がしらを強く押さえる。

やっぱり寝ずに仕事をしていたんだ……。

ギュッと自分の胸が締め付けられ、眉を寄せていたその時。不意に部屋を見渡すシルバの視線がこちらへ向いた。

目があった瞬間、大きく息を飲むシルバ。限界まで見開かれる紅の瞳。こんなシルバを見るのは初めてだった。驚嘆の中にも、切なさの入り混じった表情をしたシルバ。視線が私に向き、動けないでいると、シルバは僅かに口元を震わせて口を開く。

「エレ……ナ……」

私を呼ぶ掠れた声に、思わず体が跳ねる。聞き方によっては、切なげな声とも取れるその呼び声に何も言葉を発する事が出来なかった。シルバもその言葉を発したきり、何も言わない。

私達の間にあるのは月光のカーテンのみ。けれど、それがまるで見えない壁に遮られているようだった。

〝体は大丈夫？〟

〝どこも怪我をしていない？〟

聞きたい事はたくさんあるのに、喉の奥が詰まったように言葉が出てこない。もどかしさと切なさで眉を寄せれば……。

——パシッ。

突然、腕を取られる。鋭く光る紅の瞳でこちらを見るシルバ。そして、思いっきり腕を引かれた。

「ひゃっ……」

もう一方の腕で腰を掴まれてからは一瞬だった。力の入らない体は抵抗なくシルバの広い胸に収まる。勢い余った体を抑えるようにシルバの胸に手をつけば、ふわりと優しく体を包まれた。

先程腕を引いた力とは真逆。とても優しい腕に抱きしめられる。まるで真綿で包まれている感覚だった。

「エレナ……」

優しく耳元で囁かれる声は、私をこの世界に引き戻してくれた声。耳から浸透するその声は心からの安堵をくれた。

「シルバ……」

やっと掠れた声でそう呟けば、耳元で息を飲む音が聞こえ、抱きしめる腕がさらに強まる。ピタリと隙間なく抱きしめられる力は少し苦しいくらい。けれど、今この瞬間の喜びを噛みしめる自分がいた。

ただ今はこの腕の中にいたい。

無意識にシルバの服をキュッと掴んで、その逞しい胸にすり寄る。引き離されるのではないかとヒヤヒヤしたけれど、シルバは私の後ろ髪に手を差し入れ、自分の方へ引き寄せた。そして、力強く抱き寄せる手はある一点に当たる。

「あっ……！」

シルバは私が上げた小さな悲鳴を聞き逃さなかった。

「っ……すまない」

そう言って、今まで抱きしめていたのが嘘のように、バッと距離を取ったシルバ。心地良い温もりが消え、寂しく思うけれど、自分から抱きつく勇気など持ち合わせていなかった。

「大丈夫です」

「まだ痛むのか？」

しゅんとした声とともに言ったからか、シルバは深刻そうな表情をしてこちらを見る。

「い、いいえ！」

咄嗟に否定する声が大きく後宮に響く。目の前には、軽く目を見張るシルバ。

「こうしている分には痛みません。体が少しだるいくらいで」

シルバに心配をかけるわけにはいかないわ。それに、事実背中の傷は触れさえしなければ大丈夫そうだ。しかし、シルバは依然として険しい顔をしたままだった。

「体調が戻っていないなら、まだ寝ていろ」

そう言ってまたベッドへ戻されそうになる。

「ほ、本当に大丈夫です！　この様子じゃ、たくさん寝ていたみたいだし」

伸びてきた手から逃れるように、乗っていたシルバの膝の上から後ずさる。せっかく目を覚ましたのに、また寝たくはなかった。こんな時間は、二度と訪れない気がしたから……。

「もう熱もありませんから。ほら、大丈夫でしょう？」

そう言ってゆっくりと立ち上がり、目の前を歩いてみせる。けれど、二、三歩歩いたところで視界がグラリと揺れる。突然襲った眩暈に、視界がチカチカと眩しい。重力に逆らうことなく倒れて行く体に、衝撃を覚悟した。

「エレナ！」

シルバの焦った声が耳に届いたかと思えば、温かな腕が私の体を受け止める。恐る恐る目を開ければ、天井とシルバの見下ろす顔。

「ありがとう…ございます……」

焦ったように歪む紅の瞳に魅入りながら、ポツリと呟く。

「だから、大人しく休めと言ったんだ」

怒りの中に滲む焦燥の色。いつものようにただ声を荒らげるのではなく、そこには不器用な優しさが垣間見えた。

「ごめんなさい……」

目を伏せて、落ち込む。

「もういい」

溜息とともに吐きだされる言葉。突き放すようなその言葉が胸に突き刺さる。

こんな事で、いちいち傷ついていたら、この先どうするというのか。私はまだシルバに伝えるべき事を話していないのだから。その事を思って、さらに黙り込んでいると、突如浮遊感が襲った。片腕で抱えられていた体がふわりと空中に浮く。

「っ……シルバ？」

再び縮まる距離に喜びを感じながらも、無言で抱き上げるシルバが気になる。見上げれば、軽すぎる……と呟く機嫌の悪そうな顔のシルバ。

「忠告を聞かないのなら、強制的に寝かせるまでだ」

そう言って、抱き上げられた体はすぐに下ろされる。下ろされた先は当然ベッドの上。

せっかくシルバとすごせる時間なのに……。残念に思いつつも、これ以上迷惑をかけるわけにはいかない。そう思って、素直に横になろうとした時だった。

ギシッとベッドが大きく軋む。気づいた時は既にシルバの腕の中で、広い胸に抱えられたまま、体がベッドに沈んだ。

「あっ…あの……」

ドキドキと胸が高鳴り、震えながら精一杯の声を上げる。私は突然の事で小さな抵抗を見せるが、シルバはもがく私の体ごと抱きしめた。

「言い訳なら聞かないぞ」

そう言って、先程抱きしめたように隙間なくシルバの体に縫いとめられる。

「で、でも……もう寝るんですか？」

「もう十時だ。寝てもいい時間だろう？」

部屋の時計を見て、そう言うシルバ。適当な言葉を述べられ、早くも言葉に詰まる。

「けど……」

「言い訳は聞かないと言った」

ピシャリと言い放たれ、言葉が続かずポツリと呟いた。

「はい……」

シルバの胸に手をつき抵抗をみせていた体も、大人しくシルバの腕の中に落ち着く。

けれど、いきなり寝るなんて無理だ。シルバからこんな風に抱きしめられて寝るのは、後宮に忍び込んだ男に連れ去られそうになった時以来で。あの夜は気が動転していて、気にならなかった。むしろ、男の再来が怖くて、自分からシルバに抱きついたのを覚えている。あの時はこの腕の中がとても安心出来て、すぐに眠りにつけたけど、今は胸の高鳴りが止まらない。

内側から打ち破らんほどの勢いで鳴り響く心音。こうもピッタリと抱きしめられていては、この心音が聞かれまいかとヒヤヒヤする。そんな私の気持ちと裏腹に心音は大きく、速くなるばかりだった。

「シルバ……？」

静寂の中、胸の高鳴りを聞かれたくなくて、おずおずと口を開いた。

「なんだ」

律儀にもすぐに返答を寄こすシルバ。ハッキリと通った声はまだ眠る気配すらない。問いを用意していなかったため焦る。

「あ、あの……私はどのくらい眠っていたんですか？」

咄嗟に出てきたのは最後の記憶がある時から今までの事だった。

「八日間だ」

「八日間⁉」

思っていたよりも長くて、思わず声が大きくなる。同時にシルバの胸にくっつけていた頭を上げようとするが、それはシルバによって阻まれた。離れようとする私の頭を、大きな手で引き戻し、抱き込む。

「お前の受けた矢に仕込まれていた毒が原因だ」

シルバは私が八日間も眠っていたわけを話し始める。

こ、このまま話すの？

無意識なのかシルバは私の髪をすくっては、指を絡ませながら梳《す》く。優しく頭を撫でる手の方に意識が集中してしまって、気が気ではない。

「強力な毒で、一時は危険な状態だった……」

そう言ったシルバの声は心なしか覇気がなく、対照的に、背中に回している手はグッと強くなった。

「それで私は八日間も眠り続けたんですね」

シルバのその行動になぜか居たたまれなくなり、誤魔化《ごまか》すように口を開く。

「いいや、毒は三日後に抜け切った」

私の言葉をすんなり否定するシルバ。

「お前が睡眠薬を飲んでいた事と、比較的早く解毒薬を摂取した事もあって、回復は早かった。だが、それでも目を覚まさなかったのはほかに何かあったのだろう」

シルバの言葉に口をつぐむ。

原因ならなんとなく分かっている。それはきっと〝あちら〟の世界で、迷っていたから。今でも、こちらの世界に帰って来た事は正しかったのかは分からない。この先の事を思うと、不安でたまらない。

フッと体から力を抜けば、シルバのなすまま再度、抱きしめ直される。

「理由などはどうでもいい。目を覚ましたのならそれで……」

シルバの口から出た言葉とは思えず、弾かれたように顔を上げると、苦しそうに細める紅の瞳と視線がぶつかる。反射的に顔を逸らしそうになるけれど、シルバの手が阻止し、後頭部を固定された。そして、シルバは表情を変えず、口を開く。

「もう……絶対にあんな真似はするな」

「あんな……真似？」

紅の瞳に魅入られたまま、シルバの言葉を繰り返す。すると、シルバが顔をしかめて答える。

「俺をかばうような事は、もうするなと言っているんだ」

その言葉に一瞬目を開き、途端に眉を寄せる。

「いいな？」

念押しするシルバに私は頷くしかなかった。それに満足したのか、シルバは再び私の頭を自分の胸に抱えた。

シルバのものとは思えないほど優しい言葉と優しい手。これら全ては、今の私に向けられたものではない。人の心が読める能力を持った私に対しての言葉だ。だから、私はそれを受ける事は出来ない。受ける資格もない。だって……まだ私は能力を取り戻していないのだから……。

髪を梳く優しい手が苦しいほどに切なかった。

ギュッと服を掴み、顔を埋《うず》め、話題を変えるために口を開いた。

「フォレストは捕まったんですか？」

「あぁ。今は地下牢にいる」

当然のように答えるシルバ。

「ジェスも……？」

シルバの胸に顔を埋めたまま、恐る恐る問う。

「……あぁ」

僅かな沈黙の後、先程よりも低い声で返って来た返事。

「そう…ですか……」

牢屋に捕まっているであろうジェスを思い浮かべ、そう呟いた。

記憶に残っているのは、私が飛んで来る矢の前に走って行った時だった。

『エレナッ！』

あの時、少し焦っているような声に聞こえたのは気のせいだろうか。ううん……私に逃げられたのだから、焦るのは当然の事。けれど、その中にジェスの優しさも垣間見えた気がした。ジェスとふたり、酒場の地下室ですごした時を思い出した。

何度も打ち消してきた考えだけど、また昔のような関係に戻れるんじゃないかと今でも思っている。けれど、ジェスもまた捕まってしまった。こうなれば、いよいよ私にはどうする事も出来ない。ジェスも処分されるのだと思うと、気持ちが急降下する。

「もう寝ろ」

黙っていたのにまだ眠っていない事を察したのか、シルバがそう言う。

「はい。おやすみなさい……」

「あぁ」

シルバのそっけない〝おやすみ〟を聞いて、目を閉じる。

すぅ……と肺いっぱいに入って来る、シルバの匂い。八日間も寝て、もう眠れないと思っていたのに、不思議とすぐに眠れた。

それぞれの行方

――チュンチュン。

小鳥のさえずりが聞こえる。遠くで鳴いているように聞こえるのは、まだ覚醒しきっていないからだろうか。天窓から射す朝日を感じるのに、瞼を開く事が出来ない。

「んっ……」

身動きしようとしても動けない苦しさに、小さく声を上げる。そして、段々と意識が回復するとともに、腰と背中に重みを感じる。ゆっくりと目を開くが、輪郭がぼやけて、色彩しか追えない。何度か瞬きをして、段々と視界がはっきりし、体を拘束していたものを見て大きく息を飲む。

「っ……！」

叫びそうになった声を抑えて飲み込む。私の腰と背中に回っていたのはシルバの腕だった。仰向けに寝るシルバの上に重なるようにして抱きかかえられている。規則正しく聞こえてくる吐息に、一定のリズムを刻む心音。こんな風にシルバの寝顔を見るのは初めてだった。

綺麗な顔……。

シルバが寝ているのをいい事にその顔をまじまじと見る。スッと通った鼻筋に、綺麗な眉、切れ長の目。ルビーを思わせる紅の瞳は、瞼の向こう側。あまりにシルバが穏やかに眠っていたからか、いつにない行動を取った。シルバの頬にかかった漆黒の髪を分け、その頬に触れる。

シルバはピクリと動き、小さく声を上げる。起きるかと思ったけれど、一度眉を寄せただけで、後はなんの反応も示さなかった。

とても疲れていたのね……。

シルバの向こう側に見える書類の束を見れば、それは明らかだった。ベッドサイドの机に置かれた書類の束は幾重にも積み重なり、今にも崩れ落ちそうだ。それに手を伸ばそうと、シルバの上から体を起こし、ベッドから身を乗り出した時だった。下から伸びてきた手に腕を取られたかと思うと、グラッと視界は反転した。

「きゃっ……！」

勢いよく引っ張られた体を大きな手が受け止め、柔らかなベッドにフワリと下ろされる。背に感じる温もりは、それまで誰かがそこにいた事を示していて……。その誰かは今、私を見下ろしていた。

「シルバ……？　どうしたの？」

驚いた表情でベッドに私の手を縫いとめている者の名を呟けば、明らかに機嫌の悪い表情を返される。それは、寝起きの機嫌の悪さとは違うものだった。

「どこへ行くつもりだった」

寝起きだというのに、ハッキリと通るテノールの声がそう言う。少し声が低いのは、やはり不機嫌だからだろう。その声にビクッと体が震えるが、恐怖ではない。

「ど、どこも……。ただあの書類を取ろうとしただけです」

正直に答えれば、シルバはチッと舌打ちし、バツの悪そうな顔をする。ボソッと、「まぎらわしい真似を……」と言いながら、手の拘束が緩んだ。

誤解が解けた事にほっとしたのもつかの間。シルバから力が抜け、私の方へ覆いかぶさるように倒れてきた。

「きゃっ……」

肩口に顔を埋めるように倒れ込んできたシルバ。そして、仰向けになっている私の体を抱きしめた。あまりの事に息をするのも忘れて、体を固める。すると、シルバは深く息を吐き出した。

「すまなかった……背中の傷は大丈夫か？」

肩口に顔を埋めたままそう話すシルバ。くぐもった声は、先程の低い声とは対照的にとても優しく響く。

「傷は開いていないか？」

私の顔を見ないまま、窺うように聞くシルバに頷きながら「大丈夫」と伝えると、再び深く息を吐くとともに、シルバの体から力が抜けた。

背中の傷は大丈夫……だってさっきベッドへ倒された時、貴方は私の背をちゃんとかばってくれたもの。

「どこへも行くな。……俺の傍にいろ」

「私はいます……ここに」

ギュッと抱きしめてくれるシルバに応えるようにシルバの背に手を回す。今はシルバの言葉の意味を考えたくはなかった。そして、シルバが体を離した時、なんの前ぶれもなく後宮の扉が開いた。

「失礼します」

女性特有の高い声とともに開く扉の音。いつものハキハキとした彼女の声が、いつもよりも元気がないのは気のせいだろうか……そんな事を考えていると、扉を閉めてこちらを向く声の主。

視線が交差する。そして、シルバと視線の合った彼女は、みるみるうちに青ざめ、あわあわと口を震わせて勢いよく頭を下げる。

「ももも、申し訳ございませんっ！　あのっ…わたし……あの…」

頭を上げるも、シルバに視線を合わせる勇気はないようで、下を向いている。言いたい事もまとまっていない様子だ。すると、シルバが溜息をつき、私の上から起き上がる。

「落ちつけニーナ」

あわあわと挙動不審になっている彼女、ニーナに声をかけた。

「は、はい。あの……ま、まさか、こんな時間帯にシルバ様がいらっしゃろうとは思わず……」

ふと時計を見れば、午前九時を指している。確かにこの時間帯ならシルバはいつも後宮にはいない。きっと、ニーナはシルバがいないと思って、返事を待たずに入って来たのだろう。この八日間、ずっと私は眠っていたという。ニーナの行動も無理ない。

「もういい。俺も今日は寝すぎた」

「申し訳ございませんでした。以後、気をつけます」

小さく息を飲んだニーナは、再度深々と頭を下げる。

「頭を上げろ」

許しを出さなければ、ピクリとも動きそうにないニーナにシルバが短くそう言う。すると、やっと頭を上げるニーナ。ほっとした表情で今度は真っ直ぐシルバに視線を向ける。

「けれどなぜ、今日はこんな時間に、後宮……に……」

続くはずだった言葉は途中で途切れた。今やシルバに合わされていた視線は完全にそれていていた。ニーナの視線は、シルバの下でベッドへ体を沈ませる私へと向いている。

「エレナ…様……？」

幽霊でも見ているような声を上げるニーナ。元々丸い瞳は限界まで見開かれている。その呆けた顔を見ながら体を起こそうとすれば、シルバの手が背中に回り、ゆっくりと起こしてくれた。そして、パクパクと口を動かし、声にならない声を上げながらこちらを見つめるニーナに視線を向け口を開く。

「おはよう、ニーナ」

ニーナに向かって声をかければ、ピクッと肩を揺らし、見開かれていた瞳を細める。そして次の瞬間……。

「み……みんなぁぁぁ～～」

後宮から勢いよく飛び出して、叫びながら行ってしまった。

ニーナの大きな声がこだまするのを耳で聞きながら、クスッと笑う。

「騒々しい奴だ」

隣で呆れ声を上げるシルバ。

「そうですね」

フフッと笑いながらシルバの意見に同調すれば、こちらを見て目を見開くシルバ。その瞳を見つめながら不思議に思うと、バッと視線を逸らされた。

ベッドから立ち上がり、ベッドサイドの机の上に散乱していた書類を、無言で集めるシルバを目で追う。積み上げられた書類はとても多い。

「今日もその書類の処理をするんですか？」

「あぁ」

眉を寄せて聞けば、間髪入れず返って来る答え。

「シルバが全てする必要は……」

「これは、俺がやらなければならない事だ」

そう言って、シルバは書類を脇に抱える。

シルバをこんなにも頑にさせているものは、なんなのだろうか。もうフォレストやロメオ、ジェスも捕まっているというのに。反逆に関わった全ての人間の処分が決まるまでは安心できないという事？　そうこう考えているうちに全ての書類を抱え、後宮を出て行こうとするシルバ。

「あのっ……」

咄嗟に呼びとめる。

「なんだ？」

「フォレストたちの処分は、決まったんですか？」

振り返ったシルバにドキッと心臓が跳ねるのを感じながら、ずっと気になっていた事を口にする。

「あぁ。フォレストは爵位剥奪および国外追放。ロメオも同様の処分を与えた」

シルバの言葉に少し驚いた。今までは国家の逆賊に対して、消し去らん勢いで追っていたというのに……。反逆の主犯であるフォレストを生かしておくなどとは思わなかった。爵位剥奪に加えて、国外追放。

「ジェスは……？」

正直、フォレスたちの処分を聞いて安心した。だってジェスは部下だから、フォレストよりも罪が重いなんてことはないはず。そんな希望が入り混じった表情でシルバを見れば、シルバは顔を顰めて答える。

「まだ決めていない」

そんな……。じゃぁ、フォレストと同じ処分が下される可能性もあるということ？　国外追放になったら、もう二度とジェスには会えない。

「シルバ」

決意を込めた声でシルバを引き止める。まだ何かあるのかと言いたげな表情で、こちらを向いたシルバを見据える。

「私を地下牢へ連れて行ってください」

ニーナが去った後の静かな後宮に、明朗な声が響いた。

「お願いします……」

シルバが口を噤んだのを見計らって、口を開く。

「これで、最後にしますから……」

「っ……勝手にしろ……」

シルバは不機嫌も露わに眉を寄せ、そう言った。

突き放されるような言葉と逸らされる視線に、心臓がズキッと嫌な音を立てる。自分が望んだ事なのに既に後悔が襲う。ただひたすらに、シルバに嫌われる事だけを恐れていたのだった。

「シル……」

背を向けて離れて行くシルバに声をかけようとした時だった。

――バンッ。

「エレナ様！」

「エレナさん！」

シルバに向けた筈の声はかき消された。

勢い良く後宮の扉を開け、なだれ込むように入って来たニーナたちに、あっという間にベッドを囲まれた。その中にはイースト地区にいるはずのデュークもいた。

「目が覚めたか、エレナ」

「お身体は大丈夫ですか？」

「傷は痛みませんか？」

それぞれから矢継ぎ早に聞かれ、圧倒される。その向こう側、開けっぱなしの扉の向こうには、家臣や侍女たちが控え、皆心配そうな表情でこちらの様子を窺っている。私が目を覚ましたから来てくれたのだろうか。

「エレナ？　本当に大丈夫なのか？」

「はい……」

涙が込み上げてきそうなほど温かな気持ちに声が詰まる。同じ王城にいながら、あまり接する機会のない人までが押し寄せ、私を心配してくれる存在がいる事が嬉しかった。

「ご心配おかけしました」

泣き笑いのような笑みを浮かべ、笑った。

すると皆互いの顔を見合わせ、「エレナ様！」と口々に私の名を呼んで一斉に後宮になだれ込んだ。

本来ならばシルバ以外の者が後宮に入るのは許されないのだが、シルバは何も言わない。この状況を許しているのだろう。それればかりか、ひとり後宮を出て行こうとする。家臣や侍女たちまで来てくれて、本当に嬉しいのに。入れ替りで出て行くシルバにキュッと胸が締め付けられる。しかし、シルバを引き止める理由も勇気もなく、後宮に流れ込んだ人々でその姿は見えなくなった。


その日の午後。後宮に押し寄せた人々が各々の仕事に戻り、ニーナに手伝ってもらいながらお風呂に入った。そして、お風呂から上がった後、濡れた髪をニーナに乾かしてもらい、今に至る。今は静けさを取り戻した後宮で、食事を取っているのだが先程から手に持ったスプーンが宙で止まっている。

「エレナ様、食欲がないのですか？」

「え？　あっ……そ、そうなの」

ニーナの声に我に返り、自分の手元を見て慌てて答える。

目の前には久しぶりの食事が並べられているというのに、食欲はわかない。それはきっと、デュークやウィル、ニーナから聞いた話が原因だろう。

私がどうやって王城へ戻って来たか。そして、八日間眠っていた間の事。それを聞いたら、胸がいっぱいになって、食欲もなくなったのだ。

特にデュークが教えてくれた事は衝撃的だった。デュークの話によると、シルバは私に解毒薬を口移しで飲ませたというのだ。ニヤニヤと笑いながら伝えられた話を信じていいものかと思ったが、それが嘘でも事実でも意識せずにはいられない。

デュークの話を思い出しては、顔が赤くなり、心臓がバクバクと鼓動を早めて胸が苦しくなる。

「エレナ様、もしかして、まだ体の調子が悪いんじゃ……」

唇に指先を当て、真っ赤になって固まる私にニーナの心配はさらに煽られたようだ。ただでさえ皆が過保護だと思ったばかりのところで、もうこれ以上心配をかけてはいけないと思っていたのに、またぼーっとしてしまった。

大丈夫だと伝えようと思った時、後宮の扉がそっと開いた。入って来たのは、言うまでもない。後宮へノックなしで入って来られる人物など、ひとりしかいないから。

「シルバ様！」

私の心をかき乱している張本人の名をニーナが呼ぶ。しかし、シルバはそれに応える事なく、宮に入るなり口を開いた。

「行くぞ」

「え？」

ただひと言そう告げられた言葉に、意味も分からず戸惑う。

「地下牢へ行きたいと言ったのはお前だろう」

「……連れて行って……くれるんですか？」

〝勝手にしろ〟と言っていたので、てっきり、私ひとりで行くのだと思っていた。自分でも呆けた声を出せば、シルバは眉を寄せ……。

「行かないなら、俺は執務室に戻る」

「い、行きます！」

来た道を戻ろうとするシルバに慌てて駆け寄る。しかし、急いで駆け寄ったのに、シルバはこちらを見つめて、その場から動かない。じっと見つめる紅の瞳。不意にデュークの言葉を思い出す。

『解毒薬は口移しで飲ませていたぞ』

ニヤニヤと笑いながら、からかい交じりに聞かされた話。その話を思い出し、ボンッと音がしそうなほどに顔を真っ赤にして俯く。

「あの……行かないんですか？」

こちらをじっと見つめる紅の瞳をチラチラと見ながらそう言えば、シルバは私の方を見たままニーナを呼ぶ。

「ニーナ、エレナに何か羽織るものを」

「はい！」

ニーナは琥珀色の目を見開き、次の瞬間にはふわりと嬉しそうに笑って答えた。

「こちらで良いですか？」

ニーナが持ってきたのは少し厚手のショールだった。ニーナからショールを受けとったシルバは無言でそれを私の肩にかけた。驚いた表情でシルバを見上げれば、フイッと逸らされる視線。

「地下牢は寒い。また寝込まれては困るからな」

不機嫌そうな表情をしながらそう言う。ぶっきらぼうでも私の心には温かく響いた。

「ありがとう……ございます……」

トクントクンと、耳にまで届きそうなほど高鳴る心音がうるさい。シルバがかけてくれたショールをキュッと握れば、これが現実なのだと実感する。

シルバが私の体を心配してくれた事がとても嬉しい。毒矢の一件は自分の責任だと思って心配してくれていたのだろうけど……今はなんの条件もなく心配してくれている。それが、こんなにも嬉しい。キュッと締め付けられる胸に比例するように、ショールを握る。冷たいショールが体温の上がった体に心地良かった。

「行くぞ」

「は、はい！」

何事もなかったかのように歩き出すシルバの後を慌てて追いかける。そして、微笑むニーナを残して後宮を出た。


長い長い廊下。前を歩くシルバは後宮を出てから一度も振り返らない。後ろを歩く私の事は気にしてくれている様子で、私の歩幅を考えて歩いてくれている。長い廊下を歩き、エントランスへと降りる大きな階段を降り、地下への階段を降りる。地下一階は、食物やお酒の貯蔵庫になっており、地下牢はさらに下の階。奥へ奥へと行く度に、気温は下がり、じめっとした空気に身震いした。

地下牢へ続く階段を、灯りを手に降りて行けば、やっと開けた場所にたどり着き、手持ちの灯りよりは幾分かマシな灯りがともされた部屋に入る。すると部屋には先客がいた。

「やっと来たか」

「遅いですよ」

淡い光の向こうから、溜息交じりの声が投げられた。よく目を凝らして見てみると、手前から奥に向かって並ぶ牢の前にはウィルとデュークがいた。

「尋問は終わったのか？」

「今日収容された分までは終わりました。シルバとエレナさんが来ると聞いていたので、早く済ませようと思って」

「手ごたえのない奴ばかりで、退屈だったぞ」

尋問をしていたというのに、爽やかな笑みを浮かべるウィル。そして、尋問を退屈だと言わしめるデューク。目の前でサラリと交わされる物騒な会話をよそに、シルバの硬い声が地下牢に響いた。

「奴はどこにいる」

「こちらです」

シルバの硬い声にウィルの表情が引き締まり、地下牢への扉を開ける。地下牢は何枚もの扉が設けてあり、複雑な構造はまるで迷路のようだ。頑丈に施錠された鉄格子の向こうには、反逆者として捕らえられた者たちが多くいた。

ある者は憔悴しきったような表情で。ある者は暗闇からシルバを睨みつけるようにして視線を寄こす。そのいたたまれない視線を浴びながら暫く歩いたところでウィルが足を止めた。

「ここです」

そう言って、同じように並ぶ地下牢の鉄格子の前で止まったウィル。シルバはウィルが立ち止まった牢屋の前まで歩くとフッと笑った。

「地下牢の住み心地はどうだ？」

皮肉交じりの言葉とともに、牢屋の中に向かって話すシルバ。

「三食昼寝付きで快適ですよ、シルバ様」

死角になって見えないが、牢屋の中から聞こえてきた声に懐かしさが込み上げる。

「ならば一生入っておくか？」

「それもいいかもな」

デュークの問いにヘラッと返事をする牢屋の中にいる人物。久しぶりに聞くが、間違いない。それはジェスの声だった。そろりと移動し、シルバの影からそっと覗くと、やはり、そこには見知った人がいた。

「ジェス……」

「エレナッ⁉」

ジェスは私の姿を捉えたなり、酷く驚く。そして、すぐにスッと厳しい顔つきになり、視線を逸らした。

「何しに来たんだ？」

低い声で唸るように問いかけられる。シルバは後ろに下がり壁に背を預け、ウィルとデュークは横で静かに見守っていた。

「何しにって……」

暗くて寒いこの地下牢で、低く唸るようにして聞こえた声は身震いするほどで。今までに聞いた事がないくらいに怒りを含んだジェスの言葉におずおずと口を開く。

「貴方に会いに」

勇気を出してそう言ってみれば、ジェスはグッと眉をひそめた。

「俺に会いに？　ハッ。笑わせるな。お前は俺に裏切られたんだぞ？」

「けど、私は……」

「なんだ？　まだ俺の事を仲間か何かと思っているのか？　とんだ甘ちゃんだな。さすが元貴族様だぜ」

笑っているが、所々に怒りが滲む言葉は私が話す間すらないほど矢継ぎ早に浴びせられる。その全てが私を遠ざけようとする言葉ばかりだった。

「貴族だった頃の私は周囲の人に遠ざけられて、両親にまで気味悪がられて、心からの笑顔なんてなかった」

思えば十歳の頃までの私は両親の顔色ばかり伺い。容姿が目立つからといって、外出は控えた。誰にも助けを請わず、ただじっと耐えることですごし。いつしか私からは笑顔が消えていた。

「けれどジェス……貴方は私の心の支えだった。貴方が私に笑顔をくれたの」

たとえ裏があったのだとしても、能力を恐れず接してくれたのはジェスだけだったから。ジェスにどう思われようと、私は救われたの。元貴族で当時何も知らない十歳の甘ちゃんだったからなんて関係ない。私は私の意思でジェスに心を許したのだから。

「貴方から嫌われていたとしても、私は……」

「やめてくれっ！」

ジェスの声がこだまとなって地下牢中に響いた。突如大きく響いた声に、ビクッと体が跳ねる。

「ジェス……？」

「なんでそんなに俺を信じられるんだ！　お前を騙していたんだと言っただろっ！」

しっかりと私の目を見据えて投げかけられる言葉。けれどその言葉ひとつひとつを吐き出すのが苦しいかのように、ジェスの眉は寄せられていた。

やっぱり……。

その表情を見て確信した。ジェスはやっぱり私の知っているジェスなんだって。それが分かった途端、ほっとした。

「貴方は私の事を心配してくれたわ」

「心配？　何を勘違いしているのか分からないが、俺はお前の事など心配していない」

冷めた目で見据えられるけれど、もう怖くない。

「ううん。そんな事ない。貴方は私を心配してくれていた。フォレストから床にたたきつけられた時も私がシルバをかばって駆け出した時も」

「あれは……」

私の言葉に小さく息を飲むジェス。床にたたきつけられて、立たされた時に目の合ったジェスはスカイブルーの瞳が揺らいでいた。あの時はその思いを推し量る事は出来なかったけれど、私がシルバをかばった時は確かに感じた。

「ジェスにも矢を構えている人が見えていたんでしょう？　だから心配して叫んでくれた」

あの時は、私を後ろから拘束したジェスも同じ方向を見ていた。きっとシルバを狙う矢に気づいていたはず。だから、私の名を呼んでくれたんでしょう？

「とても嬉しかった」

心からの言葉を口にすれば、ジェスは唇をキュッと結び、耐えがたい表情をする。そして、まくし立てるように話した時とは打って変って、ゆっくりと話し始めた。

「それ以上言うな。俺はお前が思っているほど綺麗な人間じゃない。金のためなら誰でも平気で裏切るし、反逆者にも加担する。そんな人間だ」

違うわ……ジェス。貴方は確かに謀反に加担したかもしれない。けれど、本当に心の底から悪を持つ者は素直に罪を認めようとはしない。こんなにも悲しい顔はしないもの。だから違うの……。

そう伝えようとして、口を開きかけたとだった。

「それは、妹さんを人質にとられていたからですか？」

突如、横から入って来たウィルの言葉に息を飲む。

それは、牢の中のジェスも同じだった。ウィルの口から出た事に酷く驚いている。

「なぜそれを……」

「調べたからです」

「ちょ、ちょっと待って。人質って？」

説明を求めてウィルへ問う。デュークとシルバの落ち着き払った表情から、この場で知らないのは私だけだというのが分かった。

「言うな」

ジェスはウィルを睨みつけ、ひと言そう言う。けれどこれを聞かなければ、私は一生後悔すると思う。だから、聞かなければならない。

「お願いウィル……教えて」

真摯な想いを瞳にのせれば、ウィルはニッコリと笑う。

「エレナさんにお願いされては断れませんね」

瞬間、チッというジェスの舌打ちが耳に入る。

「それで、人質って？」

喜ぶ暇もなく促せば、ウィルは一変して固い表情をつくり口を開く。

「フォレストは手下をそろえるのに、貧困な家の者を狙っていました。しかも、家族を人質にすることで自分から逃げられないようにして」

「そんな……」

あまりにも卑劣な手段に言葉を失くす。

「そいつは最初から、フォレストに対しての忠誠心などなかったんだ。その証拠に、尋問にも逆らうことなく答えていたしな」

「つまらん」と吐き捨てるように言うデューク。

「今回フォレストの部下たちの周辺を調べてみたところ、貧困層の者が多くありました。本来、富裕層であるはずのフォレストがそのような者たちを部下に囲っている点を疑問に思ってみれば、そういう事だったわけです」

ウィルの視線の先のジェスは苦々しい表情を浮かべ、横を向いていた。

「本当なの？」

ピクッと反応するものの、そっぽを向くジェスから返事は返って来ない。

「お願い……答えて」と声を落として投げかければ、諦めたような溜息をつくジェス。

「……あぁ。フォレストの部下はほとんどが、家族を人質に取られた者たちだ」

「ジェスも妹さんを？」

　おそるおそる伺えば、ジェスはただ黙って頷いた。

「俺にとっての家族は、妹だけだった。もう随分会っていないな」

　私があの賭博場へ連れてこられた時には、もうすでにジェスはいた。

　ということは、もう十年以上も妹さんに会っていないという事だろうか？　たったひとりの家族なのに。

「まぁ……会ったとしても、向こうは覚えているか怪しいところだ」

　地下の頼りない灯りに照らされたジェスの顔は、憂いを帯びていて、悲しそうな表情をしていた。

　十年も前では再会しても覚えているかも怪しい。そもそも、幼い妹さんがひとりで生きていけたのかしら。そんな考えが頭の中を巡り、言葉をかけられずにいるとシンと静まり返っていた地下牢に、ウィルの声が響く。

「妹さんは無事ですよ」

　瞬間、バッとこちらを仰ぎ見るジェス。ジェスの瞳は信じられないと言わんばかりに見開いていた。

「人質に取られているであろう家族の安否は、こちらで確認しました。貴方の妹さんは、イースト地区で暮らしています」

「っ……それは本当なのか⁉」

　僅かに震える声を響かせながら、境界線の鉄格子に手をかけるジェス。緊張の面持ちでウィルから視線を外せないでいると。

「はい。今は農家に住み込みで働いているようですよ」

ウィルはそう言ってニコリと笑った。

「良かった……良かったね、ジェス」

思わず口から零れる安堵の言葉。スッと膝を折り、鉄格子をあらん限りの力で握っているジェスの手をそっと取った。

「エレナッ！」

今までずっと黙っていたシルバが大きな声を上げる。仮にもジェスは投獄されている身。そのような者の手を取ることなど、言語道断なのだろう。

「大丈夫です」

ジェスの手を離さないばかりか、ギュッと先程よりも強い力で包みこむ。すると、ピクッと緊張が走るジェスの手。鮮やかな空の色をした瞳が一瞬見開かれ、眉を寄せて細められた。

「ほらね？」

シルバの方を振り返り、ふわりと微笑めば、チッと舌打ちをして再び地下牢の壁に背を預けた。

眉をしかめて逸らされた視線にズキンと心臓が鳴る。シルバからなかなか目が離せないでいると、ジェスが静かに口を開く。

「エレナ……」

振り返ると、ジェスは泣きそうな顔をしていた。

「妹さんが無事で良かった」

地下牢の冷気にさらされたジェスの冷たい手をそっと取り、包む。

「お前には関係のない事だぞ？」

「ううん、関係あるわ。貴方は妹さんのためにフォレストの言いなりになったのよね？」

そう問えば、グッと押し黙るジェス。ジェスは認めようとはしないけれど、妹が無事だというウィルの情報に対しての反応や私自身が見てきたジェスを思えば、答えは知れている。

「たったひとりの家族じゃない。その人のためにした事なら、私には貴方を責められない」

私だって家族が人質に取られたなら、そうしたもの。そう思って微笑めば、ジェスは目を丸くした後、フッと表情が緩む。

「本当に……とんだ甘ちゃんだ」

呆れた溜息をつくジェス。触れている手から、力が抜けて行くのが分かった。ジェスはそっと手を離し、今度はジェスが私の手を包んだ。

「人を疑う事も知らないとんだ甘ちゃんだが……俺はお前のそういうところに救われていた」

以前のように満面の笑みは向けてくれないけれど、ジェスは眉を寄せ、僅かに口元をほころばせた。そして、ジェスはしっかりと私の目を見据えて頭を下げた。

「すまなかった。ずっと、裏切って来た事、騙していた事を謝る。フォレストの命で人の心が読めるお前の世話をさせられると聞いた時は、なぜ俺が……と思った。お前を気味の悪い人間だと思っていたからな」

ジェスがそう思うのも無理はない。だって、人の心が読める人間なんて異形の者でしかないもの。その能力を恐れるのは当然の事だ。

「だが、お前は一向に俺の心を読む素振りも見せないし、そればかりか、騙している俺の事を信頼してくれた」

「それはお互い様でしょう。ジェスだって嫌々でも私の能力を恐れずに傍にいてくれた」

だからおあいこ……。私は貴方が私の知るジェスだって分かっただけでいいの。

「ずっと見守っていてくれてありがとう。ジェスと出会えて良かった」

地下牢のじめっとした空気に似つかない笑みを浮かべる。するとジェスもやっと笑みを浮かべた。

「妹が生きているなら、お前くらいだろうな。俺は、いつしかお前と妹を重ねていたようだ。……いや、妹とは少し違うか」

クスッと、面白そうな声が地下牢に響く。

「ジェス？」

不思議に思って声をかければ、ジェスは穏やかな表情で笑った。

「あぁ……なんでもない」

ふたりで酒場の地下室ですごしていた時間が流れているようで。久しぶりに見たジェスの穏やかな表情に心がほっと温かくなる。あの頃と同じ、ジェスの温かな笑顔に忘れかけていた。この時間が限られている事を。

「これで、もう思い残す事はない」

「え？」

ジェスの言葉に思わず声を上げる。諦めたように笑ったジェスの表情に、今までの雰囲気が嘘のように冷え返る。そう感じたのは、私だけかもしれない。

だって、ジェスはもう覚悟したような表情をしているから……。

私にだって、この時が来るのは分かっていたはず。それがたとえ今日じゃなくともジェスがこの地下牢に入れられている限り。けれど、恐れていた事態はこうも早く訪れた。

「お前が来たという事は、俺の処分が決まったんだろ」

ジェスは私の向こう側……シルバに向かってそう言う。その言葉にピクッと小さく体が跳ね、強張った。いくら私がジェスを信じようと、ジェスは牢獄の中。地下牢に入れられているという事は、いずれ処分を下される日が来るのだ。

「もう俺には悔いはない。どうとでもしろ」

当の本人は満足げで、もう諦めがついたように言い放った。その言葉にヒヤヒヤするのは私だけで……オロオロとジェスとシルバを交互に見る。

結局のところ、処分を下すのはシルバだ。私にはジェスを助ける事もできない。反逆者の加担をしていたのだ。それ相応の処分が下されるのは間違いないだろう。けれど、ジェスが自分の意思で反乱分子になったわけではない。それを分かって欲しかった。

「シルバ……」

縋るような瞳でシルバを見れば、彼は壁に預けていた背を離す。そして、冷ややかな紅の瞳がジェスを見据え口を開く。

「お前にどんな事情があったとしても、お前がエレナを裏切った事や、陰で裏金を集める手助けをしていたのは事実だ」

シルバの言葉にジェスはなんの反論もせず、ただ黙って聞く。対する私はシルバの言葉に表情を曇らせていた。謀らずとも、被害は出ているのは事実。それがたとえジェスの意思ではなくとも、被害を受けた側にはそんな事情など関係ない。

「ジェス・カーバー」

シルバの声にピンと背筋が伸びる。威厳のある凛とした声はまさに国王にふさわしい。今まさにジェスの処分が下されようとしていた。

「お前の刑が決まった」

――ドクンッドクンッ。

シルバが口を開くまでの時間が、酷く長く感じる。シンと静まりかえる地下牢で、皆がシルバの言葉を待つ。祈るように手を結び、ギュッと目を閉じる。

「お前にイースト地区再興のため、五年間の労役を言い渡す」

処分が下されたその瞬間、シルバへ集まる視線。それぞれが、まったく違う表情をしていた。デュークは、呆れたような顔つき。ウィルはなんだか嬉しそう。そして、ジェスは瞳を見開き、ただ呆然とシルバを見上げていた。

「せいぜいアーク王国復興のために、身を粉にして働くんだな」

もっと重い処分を予想していたのに、反逆を企てた者の一員にたった五年の労役だけで済ませるなど、例外も例外だ。きっとシルバはジェスの事情を考慮してくれたんだ。それに……シルバがジェスに労役を言い渡した土地はイースト地区。そこにはジェスの妹がいる。シルバがそこにジェスを送ったのは、妹さんがいるからではないかと思ったのは私の勝手な予想。けれど、きっとそうなのよね？　多分、ここにいる人は皆知っている。貴方の不器用な優しさを。

「ありがとう、シルバ！」

パァッと明るくなる気持ちを抑える事なく、笑顔を向ければ、シルバは嬉しくなさそうな顔をして、口を開く。

「その手を離せ」

「あっ……ごめんさい」

一瞬なんの事を言われたのか分からなかったが、自分の手が繋がれた先を見て、慌ててジェスの手を離す。

「ったく、お前は心が広いんだか狭いんだか」

「本当ですね」

呆れたようなデュークの言葉にクスクスと笑うウィル。その言葉の真意は分からなかったが、シルバをからかっている様子だった。それをよく思わなかったのか、シルバはフンと機嫌を悪くし、その場を離れようとする。

「行くぞ、エレナ」

「はい！」

やや低めの声で呼ばれ、反射的に返事をする。そして、行くぞと言うなり、地下牢の出口に向かい始めるシルバの後を慌てて追った。数歩駆け出したところで止まり、振り返る。

「ジェス……また、どこかでね」

これが最後じゃないって、信じてる。またどこかで会えるという想いを込めてジェスに微笑んだ。

「あぁ……」

そう言って穏やかな表情で微笑むジェスを脳裏に焼き付け、地下牢を出た。

涙の告白

地下牢へ向かった時と同様、私のペースに合わせて歩くシルバ。ひと言も発しない無言の背中を追う。顔は見えないけれど、不機嫌だという事はすぐに分かった。

「ありがとうございます」

誰もいない廊下でその背中に向かって声をかける。すると、シルバはピクッと反応したが振り返りもせずに答える。

「なんの事だ?」

ひと言そう言って、歩き続ける。機嫌が悪くなる一方のシルバ。その理由はなんとなく気づいていた。

「ジェスの事」

不安を抱えつつも、ポツリと呟く。すると……。

「アイツにとっては、国外追放よりも俺のために働く事の方が罰になると思ったまでだ」

シルバは一層低い声で不機嫌も露わにそう言った。

「それでも、ありがとうございます」

やっぱりジェスの話がいけなかったのだ。ジェスの話を出した時のシルバの態度を目の当たりにしてそう思う。思えば、ジェスの話をする時はいつも機嫌が悪かった。出逢った時にシルバに刃向っていたのが原因だったのかもしれない。けれど、あの時はさすがのシルバもジェスが反逆者の一味だとは気づかなかったはず。そんな人をいちいち気にかけるのだろうか。

口数が少ないせいか、シルバの考えている事はいまいちよく分からない。けれど、ジェスに与えてくれた刑はとても嬉しい。

労役五年という刑は、国家への反逆に加担した者に与えるにしては軽い。そして何より、ジェスの妹を思っての配慮が嬉しかった。妹がイースト地区にいるから、一緒に暮らしながら働けと言えばいいものの、あんなにぶっきらぼうに言って。

クスッ……と思わず笑みが零れた。

今まで進行方向にだけ目を向けていたシルバが立ち止まり、振り返る。

「そんなに嬉しいか？」

「え？」

声を上げた瞬間、バフッと何かにぶつかる。慌てて一歩下がれば、いつの間にか立ち止まったシルバがこちらを振り返っていた。真剣にこちらを見つめる紅の瞳に心臓が跳ねる。ひと言だけ呟く私に、シルバがますます眉を寄せて口を開く。

「アイツが国外追放にならなかった事が、嬉しいかと聞いている」

「……？　…嬉しい……です」

変なシルバ。ジェスが減刑された事を嬉しく思わないわけがないのに。だって、ジェスは私の初めての友達。そんなジェスが妹のために犯した罪で重い処分が下される事になれば私だって辛い。

私にとっては、心からの感謝を込めて言った言葉だった。

けれど、シルバは硬い表情で「そうか」と答えただけで、再び前を向いて歩き出した。慌ててその背を追う。心なしか歩くスピードが速まっていた。

……なんだか……怒ってる？

背中から伝わって来る不穏な空気にヒヤリとする。もう二度とこちらを見てくれないのではないかという感覚に陥ってしまう。

「ねぇ……シルバ」

恐る恐る声をかける。

「なんだ」

案の定、前を向いたままひと言で返された。やっぱり……と思いつつも、呼びとめた理由もなく声をかけたため、返答に困る。な、何か言わなきゃ……。

「あっ……あの……ロメオさんやイザベラさんは、どうなったんですか？」

沈黙が怖くて、不意に口にしたのは、あの日以来姿を見ていない人たちの事だった。ロメオはフォレストとともに捕らえられているはずだ。反逆者の一員だったというイザベラの行方は王城を出た時から分からないが、シルバの事だからもうとっくに捕まえているのだと思う。気になったらどうしようもなく、不意に問いかけた事なのにシルバの返答が待ち遠しい。すると、当の本人はやはり前を向きながら答える。

「イザベラの処分は、ウィルに任せている」

直接手は加えていなくても、反逆者に加担していたのだから当然よね。けれど、フォレストに加担していたという事は、ジェスのように理由があったのかもしれない。きっとウィルなら間違った判断はしない。

「ロメオさんは？」

「父親と同様の処分だ」

シルバの答えにほっとする。思い出されるのは、小屋ですごした夜の事。無理やり押し付けられた時の手と、首筋に押し当てられた唇の感覚はまだ残っていて、思い出す度に悪寒が身体を駆け巡る。だから、ロメオが国外追放になる事には安堵した。

「いつ国外へ出発するの？」

——キィー。

後宮の扉を開けるシルバに恐る恐る聞く。

「今日だ」

「今日!?」

パタリと扉が閉るとともに聞こえた言葉に耳を疑う。

「あぁ、もう出る頃だろう」

バサッと重そうなマントを脱ぎ捨て、さらりと言うシルバ。

シルバはこんなことで冗談を言う人じゃない。それに私が眠っていたのは八日間。その間に動きがあったとしても不思議じゃない。むしろ、シルバがすぐに国外追放にしなかった事が不思議なくらい。

「こっちへ来い」

いつの間にか窓辺に立っているシルバに呼ばれる。

不意に合った視線にドキッと高鳴る心臓。紅の瞳に吸い込まれるように近づけばグイッと腕を引かれ、数センチ開いていた距離は一瞬で縮まった。

「あ、あの……シルバ？」

突然の行動に、バクバクと心臓が暴れ出す。触れられた手首から一気に体温が上昇するような感覚に眩暈さえしそうなほど顔が真っ赤になり、あたふたとしていると、窓の前に押しやられる。

「あそこだ」

シルバの指が窓越しに差した方向。

「あっ……」

そこには手首に枷《かせ》をされたフォレストとロメオがいた。馬車の前では、先程まで地下牢で一緒だったデュークもいる。

王直属の騎士団らしき者たちに囲まれながら、馬車への道をゆっくり歩くフォレストとロメオ。フォレストの表情は悔しそうに顔を歪めている。一方のロメオは終始下を向いて歩いている。

「フォレストとロメオさんは、どこの国へ送還されるんですか？」

「ギルティスだ」

ギルティスって、私が連れ去られようとした国の事？

「あれ程行きたがっていた国だ。嬉しいはずだろう？　だが……手ぶらで入国するような輩に優しい国かどうかまでは保障しないがな」

フッと獰猛な笑みを浮かべ、眼下を見下ろすシルバ。シルバの言い方からギルティスは排他的な国だろう事が分かる。そんな国に連れ去られようとしていた事に今更ながら怖くなった。

「アイツらにはいい薬になるだろ。地位も何もない、自分たちが見下してきた者の気持ちを知るいい機会だ」

そう言って、シルバは窓際を離れる。

「ジェスとイザベラさんも、ギルティス王国へ送還するつもりだったんですか？」

ピタリと立ち止まるシルバ。またやってしまった、と思った時は既に遅く。振り返ったシルバは視線こそ合せてくれるが、顔を顰めている。

「お前は口を開けば奴の事ばかりだな。そんなにあの男が気になるのか？」

「あっ…いえ……そんなつもりじゃ…」

ズイッと詰められた距離に俯き、ビクッと震えて小さな声で訴える。

誤解……されたくない……。

ギュッと目を瞑り、シルバの言葉を待つ。すると、チッという舌打ちの後、離れていく気配。

恐る恐る目を開ければ、シルバは既に背中を向けてソファの方へ向かっていた。

――ズキンッ。

胸を刺す小さな痛み。立ち直れないほど大きな痛みではないけれど、確実にこの胸にあるもの。

こればかりはいつになっても慣れない。

冷たい窓ガラスに手を添え、馬車に乗りこむフォレストとロメオを見下ろす。デュークが馬に乗り、高々と剣を掲げたのを合図に馬車はギルティス王国へ出立した。そして、段々と遠ざかって行く馬車を見えなくなるまで見届けた。

ふぅ……と、気を張っていた体から力が抜け、手を下ろす。

これで全て終わった。全ての元凶だったフォレストは国外追放され、ロメオもギルティス王国に行った。ジェスの処分も決まったし、イザベラさんも何らかの処分が下されている。

けれど、一番の問題がここにあった。それは……〝私〟。

なんの理由もなくこの王城に居座っているけれど、能力を失った今の私にはその資格はない。そんな私がここに残っている理由はあるの？　ここに連れてこられたのも、能力があったからこそ。能力が必要とされたのは、フォレストという反乱分子がいたからこそだけど、フォレストたちもたった今ギルティスへ送られた。何も持っていない私がここにいる意味はあるのだろうか。シルバにとっての私の価値は？　否、そんなものはとうにない。

それでも、傍にいたいと思うこの気持ちを未だ捨て切れない。その証拠に、能力が消えた事を言えないでいる。シルバに知られて、突き放されるのが怖い。〝要らない〟と言われるのが怖い。言おうと思えばいくらでもチャンスはあったのに、それをしなかったのは、シルバの傍にいたかったから。けれど、それももう限界だ。こんなこと、いつまでも隠し通せるわけではない。

再び能力を求められれば、応えなければならない。その時、シルバはきっと私に失望する。それが容易に想像できる。いざシルバを目の前にすると、言葉に詰まるのだ。言ってしまえばこの関係に終わりがくると思うと、その想いがストッパーとなり、口を閉ざす。けれど、先延ばしにしてもっと嫌われるよりましなのかもしれない。

言わなきゃいけない……。私が能力を失った事を。

窓の外から、ソファに座るシルバに視線を移す。すでにシルバは昨日の続きと思われる書類を手にして読んでいた。

完全にタイミングを逃した今、なかなか話を切りだしづらい。それに、今しがたシルバの機嫌を損ねたばかりだ。視線さえ会わせてくれない相手に対して、今この話をする勇気は持ち合わせていなかった。

はぁ……どうしよう……。

ぐるぐると心の中で葛藤しながら窓から離れていると、段差に足を取られて前のめりに体が傾く。

「きゃっ……！」

「っ……エレナッ！」

バサッと持っていた書類をテーブルに投げつけ、駆け寄ってくるシルバ。転ぶ寸前、私の体を受け止めてくれたが、ふたりして絨毯に倒れ込んだ。

「ったく……お前はなぜなにもないところで転べるんだ」

シルバは呆れながらも、体を起こしてくれた。

「ごめんなさい……」

ストンッと座り直した絨毯の上でしゅんとなる。

シルバに助けられるのは、一体これで何回目になるだろうか。助けられる度に嬉しい気持ちと、悲しい気持ちが入り混じる。

「怪我はないな」

シルバはそう言って私をフワリと抱き上げる。

「っ……！　あ…あの、シルバ？」

「なんだ」

戸惑いがちに口を開いても、何か問題があるのかとでも言いたげな返答が返って来る。

「自分で歩けるから」

転んだくらいで、しかも、倒れたのは床でもふかふかの絨毯の上。少しは痛かったけど、運んでもらうほどではない。そう思ったのだが、シルバは頑として聞かなかった。

「歩かせていたら、また転ぶ」

そのひと言に、うっと詰まった。きっと、もう転ばないと言ったところで信じてもらえないのだろう。そう思って、シルバの腕の中で押し黙る。

嬉しいのに……心の端で悲しさを感じるのは、後ろめたい気持ちがあるからだ。

私はシルバが一番欲する力を失った。

〝人の心を読む力〟

これだけが私の特権だった。私にしかない、私だけの能力。シルバも私にこの能力があるからこそ見放さないでいてくれたのに。

今だってそう。シルバはまだ私に能力があると思っているからこそ助けてくれたのだ。さっきまであんなに不機嫌だったというのに、今はこんなにも優しい。けれど、それもきっと私に怪我をされては困るから、仕方なしに気にかけてくれているだけのこと。私にはもうそんな価値なんてないのに。

嬉しいのに悲しい。そんな相反するやりきれない想いが胸中を支配する。

「なんで……そんなに優しいの?」

ポツリと小さく呟いた言葉は、かろうじてシルバに届く。

「どういう意味だ」

意味が分からないというように、眉をしかめながら応えた。

自分で言って後悔した。私はシルバになんて答えて欲しかったのだろう。

優しいのは私自身のため？　能力のためじゃない？

そんな私の願望を押し付ける気はないけれど、シルバの口から聞きたかった。そうすれば不安なんて吹き飛ぶのに。けれど、そんな願望はやっぱり願望でしかなくて。

なんて都合のいい話……現実はそんなに甘くない。それは、すぐに分かった。

「私は見せかけの妾でしょう？」

やっぱり正面から聞く事は出来ず、遠まわしに聞く。私はただ能力を利用するために、妾という地位にいるにすぎないのに……。

シルバはピクッと反応したまま黙る。

ほら、何も言わない。

スッと冷水を浴びせられたように現実に返った。シルバが何も言わないのが〝答え〟だ。黙っているなんて、そうだと言っているようなものだ。結局、シルバにとって私は妾であり、利用するだけの存在でしかなかったのだ。それを突きつけられた瞬間、目の奥が熱くなる。

いくら覚悟はしていたと言えど辛い。シルバが見せた優しさが余計に私を惨めにする。こんなことなら、シルバの優しい面を知らずにいたかった。私に優しくしないで欲しかった……。

冷たいと思ったら、次の瞬間には優しくなって。シルバにとってはどうってことなくても、私はその度に一喜一憂する。貴方の事が好きだから。

「わたし……貴方の気持ちが分かりません」

それは、ほぼ八つ当たりだった。本当は分かっているくせに。

今にも涙が浮かびそうな瞳を伏せていると、優しくふかふかの絨毯の上に下ろされた。

「俺の気持ちが知りたいのか？」

冷たいとも温かいともとれない声色でそう言ったシルバ。

突如シルバから投げかけられた問いは、私を狼狽させるには十分だった。けれど……シルバに優しくされて後ろめたいなら。どうせ隠し通せない事なら。シルバの気持ちを聞いて、自分の気持ちに終止符を打ちたい。それがどんな結果になっても、私がシルバを愛する気持ちは変わらないのだから。

「どうなんだ」

そう聞くシルバに、小さな声で「知りたいです」と答えた。

すると次の瞬間、シルバは耳を疑うような言葉を口にした。

「ならば心を読め」

シルバの言葉に大きく息を飲んだ。こんなにも早く訪れた決着の時に戸惑う。

「俺の気持ちが知りたいんだろう？　今日は許す」

悪びれずそう言ったシルバは、真っ直ぐこちらを見据える。その様子から本気なのだという事が分かった。シルバは私がまだ心を読めると思っている。

ドクンッドクンッ……と心臓が嫌な音を立てているのが分かる。けれど、これは神様が私に与えてくれたチャンスなのかもしれない。自分から言い出す勇気もない私に対しての……。

それに、もうこうなってしまえば逃げ場はない。覚悟を決めて口を開く。

「読め……ません……っ」

言い切った途端、先程よりも早くなる鼓動。シルバの目を見る事が出来ない。どんな反応をされるのか、ビクビクしながら待っていると……。

「俺がいいと言っているんだ」

どうやらシルバは、私が心を読む事を遠慮しているのだと思っているようだ。

違う。そうじゃないの……。貴方の心を読む事を躊躇っているんじゃない。

「読めないんです……」

顔を逸らしたまま、消えかかりそうな声でもう一度そう言う。すると、さすがにおかしいと思ったのだろう。シルバは暫しの沈黙の後、訝しげな声で私に問う。

「どういう事だ？」

少し低くなった声に、肩を揺らす。

「エレナ」

促すシルバの呼び声。すぅと息を吸い込み、恐々と口を開いた。

「能力を……失ったんです」

「なんだと!?」

シルバの怒っているようにもとれる声に、胸が痛む。

「いつからだ」

一層低くなった声に涙が溢れてきそう。

「イザベラさんが来た時から」

素直にそう答えると、沈黙するシルバ。

「で、でもっ……私でも何か役に立てる事があります！」

気づいた時にはシルバの服を掴み、詰め寄っていた。

「妾としてダメなら、侍女として使ってください」

両親やウォルターのところから連れ出される時には、こんな抵抗しなかった。どうせ抵抗したって無駄なんだろうって、子供ながらに分かっていたから。

眉をひそめ、無言でこちらを見据える視線が怖い。

今貴方は何を思っているの？　面倒な女だと思っている？　能力のなくなった私なんて、もう興味も失せた？

こんなこと言ったって、何が変わるでもないけれど。シルバの傍にいる事を、諦めたくなかった。

「お願いします……ここから追い出さないで……」

シルバの衣服の端をキュッと握り、声を絞り出すようにして訴える。

「侍女なら間に合っている」

突き放すような言葉に、目の前が真っ暗になった。やんわりと解かれた手が、ダラリと力なく床に向かって垂れる。ズキズキと刺すような胸の痛みだけがリアルに感じられる。

妾でも侍女でもダメなら、ほかに何がある？　何か言わなきゃ……何も言わなかったら、シルバとの関係が断たれてしまう。焦る気持ちのままに口を開く。

「な、なら……」

「エレナ」

制するようなシルバの声に、ビクッと震える。

もう要らないって、王城から出て行けと言われるのかな。

「捨てないで……」

心の悲鳴が声となり、言葉となって出てきた。

「安心しろ、ここから追い出しはしない」

「えっ……？」

思いもよらぬシルバの言葉に、弾かれたように顔を上げる。張りつめていた緊張が切れたのか、涙が頬を伝う。シルバは真摯な顔をして、私の頬に流れる涙を拭った。私を見つめる紅の瞳に囚われ、吸い込まれる。

「本当に……ここにいてもいいんですか？」

僅かに口を動かし、夢うつつでシルバに問いかける。

「あぁ」

短く答えたシルバの言葉にじわじわと実感する。本当にシルバの傍にいてもいいんだ。

「ありがとう……ございます……」

「お前がここにいる意味を分かっているのか？」

微笑んでお礼を言った私に、シルバは訝しげな表情をして問う。暫し考え、シルバの問いに慌てて答える。

「もちろん、ただでここにいさせてもらうつもりはありません」

危なかった……浮かれていて意味を履き違えるところだった。

「最初は足手まといになるかもしれないけど、雑用でもなんでもして働きます」

疑問符を浮かべるシルバをよそに、「それに……」と続ける。

「もしかしたら能力が戻るかもしれないし。そしたらまたシルバの役に立てると思います」

「やはり分かっていなかったか」

シルバは頭を抱えて深い溜息をついた。

何を分かっていなかったのだろうか。私はちゃんと自分の立場を分かっているつもりなのに。ほかに意味なんてあるの？

そう不思議に思い首を傾げていると、シルバの大きな手が顎を掴み、固定される。逸らしたいけれど、逸らせない。怖いけれど、魅入られる。

「一度しか言わないから、よく聞け」

真摯な紅の瞳が突き刺さる。その瞳に瞬きも忘れて囚われた。

「俺はもうお前の能力に頼る気はない。たとえフォレストにかわる反逆者が現れても。エレナ、お前を愛している」

「え……？」

シルバの言葉に目を見開いて驚く。アイシテル……？

「お前を二度と、手放すつもりはない」

シルバは何を言っているの？

頭が真っ白になって、その意味や理由を考える機能がストップする。

「っ……うそ…っ」

うわ言のように呟いたのは、シルバの言葉を否定するひと言。

「そんなの嘘……」

だって……信じられるわけがないじゃない。シルバが私の事を〝愛している〟だなんて。

こちらを見つめる紅の瞳から逃げたくてもがくけれど、シルバはそれを許さなかった。グッと力を入れ、私を捉えて逃さない。

「冗談でこんな事を言うか」

「そ、そんなこと言われても、信じられませんっ……」

目を伏せ、せめてもの抵抗を示す。今は恐ろしく冷静だった。

「だって……私はお金で買われて、妾でしかなくて」

私の言葉にピクリと反応するシルバ。

駄目……涙が零れそう。自分で言っていて惨めになる。けれど、止められない。

「能力がなければ、なんの価値もないのに……」

「やめろエレナ」

静かに制止するシルバの声。その声がとても癇に障った。

「やめない！　貴方は私じゃなくて、私の能力が必要なだけでしょう？」

普段では考えられないくらいに声を上げる。シルバは一瞬驚いた表情をするが、すぐにスッと目を細めた。少し冷たくなった紅の瞳に怯みそうになるけれど、一旦開いた口は止まらなかった。

「本当は傍に置いておけば、いつかは能力を取り戻すだろうって。また使えるようになる日がくるかもしれないと思っているんでしょう？」

一気にまくし立てるように吐き出し、ハッと我に返る。こんなの八つ当たりをしているだけだ。

「隠さなくてもいいんです……ハッキリ言ってくれた方が、私も諦めがつくので」

力なくそう言った刹那、ツーっと涙が零れ落ちる。溢れんばかりの涙は堰を切ったように流れ出る。それだけ辛かった。

「お願いだから……〝愛している〟だなんて言葉で繋ぎ止めないで」

大きく息を飲むシルバ。

やっぱり、図星だった？　ジェスという私の弱みがなくなって、シルバが思いついたのがこの方法だったのだろう。けれどこれだけは嫌なの。愛を偽って告げられるよりも、真実を言ってくれた方がどんなにマシか。

「私はもう、偽りの言葉がなくても貴方の傍から離れません」

ギュッと心臓をわし掴みにされたような苦しさの中、涙を零しながらそう告げた。

「私は他の部屋に移ります」

拭っても拭っても溢れ出て来る涙を何度も拭いながらそう言って、力なく微笑んだ。もう今までの私たちの関係ではない。妾ですらなくなったのだから、この後宮にはいられない。そう思ってその場から動こうとした時だった。

「ふざけるな」

ボソッと呟くシルバの声が耳に届いたかと思えば、次の瞬間には腕を掴まれ引かれる。バランスを失った体はそのままシルバの腕の中に倒れ込んだ。背中と腰に回る手に、思わず体が強張る。

——ドクンッ……ドクン。

心臓の音がうるさいくらいに耳に鳴り響く。

「お前は何も分かっていない」

抱きしめられた体を縫いとめる腕が強くなった。

「勝手に俺の気持ちを決めるな」

耳元で囁く苦しそうな声がキュッと胸を切なく締めつけた。

なんでそんなに苦しそうなの？　シルバが傷つくことは何もないでしょう？

「さっき言った事を、違《たが》えるつもりはない」

抱きしめられたままビクッと震える体。けれど、それを抑えつけるようにシルバの腕は離れない。

そればかりか、ますます強くなっていく。

「俺はお前の事を愛している。どんな枷をつけてでも傍に置いておきたいほどに」

シルバの言葉が胸に突き刺さる。

「う……」

「嘘ではない」

否定の言葉も、シルバにかき消された。

「確かに初めはお前の能力が目的だった」

シルバは私を抱きしめたまま、ゆっくりと話し始める。

「この国に〝人の心を読む能力〟を持った者がいると聞き、利用できると思った」

それは知ってる。貴方はそれを隠そうともせずに、交換条件を出してきたのだから。

「反逆者を捉えるために、利用出来るだけ利用して、事が治まればお前を城下へ戻すつもりだった」

そんな気はしていた。私はお金で買われたけれど、シルバにとっては私を買った額などきっとはした金でしかなくて。必要なくなればいつでもポイッと投げ出されるのだと。噂通り、手段を選ばない国王だと思っていた。

「だが……」

心の中の想いと、シルバが口にした言葉が重なる。

「いつの間にかお前に惹かれていた。もう後には引き返せないほどに……」

真剣なシルバの言葉に、どうしていいか分からなくなる。まさか、シルバも私と同じような事を感じていたなんて。どこか上の空で、シルバの言葉を聞いていた。

「でも……貴方が私を見ている時は、いつも苛立っていたでしょう」

一週間も顔を合わせない事だってあったし、あのシルバがなぜ私を好きになってくれたのかわからない。するとシルバは、溜息をつき「すまなかった」という。

「まるで俺と真逆の存在のお前に、苛立っていたのは確かだ」

容赦ない言葉がズキッと刺さる。

「だが、あれはただお前が羨ましかっただけだ」

「え？」

私が羨ましかった……？

「汚れた世界を知りながら、尚も純粋であるお前が……。それが、良くも悪くも人々を惹きつけてやまない。デュークも、ウィルも、ニーナも、そしてアイツも」

シルバの大袈裟な言い分に、反論したいけれど、今はじっとシルバの言葉を待つ。

「お前に想われるアイツらに苛立ったのは、嫉妬だろうな」

まただ……。私と一緒。シルバに想われる国民が羨ましくて。シルバに心を許されているウィルやデュークが羨ましかった。

私達は同じ想いを抱いていたの？

信じられない気持ちに戸惑っていると、スッと僅かな距離を取るシルバ。いきなり視線がぶつかる距離になったことにオロオロすると、まだ涙の残る頬を長い指が優しく撫でる。

「これでやっと分かったか？」

そういって、一瞬見せた微笑み。

――ドクンッ。

初めてみたシルバの笑顔。見る人によっては、それは笑顔とはいえないのかもしれない。けれど、私には確かに微笑んだように見えた。私だけに見せてくれた笑顔。

折角シルバが拭ってくれたのに、また涙が溢れだした。

「本当…に……？」

言葉が途切れる。

「傍にいてもいいって言ってくれたのは、本当？　能力は関係ない？」

「あぁ」

そう言って、また涙を拭うシルバ。そして、気持ちは一気に溢れた。僅かな距離を埋めたのは私だった。シルバの広い胸に飛び込み、服をキュッと掴む。

「ッ……シル…バ……」

内心引き離されはしないかドキドキしていたけれど、シルバの手はふわりと私の背に回った。それが、とても嬉しくて。目の前が歪むほどに涙が溢れた。

「すき……好きなの…シルバっ…ふっ…っく」

嗚咽交じりの言葉でシルバに伝える。ずっと言えなかった想いを。ずっと心の中にしまっておこうとしていたこの気持ちを。私がどれだけシルバの事を想っているか。それを〝好き〟というたった二文字で表すしか出来ないもどかしさを感じる。だから、私は伝え続ける。

「好きなの……シルバが。私の命よりも…大事なの……」

その瞬間、バッと距離を取られる。離れて目に入ったシルバの顔には、明らかな怒りの色が滲んでいた。

「それは二度と言うな」

低い声で、唸るようにそう言うシルバ。

「もうあのような真似はするなと言ったはずだ」

シルバが言う〝あのような真似〟とは、きっとシルバをかばった時の行動の事だろう。

「けど……それでも…同じ状況が起きたら、私は迷わずに動くと思う」

大切な人の危機を前に何もしないなど出来ない。あの時だって、自然に体が動いた。あの矢に当たれば無事では済まされないと分かっていたのに。それほど、貴方は私にとって大切な人だから。

譲れない想いを瞳にのせ、シルバを見つめれば、溜息をつく。

「まぁいい。次は絶対にないからな」

フッとシルバらしい笑みを浮かべる。

「俺がさせない」

傲慢にさえ聞こえるその言葉もシルバなら許せてしまう。

ドキドキと甘い鼓動を刻む心音を感じながら、言葉の意味を考える。先程から頭を支配するのは、自分に都合のいい考えばかり。簡単に信じてはダメだという事は昔から分かっているのに……。

「シルバ……本当に信じてもいいの？」

眉根を寄せて、まだ信じ切れていない私は端から見れば面倒な女だろう。

「しつこいぞ」

案の定シルバは心外そうに眉を寄せ、不機嫌になる。傷つくのが怖くて信じ切れずにいる自分自身に対して自己嫌悪に浸っていると、体が宙に浮いた。

「シルバ？」

行動が理解できず、抱き上げた張本人を仰ぎ見るが、シルバは何も言わずスタスタと歩く。そして、ベッドまで行き、まるで壊れ物を扱うかのように、そっとベッドに下ろされた。

ベッドの上に横たえられ、シルバが上から見下ろす。シルバがベッドについた両腕の中に、すっぽりと入る様はまるで檻のよう。その瞳とその腕から逃げられない。

スッと片手が伸びてきた事にギュッと目を瞑る。けれど、想像していた衝撃はなかった。代わりに、くるりと体を反転させられ、うつ伏せになる。

「シルバ？」

どうしてこのような恰好をしているのか分からずシルバに向かって呼びかけるが、シルバは黙って私の羽織っていたショールを取る。外気に触れた空気が思いのほか冷たく、肩が小さく震えた。

シルバは何がしたいのだろうか……自分の今の体勢を不思議に思いながら考えていると、露わになった背中にシルバの手が添えられる。大きくて、剣を振るっている人の手。その手が背中を撫でる。最初は驚いたものの、その手はとても心地良い。黙ってされるがままにしていれば、シルバの手がある一点で止まる。

「傷が残ったな……」

シルバが触れたのはあの時の矢傷だった。私には見えないけれど、矢が刺さったのだ。きっと傷は残るだろうと思っていた。もしかして傷ものの女は魅力がないのかもしれないと思い、気持ちが沈んでいると、背中のちょうど傷があるところに何かが触れた。

「ひゃっ……」

突然何かが触れた感触に、小さな声を上げる。背中に感じる吐息から、それがシルバの口づけだということはすぐに分かった。まるで傷を癒すように何度も落とされる口づけ。触れたところが火傷しそうだった。

「シルバ？」

シーツを握りしめることでその感覚をやりすごしていると、やっと口づけを止めてくれたシルバ。そして、私の背中に額を当てて話す。

「これは誓いだ」

「誓い？」

シルバの息遣いが、露わになった背中の皮膚を刺激する。

たどたどしく聞き返した言葉にシルバは「あぁ」と答えながら、再び私の体をクルリと反転させる。そして、目に入ったのは、真摯な表情で見下ろすシルバの顔。

「もう二度と、お前を手放さないという誓いだ」

鋭い紅の瞳に宿した光。その強さに魅入られる。

「そしてこれは、奴らへの見せしめのため……」

そう言ってシルバの顔が段々と近づき、首筋にチリッとした痛みを感じたかと思えば、何度も口づけを落とされる感覚。あの時、ロメオにされたのと同じ事をされているというのに、体はまったく別の反応を見せた。全身から力が抜けトロンとまどろむような心地。

「シル……バ……ァ……」

夢見心地にシルバの名を呼べば、スッと離される唇。そして、今まで唇が触れていたところに手を這わされる。

「お前は俺のものだ、エレナ。誰にも渡さない」

傲慢な台詞を吐くシルバにしっかりと頷く。独占欲を隠そうともしないその言葉。けれど、それくらいが私には心地良い。今まで、期待しては裏切られ。家族にも友達にも遠ざけられた過去。

今度は離さないでいてくれる？　繋ぎ止めていてくれる？　何度も何度も心の中で投げかけるのはそんなことばかり。

だからこそ、シルバの言葉は嬉しかった。嬉しくて、嬉しくて……涙が止まらなかった。

「俺とともに生きる覚悟は出来たか？」

「わたしは……」

涙で言葉が紡げない。

「俺を選ぶというなら、お前を全力で守る事を誓う」

そう言って頬を包む大きくて温かな手。

「俺を選ぶか？　エレナ……」

答えを促すシルバの問いに力強く頷く。

「わたしも……。シルバと一緒に生きていきたい……」

今は能力も何も持っていない私だけど、シルバの隣にずっといたい。

「ならば、もう俺から二度と離れないと誓え」

「はい……。誓います」

今度は迷うことなく誓いを口にした。そして、湧き上がる喜びを抑える事なく微笑む。

「愛しています……シルバ」

目を見開き、大きく息を飲んだシルバ。それを可笑しく思いながら、クスクスと笑った。

自然と出た告白は涙を流しながら……けれど、この上ない幸せを感じた。

「お前の笑っている顔を、初めてみた」

シルバの言葉に一瞬考える。

そうだったかしら……。目をパチパチと瞬かせ、記憶をたどっていると、ムスッとしたシルバの表情。

「デュークやウィルには笑いかける癖に、俺には怯えた表情ばかりしていたからな」

「ごめんなさい……貴方の反応が怖くて。シルバには嫌われたくなかったから」

するとと、今度こそシルバは固まってしまった。

「きゃっ……」

シルバは重力に逆らうことなく、私の肩口へと降って来た。

「お前……どこでそんな事を覚えてきた」

ベッドに向かってそう言ったシルバの声はくぐもっていて聞き取りづらかった。はぁ……と深い溜息の後に、頭を抱えるシルバ。

「そんな顔、ほかの男に見せるなよ」

どんな顔をしていたというのだろうか。いまいち理解できなかったけれど、コクンと頷いた。

「これからは、俺の前でだけ笑っていろ」

「はい」

そんな無茶苦茶なことを言うシルバにふたつ返事で答える。

今はシルバの言葉だけで安心できる。けれど、欲を言うならもう一度聞きたい。

「シルバ……」

勇気を出して声をかける。

「なんだ?」

心なしか穏やかな紅の瞳がこちらを見下ろす。

「もう一度…〝愛してる〟って言って?」

「っ……!　一度しか言わないと言っただろ」

顔を赤くしてチラリとシルバを見ればフイッと顔を逸らされ、そう言う。顔を逸らされたことに落ち込む。勇気を出して口にして言ってみたのに。

「お願いします。今日だけですから……」

「っ……だから……そんなに俺を煽るな」

眉を寄せてシルバを見上げれば、手で顔を覆うシルバ。それでも引かずにいると、シルバは諦めたように口を開く。

「分かった。要はお前は俺の気持ちを確かめたいのだろう？」

そうなのかな？　と少し疑問は持ったものの、頷いた。すると、シルバはフッと不敵な笑みを浮かべる。

「気持ちを伝える方法ならほかにもある」

「どんな方法ですか？」

そう思っていると、ズイッと接近する距離。

「こういう方法だ」

シルバが悠然と言い放ったかと思えば、僅かな距離がなくなった。

「んっ……んんッ！」

口づけされていると思った瞬間、抵抗を試みるが、それも一瞬。後頭部に差し込まれた大きな手は私の頭ごと固定して。非力ながらシルバをポカポカと叩いていた手はベッドに縫い付けられた。

気づけば全身から力が抜けていて。ふにゃりとなった体がベッドに沈んでいた。止む事なく振って来る口づはとても優しくて。時折深く繋がる口づけは、求められているような気がして……シルバの言う通り、溢れんばかりの気持ちが伝わってきた。

「愛してる…シルバ……」

シルバに言ってほしい言葉だったはずなのに。結局私が口にしていた。

「あぁ」

うわごとのように繰り返す告白に、シルバはただそう答える。

〝愛している〟

まどろむ意識の中で聞こえたのは、一度だけと言われていた言葉。けれど、確かに私に届いた。

それは、シルバの睦言《むつごと》か。それとも……。

不確かなそれも、シルバの穏やかな表情を前にはどうでもいいように思えた。

それほど私の心は幸せに満ちていた。ここに来たばかりの時はこんなにも満ち足りた幸せを感じることはないと思っていたのに、人は変わるものだ。私も、そしてシルバも。

思えば、初めて会った時のシルバは恐怖の対象でしかなかった。けれど、時間をかけてゆっくりとシルバの不器用な優しさに触れて、魅かれていった。反逆者へ向ける冷徹な一面はあれど、国民を想い、国の未来を想うシルバは私にとっての光だ。その光は眩しすぎて、自分がちっぽけな存在に思えてどうしようもない気持ちに苛まれたこともあった。私では手が届かないほど遠い人なのだと分かった時は、胸に秘めていた淡い想いに終止符をうとうとしていた。

けれど、追いかけ、引き留め、繋ぎとめてくれたのはシルバの方だった。勝手に王城を出て行った私を追いかけてきてくれたこと。フォレストたちとともにギルティスに行こうとした時は引き留めてくれた。そして、もう能力のない私をここに繋ぎとめてくれた。

だから私は、シルバが私を必要としてくれている間はずっと傍にいる。たとえそれが妾としてであろうと、使用人としてであろうと、それがシルバの傍にいられる方法ならそれでいい。

そして出来るならば、後ろで守られるのではなく、傍にいるだけではなく、ウィルやデュークのようにシルバと同じ目線に立ってこの国の再興を見守っていきたい。シルバたちが立っている場所は今の私にとってとても遠いけど、少しずつ歩み寄りたい。

だから今はこの眩いほどの光を求めて歩んでいこう。そして、シルバに相応しいと認められたら、その時は胸を張って隣に立とう。

小さな決意を胸に、温かい腕の中で目を閉じた。

あとがき

はじめまして、著者の神谷りんです。

この度は『白銀の女神 紅の王』を手に取っていただきましてありがとうございます。

書籍二冊目は特殊能力を持った少女エレナと冷徹な国王の小説となりました。

この小説は処女作を書き終えてすぐに書き始めた作品で、初めて細かなプロットを立てて書いた作品でした。

それこそ一章から最終章と節のタイトルを決めて話の流れをメモして書き始めた作品です。

けれど、やはりプロット通りいかないものですね。初めはジェスが裏切る予定ではありませんでしたし、ギルティスについてももっと深く掘り下げるつもりでした。

しかし、書いているうちにあれよあれよとプロットの筋から離れてしまい、当初フォレスト伯爵からエレナを助け出す側だったジェスをブレイム側につかせたり、ギルティスまで連れ去られる予定だったエレナもイースト地区まででとどめました。

結局、この作品もプロット通りにはいきませんでしたが、設定を変更したことでより良くまとまったのかもしれません。

しかし「～のつもりだったのに」と思ってしまうのはまだまだ構成力を鍛える余地があるということですので、これからも少しずつ鍛えていきます。

Berry's Gafe や野いちごでは『白銀の女神 紅の王』の番外編を執筆しておりますので、ふたりのその後のお話が気になる方は是非ご覧になってください。

さて、最後になりましたが、書籍化にあたり出版の機会を与えて下さった関係者の皆様に心からの感謝を申し上げます。

また、変わらず神谷作品を応援してくださっている読者の方々、二人三脚で書籍編集に携わっていただいた担当者様、本当にありがとうございました。

よろしければ『白銀の女神 紅の王』に対するご感想をお寄せ下さると嬉しいです。

それでは、またいつかこのような形で皆様とお会いできるよう、更なる作品を生み出せるよう邁進してまいります。

この度は本当にありがとうございました。

神谷りん

神谷りん先生へ、
ぜひファンレターをお送りください。

宛先
〒104-0031東京都中央区京橋1-3-1
八重洲口大栄ビル7F
スターツ出版株式会社　書籍編集部　気付
神谷りん先生

白銀の女神　紅の王

2013年2月28日　初版第1刷発行

著者　神谷りん

発行人　新井俊也

発行所　スターツ出版株式会社
〒104-0031
東京都中央区京橋1-3-1 八重洲口大栄ビル7F
TEL　販売部　03-6202-0386
（ご注文に関するお問い合わせ）
URL　http://starts-pub.jp/

校正　藤田めぐみ

DTP　久保田祐子

編集　相川有希子

印刷所　大日本印刷株式会社
Printed in Japan

ISBN 978-4-88381-411-4　C0095

Berry's Cafe発！好評の書籍

『プライマリーキス』 立花《たちばな》実咲《みさき》・著

OLの美羽は、ある日、めったなことでは行かない社長室を訪れた。ずっと憧れている黒河社長に会えたと思ったら、彼は美羽をいきなり連れ去ってしまう。「どうして別れようなんて言うんだ？」と迫る社長は、どうやら美羽と、彼女そっくりの従姉妹で社長専属秘書の久美を勘違いしているようで…。

ISBN978-4-88381-191-5
四六判・並製・328頁・定価1260円（税込）

『ラッキービーンズ』 麻井《あさい》深雪《みゆき》・著

26歳、幸せ絶頂だったはずの芽生は、婚約は破綻、職場は寿退社と、一気にすべてを失ってしまう。そして、やけ酒を飲みすぎた翌朝、気づくと隣には高校の元同級生の水嶋が寝ていた。セフレになるつもりはなく、連絡を絶ったのに再就職した派遣先の広告代理店には、なぜか水嶋の姿があった…。

ISBN978-4-88381-195-3
四六判・並製・248頁・定価1260円（税込）

『大人的恋愛事情』 新井《あらい》夕花《ゆうか》・著

27歳のＯＬ繭は、社内一のイイ男藤井に口説かれ、なんとなく関係をもつ。一夜限りと割り切っていた繭に、藤井は真剣に交際をせまってきた。心揺れる繭の前に、若い女に乗り換えて繭をふった元カレが現れ、結婚を申し込む。心地いい恋愛関係と、堅実な結婚生活。大人の女が選ぶのはどっち？

ISBN978-4-88381-197-7
四六判・並製・296頁・定価1260円（税込）

『空色センチメンタル』 麻生《あそう》ミカリ・著

失恋から立ち直れずにいる看護師の悠美。同僚で医師の直貴とは体だけの関係だ。ある日、病院に有名俳優が入院してきて悠美は動転。その俳優こそが失恋の相手、陽だったから。「おまえが好き」と言う元彼と、「なにかあったなら、僕を呼べばいい」と微笑む、今（⁉）彼。本当にそばにいたいのは…。

ISBN978-4-88381-401-5
四六判・並製・352頁・定価1260円（税込）

Berry's Cafe発！好評の書籍

『不自然な関係』若菜《わかな》モモ・著

突然父親の会社のために、政略結婚を余儀なくされた亜希。相手は幼なじみで憧れの人——隼人。大手不動産会社社長の息子でもある彼はニューヨーク在住で仕事が忙しく、結婚式当日まで会わずじまいで…。御曹司の彼との、ハラハラドキドキ、甘く痺れるラブストーリー！

ISBN978-4-88381-199-1
四六判・並製・352頁・定価1260円（税込）

『密フェチ』Berry's Cafe 編集部《へんしゅうぶ》・著

長い指、掠れた声、太い手首、メガネ…100人の女がいたら、きっとフェチは100通りある。赤裸々に語られる“女にとっての男のフェチ”。そんな、「私の好きな、彼の××」を厳選した究極のラブストーリー短編集。BeeTVの大人気番組「密フェチ」とのコラボレーション企画がついに書籍化！

ISBN978-4-88381-403-9
A5変型判・並製・224頁・定価1050円（税込）

『ブルーブラック』宇佐木《うさぎ》・著

老舗文具店に勤める百合香は、飲み会の次の朝、自分の部屋で万年筆で書かれたメモを見つける。それは昨日自分を送り届けてくれた上司、柳瀬の文字だった。昨日のことを尋ねる百合香の唇を突然奪った柳瀬。何事もなかったように振る舞う柳瀬にイラだちつつキスを拒めない百合香の心は揺れて…。

ISBN978-4-88381-404-6
四六判・並製・344頁・定価1260円（税込）

『ソース』マヒル・著

美大生の正直がバイトしているコンビニには、毎日なぜかソースを買っていく謎の美人がいた。正直は彼女に恋心を抱き密かにソースさんと呼ぶように。ある日、深夜の住宅街で悲鳴を聞いた正直が駆けつけると、男に襲われているソースさんが…。オトナ女子が本当に読みたい小説大賞、大賞受賞作。

ISBN978-4-88381-187-8
四六判・並製・280頁・定価1000円（税込）